新时代 新作品——当代文学名家中短篇小说集

浙江教育出版社·杭州

海棠花开

杨晓升 著

如约绽放的海棠花下，
人已老，事皆非，
但好在还有温情弥漫在这古老的院落中

图书在版编目（CIP）数据

海棠花开 / 杨晓升著. -- 杭州 ：浙江教育出版社，
2024.2
ISBN 978-7-5722-6979-0

Ⅰ．①海… Ⅱ．①杨… Ⅲ．①中篇小说－小说集－中
国－当代②短篇小说－小说集－中国－当代 Ⅳ.
①I247.7

中国国家版本馆CIP数据核字(2024)第029816号

新时代·新作品——当代文学名家中短篇小说集

海棠花开
HAITANG HUAKAI

杨晓升　著

责任编辑	余理阳	**责任校对**	操婷婷
文字编辑	苏心怡	**责任印务**	陈　沁
美术编辑	韩　波		

出版发行 浙江教育出版社
（杭州市天目山路40号　电话:0571-85170300-80928）
图文制作 杭州兴邦电子印务有限公司
印　　刷 杭州富春印务有限公司
开　　本 710mm×960mm　1/16
印　　张 14.75
插　　页 2
字　　数 190千
版　　次 2024年2月第1版
印　　次 2024年2月第1次印刷
标准书号 ISBN978-7-5722-6979-0
定　　价 48.00元

代序
四合院里"和"的丢失与复归

　　四合院是中国传统合院式民居，体现着中国式"住文化"：一家人围合而居，不仅体现了上敬老下爱幼的传统美德，还体现了兄弟之间如《弟子规》中"兄道友，弟道恭，兄弟睦，孝在中"的文化。传统民族美德这条纽带维系着华夏民族几千年不灭不败。然而现代社会却在某种程度上将其破坏了。寻找传统美德并呼唤其回归，在文学是情怀，是有价值的主题——这也正是杨晓升中篇小说《海棠花开》的指归。

　　《海棠花开》的故事并不复杂。在大学任教的赵教授家住一个典型的老北京四合院。四合院坐北朝南，中轴对称，卧砖到顶，屋顶起脊。院门开在东南，不与正房相对。北房三间，正房居中，左右两侧各有一间耳房，东西厢房各两间，南房三间。院门开在东南，不与正房相对。正房坐北为坎宅，坎宅必开"巽门"，"巽"为东南方，这样开门才能财源滚滚，所谓的"坎宅巽门"。这样看来，赵教授家的四合院分明是个吉宅。而住在其中的主人们也被认为是吉祥圆满：赵教授夫妇生了一对双胞胎儿子大赵、小赵，后来他们各自娶妻生子生了两个。这一大家子人家加上儿媳、女婿，十几口人，十全十美。然而，现实却有些"骨感"：生在诗礼之家的赵家两兄弟本应不负父母期望认真读书，可是贪玩顽愚的哥俩并不是学习的料。更让赵教授夫妇头疼的是兄弟俩素来不和，全无兄弟情分。兄弟俩勉强读完高中后考大学根本无望，当时正赶上毛主席号召"知识青年到农村去"，赵教授便生出将他哥俩送一个下乡的念头。兄弟俩通过抓阄，结果大赵要去湖北黄冈。大赵带着满满的怨气离家，几乎与家里断了联系。赵教授夫妇千里迢迢从北京赶到大赵所在的湖北农场，方知大赵已经在当地娶妻生子！小赵虽留在北京，终因文化低只能进工厂当一名普通修理工，后娶了一名纺织女工。1977年，大赵的两个儿子争气、争光，分别考上了清华大学和北京大学。随后，大赵一家按照国家政策回到北京，又住进了四合院。然而，随着赵教授夫妇先后过世，四合院里的大赵、小赵两家人互相看着不顺眼，一个屋檐下却过得形同路人。甚至为了分得父母遗留的房产大打出手，上演了一出出"兄弟阋于墙"的闹剧。大赵和小赵"斗气"是自以为有"底气"：争光、争气两个儿子去美国读书后留下工作，收入不菲又很孝顺，不断寄钱回来，大赵的日子"富得淌油"，喝茅台、吃龙虾。相反，对门小赵家虽然经济条件一般，却看不惯靠儿子"咸鱼翻身"的大赵家的"嘚瑟"。两家人过上了赌气式的生活。也许正应了风水轮流转这句话，一天，大赵突发脑溢血，小赵的女儿和女婿把他送到医院抢救才保住一命。病中的大赵终于悟到亲情是如此珍贵，却只能终日与轮椅为伴。祸不单行的是，大赵家的一个儿子在美国感染新冠病毒英年早逝，经历了命运的捉弄，四合院总算重新平静下来。

不难看出，作者很善于经营故事形态。以"小切口、大社会"展开叙事，连着社会——从湖北农场到北京市井；连着世界——从北京到美国旧金山、洛杉矶。时空跨越70余年，三代人经历了五十年代百废待兴、六七十年代"文革"直到改革开放和当代，堪称当下社会的一个缩影。写小说讲究"枯树花架，一园锦绣"，以"枯树花架"作载体，重要的还是要让人看到里面的"一园锦绣"。这部小说旨在告诉人们兄弟齐心，其利断金。故事中这一场"轮回"称得上气象万千，当"和"气再次走进这座四合院里，海棠花也如约绽放了。读《海棠花开》获得的是一种浑然和谐的审美享受。这多半是因为作者找到了一种与故事主题相吻合的语境和获得叙述方位的自由。人物刻画、作者旁白如榫铆紧扣少有脱榫之笔，犬牙交错并无错位之嫌，整体上浑化蔚圆。半个多世纪的时代变迁，赵家三代人的恩怨，浓缩进一座老北京"巽门"四合院，行云流水的日常叙事中不乏兄弟相杀相爱的开合波澜，揭橥的是人性中"孝""悌"的失落与回归。结尾，在一个又见的暮色四合中，赵家四合院的新主人们奏起老北京平民生活的新乐章，给人留下无限遐想的空间，令人回味叫绝。

——著名评论家、原《文艺报》总编辑 范咏戈

目录

海棠花开

第一章

赵家兄弟是一对双胞胎兄弟，也是一对邻居，他们共同居住在京城海淀区的一座小四合院里。

小四合院紧邻某大学校园，是京城典型的房型：坐北朝南，中轴对称，卧砖到顶，起脊瓦房。北房三间，正房居中，左右两侧各有一间耳房。东西厢房各两间，南房三间。院的大门开在正南方向的东侧，不与正房相对。据说这是根据八卦的方位，正房坐北为坎宅，如做坎宅，必须开巽门，"巽"者是东南方向，相传在东南方向开门财源不竭、金钱流畅，所以要做"坎宅巽门"为好。

小四合院的主人是否财源不竭、金钱流畅，暂且不表。院里的环境倒确实令人心旷神怡：院内宽敞，庭院中莳花置石，东西对称各长出一棵枝叶茂盛的海棠，树冠已直追房顶。中央石凳之上摆放着数盆石榴盆景。紧挨盆景的南侧，是一口酱色大陶瓷缸，缸里养有金鱼数尾，寓意吉利。此刻透过清澈的水面，可见缸里的金鱼，正在清澈的水里悠然自得，悠哉游哉，好不惬意。

总而言之，这小四合院无论结构还是院内环境，都是十分理想的居所。相对封闭的宅院，对外只有一个巽门，关起门来自成天地，挡住了院外的嘈杂与喧闹。院内空间开阔，绿树掩映，草木葳蕤，鲜花芬芳，生机盎然。这怡人美好的院内生活空间，好比一座露天的大起居室，把天地拉近人心，也难怪这样的四合院古往今来为老北京人所喜爱。假若是一家人独居四合院，在里面和和美美，其乐融融，不亦快哉！

小四合院原本确是一家独住，即赵家，但那是赵家前辈赵老太爷和赵老太太的。赵老太爷是毗邻这座四合院的那所知名大学的历史系教授，赵老太太则是纯粹的家庭妇女。民国初年，赵老太爷靠着自己的勤奋，用十几年的积蓄置下这座小四合院，夫妇俩春风得意地住进了院里，开始安居乐业。虽然四合院里像世俗惯例那样种着石榴，象征多子多福、全家团聚，虽然赵老太爷那时也还是年富力强的赵教授，和自己年轻的妻子恩爱有加亲热备至，但瘦小的赵老太太那时候肚子就是不怎么争气，她先后怀了四胎，可要么中途流产，要么孩子生下来不久夭折。及至第五胎，夫妻俩从一开始便如履薄冰，小心翼翼，还问诊中医大师，百般调理细心保胎，费尽周折，总算大功告成，而且不生则已，一生就是一对双胞胎，即眼下这座小四合院的主人大赵和小赵。虽说他俩被当初的赵老太爷和赵老太太称作大赵小赵，但事实上这对赵家兄弟可是实打实同一天从同一个娘胎里钻出来的，先后相差不到一个时辰。先从娘胎里挤出来的那位被称为大赵，后出来的自然就成了小赵。

按说，赵家的四合院里同样按北方风俗种着两棵海棠，而且两棵海棠也长得蓬蓬勃勃、枝繁叶茂。海棠是四合院中北京人祖祖辈辈最爱栽种的风水植物，取其一年花开四季的喜庆，象征家庭和和美美。

可人不随树愿。不知怎么的，赵家的这对兄弟自打离开娘胎便成了冤家。打小的时候，兄弟俩不停打闹甚至打架，碰到好吃的好玩的，他俩总是争先恐后，你争我夺，各不相让。并非赵教授夫妇缺少教养，孩子打小的时候夫妇俩就教导这对双胞胎儿子背《三字经》、读《弟子规》，还反复给这对双胞胎儿子讲孔融让梨、孟母三迁、头悬梁锥刺股的故事，向他们传递仁义礼智信、温良恭俭让的千古美德，教导他们要相亲相爱、互助互让，要把心思用到学习上。可赵家兄弟就像顽石两枚，《三字经》背是能背，《弟子规》读是读了，仁义礼智信、温良恭俭让这些道理，兄弟俩也都懂。可一旦遇到具体事情，甚至只是生活琐事，兄弟俩该不让还是不让，该打的时候还是要打。赵教授夫妇为此可谓伤透了心，苦恼不已。研究并教授了数十年历史的赵教授始终也闹不明白，莫非"人不为己，天诛地灭"真是人的天性、宇宙的绝对真理？

赵教授况且如此，本就没太多文化的赵夫人，对此更是无可奈何了。每每见到这对兄弟打架，生性温和的赵夫人只得急急地抓起赵教授上课时用的教鞭，以打代教，边打边教训。她打大的便对大的说："你大没大样，你就不知道这世上的人大的都要让着小的吗？"她打小的会边对小的嚷："他是你哥，你怎么就不知道要尊重你哥？"

对于母亲的管教，兄弟俩谁都不买账，也不服气。大赵据理力争："我怎么是大的了，我和他同岁，怎么就得让他了？"小赵则反唇相讥："我与他同岁，他怎么就成哥了，他都没个好样，我尊重他个屁呀！"兄弟俩轮番说出的话，时常让赵母目瞪口呆，举着的教鞭无力地垂了下来，接着是唉声叹气，暗自抹泪。静夜里，与丈夫赵教授同床共枕时，她时常私下抱怨："真气死我了，早知生的是一对孽种，还不如不生呢！"这时候赵教授却一如既往地安抚妻子："别担心……毕竟……他俩还小，或许……长大了……懂事了，也就好了。"

日出日落，月缺月圆。

十几年的时间，说长则长，说短则短。转瞬间，赵家这对双胞胎兄弟就长大了。长大的这对兄弟，虽然数年间在同一所小学、同一所中学上学，可无论是上学还是放学，他们从来是井水不犯河水，各走各的，从不结伴而行。即便是上学时在父母的督促下一同走出家门，但出了家门他俩也是各走各的，形同陌路。放学回到家里，也同样如此。

时值中华人民共和国成立之初，为了解决城市中的就业问题，中央从20世纪50年代中期就开始动员、组织，将城市中的年轻人移居农村，尤其是边远的农村地区建立农场。早在1953年，《人民日报》就发表社论《组织高校毕业生参加农业生产劳动》。1955年，毛主席又发出号召："农村是一个广阔的天地，到那里是可以大有作为的。"这句话，成为后来知识青年上山下乡的响亮口号。当然，这是后话。

还说赵家兄弟。

1955年，大赵小赵已满18岁，高中刚刚毕业。原本赵教授夫妇是希望两个儿子能上大学的，无奈赵家这对双胞胎兄弟生性顽劣，调皮好耍，无心向学，半点也没有遗传赵教授一生淡泊明志、潜心学问的基因，两人的学习成绩一直不上不下，尽管勉强考上了高中，但高中阶段的成绩在班里排名时常倒数第一。眼看两个孽债儿子的学习不可救药，上大学无望，又值伟大领袖毛泽东主席发出号召，赵教授便萌生了将两个儿子都送去农村锻炼、接受贫下中农再教育的念头，并希望两人在广阔天地能有所作为。但赵教授的想法，只得到赵夫人一半的赞同和支持。也就是说，赵夫人同意丈夫将儿子送到农村锻炼，但她不同意两个都送，只同意送一个。赵夫人的理由也比较充分："两个儿子都送走了，家不像家，咱夫妻俩孤零零地住这么个四合院，日夜空荡荡的，你不觉得瘆得慌？再说万一咱俩有个三长两短，找个人跑腿照应都困难……"赵夫人的这种理由，此种担心，让赵教授一下无话可说，心想她毕竟是赵家女主人，想得比自己周到，于是他冲夫人竖起大拇指，点头赞同。可两个儿子只送走一人，手心手背都是肉，送谁不送谁，夫妇俩思前想后，进退两难，反复商量依然未果。于是想出了一个相对公平、却并非两全其美的办法：抓阄。

对于父母的打算，赵家的两个儿子刚开始都抵触、都拒绝，但赵教授开了个严肃的家庭会议，拿出给学生授课时的那种本事和劲头，动之以情，晓之以理。赵教授说："并非我不想让你们俩上大学，可就你俩目前的成绩，你们能保证考得上吗？别给我丢人了！可考不上大学，你俩留在家里能干什么？坐吃山空吗？要知道你俩都满18岁，已经是成人啦！你们想留在城里就业？没那么容易，不然毛主席怎么要号召知识青年到农村去？再说了，你俩虽然都已满18岁，法律规定已经是成人，但你俩看看自己，你俩像成人吗？整天斤斤计较，打打闹闹，谁都不肯让谁，谁都看着对方不顺眼，哪里还像是一个教授家庭的儿子？你俩不嫌丢人，我都感觉自己这张教授的老脸被你俩彻底撕烂了！既然你俩打小水火不容、势不两立，而且屡教不改，我同你妈商量好了，干脆将你俩分开，家里只能留下一人，另一人到农村去锻炼。毛主席都说了，农村是一个广阔的天地，在那里也可以大有作为。既然如此，你们两个，送一个到农村锻炼我看没有什么不好！"

教授父亲的这一席话，像一块高处落下的大石，一下子重重地压在大赵小赵的心头。他俩都不敢直视平常温和此刻却异常威严的父亲，纷纷将目光投向母亲，露出少有的求助表情。但此刻的母亲表情严肃，心如铁石。未等哥俩开口，母亲便说："你爸刚才说的这番话，也是我想说的。我俩昨晚都商量好了。考虑到平时你俩水火不相容，谁也不让谁，我同你爸商定了一个相对公平的办法：抓阄。你爸已经写好了两张纸条，一张写着'去'，另一张写着'留'，谁抓到'去'的这张纸条，谁就得尽快到居委会报名，到农村去锻炼。"

母亲的这番话，仿佛平地惊雷，轰然撞击着大赵小赵的心房，哥俩内心刹时翻江倒海。外表看却是傻了眼，直愣愣的，你看看我，我看看你，惊得好半天说不出话来。之后，大赵率先打破沉默，他带着挑衅的目光冲弟弟小赵说："怎么，你害怕了，怂了？"小赵眼冒怒火，吼道："你才害怕，你才怂呢！你敢不敢现在抓阄？"两人叫起板来，倒也让赵教授夫妇俩心头一直悬着的那块石头稍稍落地，原本他们还担心这对孽子犯浑，连阄都拒绝抓呢！

两人抓阄的结果："去"字的纸条，不偏不倚，恰恰被大赵抓着了。打开纸条的那一刻，大赵如遭电击。他两眼发直，久久地盯着那个硕大的"去"字，白纸黑字，确确实实，他不停地眨巴着眼睛，看了又看，瞧了又瞧，怎么也不敢相信。心仿佛被一根丝线扯痛了，一直往下沉，耳边这时候却冷不丁响起小赵幸灾乐祸的笑声。此刻的小赵，正手舞足蹈，趾高气扬，一脸坏笑，而且越笑越开心。挑衅和嘲弄的目光，也像支支射出的箭，投射到大赵沉郁的脸上，让大赵感觉疼痛难忍，内心的怒火像即将爆发的火山，呼呼燃烧。在场的赵教授夫妇正欲呵叱制止小赵的放肆，大赵却已经抢先一步，闪电般举起手重重地搧了小赵一记耳光，随即转过身撒腿便跑，消失得无影无踪……

日去夜来，赵家的小四合院重归平静，白天发生的风波虽也在赵教授夫妇的安抚下回归平息，但这对双胞胎兄弟结下的梁子，算是过不去了。

尽管心存不甘，大赵最终还是自认倒霉、也多少带着不当狗熊不让小赵嘲笑的自尊，独自前去街道居委会报名，几天后又独自背起背包同他的几位同学一起去了湖北黄冈的农村。离家那天，原本赵教授夫妇准备前往车站送行，但大赵走出家门时没有道别，甚至都没有回头看自己的父母一眼，只甩下一个长长的背影。那一刻，赵教授夫妇的心被那个渐行渐远的背影扯得生疼。

更让赵教授疼痛的是，大赵此去湖北，除了刚到黄冈涨渡湖农场时来了封信，此后音讯稀少，甚至数年都不回家。这让夫妻俩时常牵肠挂肚，愁肠百结。夜深人静时，夫妇俩惦念着远在湖北的大儿子，也常感慨养儿就是养白眼狼，简直就是自讨苦吃，甚至怀疑自己前世是否造孽了，怎么生下这对不省心的孽子。抱怨归抱怨，赵教授还是在夫人的催促下，每月给远在黄冈的大儿子写信，信的内容无非是嘘寒问暖，问儿子是否缺衣少食，每天都在做什么，劳动量大不大，干活累不累。当然也免不了谆谆教诲，规劝儿子一定要想开些，要胸怀祖国、放眼世界，要让自己在艰苦的劳动中磨炼意志、增长才干、不断成长。尽管父亲是苦口婆心，每次在信末落款处还都郑重其事署上了夫妇俩的名字，而且每月至少写一封，月月如是，雷打不动，但大儿子却心冷如铁，总是爱理不理。大儿子每年至多回一两封信，每次回信都是惜墨如金，寥寥数语，口气不咸不淡，而且内容大都千篇一律，无非是"我没事""不累""过得去""挺好"之类应付了事，问候父母的言语半句都没有。如此，导致做父母的更是像热锅上的蚂蚁，时常坐也不是站也不是，甚至导致赵教授做学问写文章都三心二意，在课堂讲课时也心神不定，讲着讲着就思维不畅甚至脑子短路。直至大赵离家的第五个年头，赵教授实在坐不住了，夫妇俩利用寒假时间，冒着刺骨严寒，长途跋涉来到湖北黄冈的涨渡湖农场。

好不容易七绕八拐，沿途四处打听，总算见到日思夜想的大儿子时，一切都出乎赵教授夫妇意料：大赵已经变成五大三粗的汉子，蓬乱的头发，疲惫却不乏神采的目光，黝黑的脸上胡子拉碴，一身已洗得发白且沾染泥土的蓝色粗布衫，使他整个看上去已是活脱脱一个地地道道的农民。

不仅如此，大赵已经成家，媳妇是与她同年来到这个涨渡湖农场的武汉女子，而且他们已经有了一个两岁的儿子！

赵教授夫妇被农场的热心同事引进大赵家时，大赵一家三口正围坐在家里一张简陋的圆桌旁吃晚饭。见到门外来人，而且是多年不见的父母，原本已经站起身的大赵瞬间像触了电一样木在屋里，两腮被还未下咽的食物撑得鼓鼓的，两只疲惫的眼傻傻地看着自己的亲生父母，那样子像极了一只正吃着东西却被突然吓着了的蛤蟆。

当看到自己的亲生父母双双站在门口早已老泪纵横时，大赵才在同事的招呼下慌慌地回过神来，说："爸、妈，你们怎么来了？"边说边招呼父母赶快进屋。他们一家三代就这样在一阵手忙脚乱和唏嘘感慨的叹息声中，悲喜交加地团聚了……

第二章

转眼就到了 1977 年。

那一年，全国恢复高等学校升学考试，大赵的大儿子从湖北的黄冈中学考到了北京，而且还考上了清华大学。紧接着，大赵的小儿子也从湖北考到了北京，考上了北京大学，小儿子是赵教授夫妇那年到黄冈看望大赵之后出生的。

赵家第三代的两个男丁，一下子双双考上了北京的名校，这从天而降的大喜事让赵教授夫妇喜上眉梢，乐得合不拢嘴。以至于无论是在自家的四合院里还是在院外遇上邻居街坊，抑或是在自己工作的大学里见到同事，赵教授几乎逢人就传递喜讯，津津乐道。内心那禁不住的喜悦，像春天回暖时大地上的杂草，呼呼疯长。私下里，赵教授夫妇感慨说赵家这回是祖上显灵、后继有人啰。

大赵的两个儿子，大的叫赵争气，小的叫赵争光。人如其名，事实证明大赵当初给这两个儿子的名字不仅起得好，而且起得高明。他俩生在农场，长在农村，上学时赶上"文化大革命"，学校半学半农，学生时常被组织到农场或农村支援生产、参加劳动，接受再教育，可赵争气和赵争光兄弟俩天生勤奋好学，似乎从娘胎里就开始体谅父亲，深知父亲在赵家四合院曾经遭受的委屈，他们要为父亲争气，为父亲争光。从小学到高中，他们屡屡用优异的成绩为父亲赢回荣誉，博得周围人的羡慕与赞誉。他们不仅在学校学习成绩优异，课余时间还痴迷看书。虽然那时候他们也找不到什么像样的书，但只要见到书他们就舍不得放下，连《毛主席语录》这样的政治书籍都读得津津有味，甚至在学校偶尔见到《人民日报》《光明日报》《红旗》杂志的"两报一刊"社论，也都像铁屑遇到磁铁一样被吸引住。至于文学书籍，像《朝霞》《千重浪》《春潮》之类的小说，像浩然的《金光大道》《艳阳天》《西沙儿女》，像《青春之歌》《烈火金刚》《野火春风斗古城》《红旗谱》《红岩》等，好不容易从学校或农场的图书室借来一两本，兄弟俩都如获至宝，如饥似渴地阅读，你看完给我，我看完给你，每本都一而再再而三，反复看好几遍，以至有些小说的章节他们都能背诵。如此这般，日积月累、潜移默化，兄弟俩便沐浴在知识的雨露之中，如春天的禾苗般天天成长。谁都没有想到，及至将近高中毕业，兄弟俩都顺风顺水撞上了大运，赶上了国家恢复高考。1977年，哥哥赵争气刚好是应届高中毕业生，不早不晚，赶上恢复高考后的第一届考试，而且一考即考出了高分，上了清华。此事一时间如春雷炸响，在大赵所在的涨渡湖农场造成了轰动，见到大赵及大赵家人，众人无不竖起大拇指。尽管如此，大赵及家人却很低调，对所有夸奖和祝贺的人都只是礼貌地回报笑容，道声感谢，内心当然是跟抹了蜜似的，那种甜丝丝、美滋滋的感觉，如春风拂面、甘露沁心，久久不能消逝。然而，好事远未停息，仅仅过了半年，比哥哥低一个年级、即1978级的弟弟赵争光参加高考，再度奏凯，一举考上了北大。这事一如地震，不仅在他们生活的涨渡湖农场，还在他们周围方圆数十公里的黄冈地区乃至整个湖北省都产生了轰动，而且经久不息。黄冈的媒体，就连《湖北日报》和《长江日报》都分别对此作了专题报道。赵家兄弟和赵家父母一下子成了湖北炙手可热的新闻人物，风光无限。他们一家人所到之处，见到的都是羡慕的目光……

俗话说，祸不单行、福无双至。可福无双至这个词，放到大赵一家身上却并不灵验。大赵两个儿子双双考上北京名校的同时，大赵也按政策离开湖北黄冈涨渡湖农场，携妻带儿荣归故里，一家四口回到了北京。这对大赵一家来说，就不仅仅是双喜临门，而是喜事接连不断了。

经历了之前的骨肉分离和亲情磨难，大赵一家的回归对赵老太爷和赵老太太来说，简直是喜从天降。眼见大儿子大儿媳和先后考上名校的两个孙子荣归故里，赵老太爷和赵老太太别提有多高兴了。他们脸上的笑容就如春天盛开的花朵，收收不回，关关不住，满脸的舒心和甜蜜一如冒出的山泉，由里往外汩汩溢出。

赵家全家人破镜重圆，而且如今是三代同堂、人丁兴旺，赵家的小四合院又热闹起来。

自大赵抓阄不得已下乡到了湖北农村，留在赵教授夫妇身边的小赵开始是洋洋自得、备觉庆幸，冷静下来之后却也思虑起自己的前程。思虑再三，他心有不甘地报名参加了高考，但无奈被父亲不幸言中，成绩太差，他铩羽而归、名落孙山。幸好他还勉强拿到了高中毕业证书。凭着这张证书，小赵幸运地考进了北京第二纺织厂当了一名机械维修工。那时候的工人老大哥地位了得，所以小赵也沾了光环，无形中被抬高了身价，无论是在家里还是走在大街上，小赵都像打了鸡血，神采奕奕。工作不久，小赵恋爱了，女方叫丁秀芝，是北京第二纺织厂的一名纺织工，其父母是厂里的第一代工人，丁秀芝算是纺织厂的"纺二代"。小赵与丁秀芝的结合，虽不算门当户对，但毕竟是同厂同事，也算珠联璧合，何况两人是自由恋爱，情投意合。对小赵的这桩婚事，赵教授夫妇虽然像对小赵的前程那样心存不甘，可也无可奈何，只能顺其自然。所以小赵将他与丁秀芝恋爱的消息告诉赵教授夫妇时，赵教授夫妇不置可否，只对小赵说："你的终身大事，你自己定，好与坏你自己惦量，将来也别怨我们。"这种表态，虽然不是明确支持，却也算默认，这已经让小赵如获至宝，他将父母认可的消息告诉丁秀芝，两人大喜过望，相拥亲吻，如胶似漆。激情过后，两人又月下盟誓，定下终身。当小赵领着自己的恋人前来拜见赵教授夫妇时，赵教授和赵夫人见丁秀芝温顺可人的样子，倒也满心欢喜，当即答应了小赵的结婚请求。

婚后，小赵夫妇住在四合院东边的两间厢房。而后的几年，他们育有一儿一女，儿子和女儿相差两岁，是非常理想的儿女双全，按说这点比大赵清一色的两个儿子更为理想。可人算不如天算，小赵的这一儿一女虽然乖巧懂事，也都孝顺，但学习上却继承了小赵的愚钝天性，从小学到中学，成绩在班里总是丝线挑豆腐，无论如何也提不起来。虽然兄妹俩也都报名参加了高考，却同样像他们的父亲一样铩羽而归。那时候，大赵的两个儿子早已经是清华和北大的高材生，他们比小赵的儿子和女儿都大了几岁，大侄子赵争气和小侄子赵争光考上大学的风光曾经那么强烈地刺激了小赵的神经。如今儿子和女儿的双双落榜，身为父亲的小赵并不甘心。尽管儿子和女儿高考落榜并无意复读再考，但小赵还都是逼迫他们分别复读了一年，只是一年之后依然无果而终。这样的结局，令心存不甘的小赵心灰意冷，可又别无他法，只好偃旗息鼓，收兵认命。当然，这是后话。

还说当初大赵一家衣锦荣归北京的事。

大赵在湖北农村时，小赵留在北京父母身边，与丁秀芝结婚之后生儿育女，赵家小四合院里的石榴终于见证了四合院的主人后继有人。赵教授夫妇先后将四合院东边的两个厢房和南边的一间倒座房分给了小赵一家，小赵和丁秀芝夫妇独住一间，他们的儿女长大之后各住一间。小赵的儿子叫赵一丁，女儿叫赵一秀，名字各取母亲姓名中的一个字。这两个名字让外人一听便啧啧称赞，就连爷爷赵教授也不由得竖起大拇指，对儿子小赵说："你书读得不怎么样，给儿女起名字倒有一套。"小赵听罢面露得意之色，说那是与秀芝一起反复商量的。赵教授是明白人，他自然看出小赵与丁秀芝的感情是鱼水相依，不同一般，这倒也让赵教授夫妇颇觉欣慰。小赵和丁秀芝恩爱有加，既是和睦家庭的缘分，也是长辈们难得的福音。天下做父母的，谁也不希望看到儿子儿媳同床异梦，整天在家里打打闹闹。

既然小赵一家已经住了东厢房的两间和南房的一间，大赵一家回京之后，自然而然就住到西厢房的两间和南房的另一间了。南房剩下的另一间用作公用。北房的三间，则一直由赵教授夫妇居住，正房用作客厅，东房用作卧室，西房用作书房。

大赵一家的回归，让赵家的小四合院人丁兴旺，从过去的相对冷清一下子变得热闹、红火起来。赵教授忽然发现，四合院里的石榴似乎结出了更多的果实，饱满的石榴果在阳光的照射下红彤彤的，一个个像眉开眼笑的孩子。四合院里的海棠似乎也长得比以前更茂盛，那数不清的果实像调皮的小精灵，从茂密的枝叶中争先恐后地探出脑袋，在晴朗的阳光下冲四合院的主人们挤眉弄眼。赵家的四合院确实迎来了有史以来最热闹、最兴盛的时光。

大赵一家从湖北迁回北京的那天，赵教授夫妇兴奋不已，在四合院里进进出出忙前忙后，费心张罗，帮助招呼着让大赵一家将衣服杂物一一归位。当晚还破天荒地订了距离自家四合院不远处的全聚德烤鸭店，一家三代十口人欢欢喜喜热热闹闹在一起团聚。这也是赵教授一家三代史无前例的大团圆。在这样一家价格不菲的餐厅团圆，买单的自然是赵教授，他也乐得。能够让自己的子孙在全聚德这家连名字都极富寓意的高档餐厅团圆，赵教授夫妇是求之不得，乐意之极，之前他们老两口还有些忐忑不安，担心大赵小赵心存芥蒂、不给面子呢。

要说芥蒂，大赵和小赵心里还是存着的。毕竟打小多少年一直打打闹闹、水火不容。毕竟两人在谁留城里谁下放农村的人生关头，忽然间有了天壤之别。毕竟决定命运分野的那一刻，小赵还挨了大赵一记响亮的耳光。这种种刻骨铭心的记忆，怎么可能一下子烟消云散呢？

但即便如此，事情毕竟已经过去了二十几年，大赵小赵不仅已长大成人，还都已为人父，他们各自的孩子如今年龄都比当初他们打闹时要大。无论如何，岁月的尘埃已或多或少拂走了兄弟间的怨气。何况他们共同的父亲赵教授迄今还是一家之主，虽日渐苍老，但毕竟老树粗枝，根依然深，叶依然茂，威严也依然存在，底下大小不一的小树虽然多年来蓬勃生长，但依然离不开赵教授这棵大树的庇护。不说别的，单就住房这一条，他们还不都是离不开赵教授当初倾囊置下的这座四合院？

大赵一家迁回北京之前，赵教授夫妇就将小赵夫妇叫到跟前，再三叮嘱小赵千万别记仇，过去的事就不要再提了。赵教授说："过去你们是小孩子不懂事，现在你不仅早就是大人，早就成家立业，孩子也都快长大成人，念在骨肉亲情的份上，可千万别闹出什么幺蛾子来丢咱们赵家祖宗的脸。何况你们也已经是孩子的父母，要为孩子树立个好榜样，可千万别让一丁和一秀像你们哥俩那样反目成仇。"赵教授说这一番话的时候，表情严肃，态度诚恳，动之以情，晓之以理，显然说的都是掏心窝的话。赵夫人也心事重重，在一边附和着丈夫，时不时敲打边鼓。总之，她与丈夫同心同德，满心希望自己的两个儿子从此言归于好。

好在小赵毕竟早已不是过去的小赵，而是年过半百的人了，对于哥哥的到来，虽然不能说已经心无芥蒂，却也理解老父老母的一片苦心，识大体、顾大局的事，他还是能够做到的。所以面对老父老母的再三叮嘱，小赵拍着胸脯说："爸、妈，你们尽可放心，我不会给你们添堵。"小赵的媳妇丁秀芝听罢更是噗哧一笑，说："爸、妈，你们可真逗，我以为是什么大事呢，原来就这么点芝麻大的事，那叫事吗？大哥他们一家好不容易从湖北农村回来，我和小赵是举双手欢迎啊，怎么可能出现您二老担心的事情呢？"

话说到这个份上，赵教授老两口悬至嗓子眼的心总算回落到原处。

大赵一家回到赵家四合院时，小赵见面时先是一愣，但这一愣也不过是一两秒钟，表情很快松弛下来，讪讪地笑。虽然他没有开口叫哥，却也快步迎上前去帮大赵一家搬行李。

直到晚上，赵家三代人在全聚德吃饭的时候，赵教授夫妇端坐在雅间的正座中央，大赵小赵两家分列左右两侧，男男女女十个人将一张大圆桌围了个圆圆满满。酒席开始之后，大赵和小赵两家人之间虽然谈不上亲密无间，可也算得上客客气气，劝酒和挟菜也都是礼尚往来，说话也是蜻蜓点水，该说的说，不该说的绝对不说。对于过去，大赵小赵可以说彼此都心照不宣，都小心翼翼地维护着赵教授夫妇所在意的面子。至少，赵教授和夫人原先担心的事，并没有在全聚德的饭桌上出现。这让赵教授夫妇欣慰不已。

此后的许多年，大赵和小赵两兄弟，虽然与父母同住一个四合院，但都各有各的家室，各自的四口之家一日三餐都是各顾各的，自家做饭自家吃。大赵小赵倒是约定，父母年纪大了，不能让他们自己做饭，要二老在两家轮换吃，每家吃一周。这主意是小赵率先提出来的，大赵听罢当即同意，兄弟俩一拍即合，这几乎是他们兄弟俩有史以来第一次意见一致。他俩还一起到二老房间，郑重其事说了此事，二老听罢彼此对视了一下，赵教授当即表态赞同。赵夫人则不置可否。赵老太太是中国传统的家庭妇女，嫁鸡随鸡、嫁狗随狗，自打她嫁给了赵教授，许多时候尤其是拿大主意的时候，她都是无条件服从丈夫的。不过赵老太太又说："吃饭主要是晚饭吧，你们和你们的媳妇都要上班，早上匆匆忙忙，中午又不回来，我看早饭和午饭就免了吧。"对呀！还是赵老太太考虑得周到，她毕竟是一家的主妇，赵家父子三人听罢都觉得在理，都表示赞同。

赵家兄弟让老父老母每周轮流吃晚餐的安排，既体现出各自对父母的责任与孝心，让赵老太太省去了每日操持晚饭的繁琐，更主要的是让赵家的四合院和谐起来。

星辰轮换，日月更替。月复一月、年复一年的阳光和雨露，赵家四合院的海棠长得更加葳蕤茂盛了。

平日里，赵教授夫妇虽然每家一周轮流吃晚饭，但早饭和午饭，老两口自己还是要张罗着自己做的。好在他们的早饭和午饭一般都比较简单，早饭无非是米粥馒头就咸菜，外加每人一个鸡蛋，偶尔买点面包和牛奶换换口味。午饭则时常是煮面条，有时候则是到外面的小吃店买点现成的包子或饺子。至于晚饭到谁家吃、吃什么、吃得好还是吃得不好，老两口从不计较也从不比较，他们在意的是难得两个儿子和儿媳都有这种孝心。某种意义上讲，他们吃的是心意而非食物。

逢年过节，赵教授则依旧要张罗着到外面餐厅团圆，去得最多的也还是离家不远处的全聚德。赵教授每次张罗，大赵小赵一家也都响应配合，只不过每次聚餐团圆，兄弟俩谁都从未主动提出买单，或者两家轮流买单，仿佛老父亲主动张罗大团圆就理该由老父亲买单似的。所以每次团聚，无论大赵还是小赵，他们各自的家人男男女女谁都吃得心安理得。

赵家这种相安无事、逢年过节聚会的局面，一直持续到赵教授去世的时候为止。

第三章

赵教授是在1985年夏天突发心梗去世的，享年76岁。

赵教授的去世，让赵教授的夫人赵老太太像一夜间遭了霜打的瓜秧似的，满脸衰败，突然间苍老了不少。尽管大赵和小赵依然遵循着老规矩，每周轮换着让老太太到家里吃晚饭，但因为遭受了生离死别的打击，赵老太太的身体已经大不如前。步履蹒跚的她，已经不能再像从前那样到外面买东西了，因为白天大赵和小赵两家人都要上班，老太太的早饭和午饭便成了问题。

小赵于是向大赵提出，轮到老太太在谁家吃晚饭就由谁解决老太太的早饭和午饭，大赵点头同意。

事虽已定下来，双方也征得了赵老太太的同意，按约定每周轮换一次，让赵老太太到自己家吃晚饭，每天上班前也都为赵老太太准备早饭和午饭，可兄弟俩的经济条件不一样，对自己的母亲感情也是有区别的。

小赵通过抓阄幸运地躲过了下放农村，进了北京第二纺织厂当机修工，又结识了"纺二代"丁秀芝，双双成为那个时期人人羡慕的工人阶级。那个年代虽然全社会物资短缺，但身为工人且是双职工的他们优先享受着凭票供应的首都市民生活，虽然不算富足，但相比于下放湖北农村的大赵，他们的粮食、肉蛋和日化等基本生活品，可以说样样都不缺。尽管星移斗转，天地轮换，他们所在的纺织厂在改革开放和商品经济的大潮中宣告破产，被一家外资企业兼并改造成一家汽车制造企业，但幸运的是工厂变换门户并未砸了小赵和丁秀芝夫妇的饭碗。原本就是机械维修工的小赵被企业的控股方留下来，培训成了汽车装配工。长相白净、做事干练、性格开朗的丁秀芝则被留下来干销售。这样一来，小赵夫妻俩不仅没有因纺织厂被兼并而下岗、断了生计，反倒是塞翁失马，他们的工资收入比原来还翻了一倍。他们的一儿一女，虽然没有考上大学，却也已经就业。儿子赵一丁刚开始受聘于一家医药企业做销售，没干几年就与人合伙开了一家药店，虽然还没有挣到大钱，但他一个人的月收入比他父母两人每月的工资总和还高。女儿赵一秀呢，职高毕业后进了卫校，如今是协和医院的一名护士，工资月收入也高于她父母中的任何一人。

大赵因为下放农村二十余年，青春献给了广阔农村的同时也牺牲了原本可能留在首都北京的大好年华，岁月的刻刀将他这位北京青年雕刻成了湖北农村一位地地道道的农民。他皮肤黝黑，皱纹横布，手脚粗糙，言谈举止粗鲁随意，就连说话都带着浓重的湖北腔。他的媳妇胡素丽是个典型的武汉女子，性格火爆，行事泼辣，嗓音洪亮，办事待人都风风火火。家里的大事小事，大赵都得让她三分，基本上都是胡素丽说了算。与小赵相比，大赵的青春年华牺牲了太多太多，要说没半点委屈那是假的。内心深处，他觉得这个世界亏欠他太多太多，父母、弟弟，甚至整个北京，都亏欠了他。幸好上天是公平的，在他心如死灰的时候，他的两个儿子为他大大地争了口气，为他长了脸面，让他不仅成为黄冈乃至湖北人人羡慕的新闻人物，而且在他们赵家也成为赵教授津津乐道、光宗耀祖的样板。他更没有想到，原本多少有些自卑的他，感觉自己的腰杆骤然间挺直了。大赵回到北京与弟弟小赵同住一个四合院，虽然不敢过于趾高气扬，暗地里却也时常感到底气十足，走起路来都感觉腰板空前笔直，脚下虎虎生风，说话的声调也上扬了一两度。只是略感遗憾的是，虽然他和妻子赶上落实政策回到了北京，政府也给安排了工作，可并不理想。大赵被分配到邮电局当邮递员，他媳妇则被安排在一家国营百货商店当勤杂工，夫妻俩的工作不仅辛苦，收入也相对微薄，加上两个儿子都在上大学需要费用，一家人的经济时常是捉襟见肘。幸好那时候上大学的费用和生活开销还不是很大，更主要的是两个儿子都非常争气，他们每学期在各自的学校都能获得奖学金，本科毕业还先后以优异的成绩被选派到美国留学，当然这是后话，先按下不表。

还说赵老太太继续每周轮换在大赵和小赵家吃饭的事。

小赵向哥哥大赵提议母亲轮到在谁家吃晚饭时，早饭和午饭也得管，大赵也同意。早饭放哪家当然都不成问题，因为他们各自的家人上班前也得吃早饭，无非是请母亲过来一起吃或将早点送给母亲。问题是午饭，因为谁家的人白天都要上班，四合院里只留下赵老太太，解决的办法是要么上班前给赵老太太备着饭菜，中午让赵老太太自己加热即可食用，要么中午赶回家给赵老太太现做。但后者难度较大，可能性也很小，因为偌大的北京可不像中小城市，路远不说，中午一般也就一个多小时的休息时间，匆匆赶回家去为赵老太太做午饭根本不现实，唯一的选择是上班前为赵老太太备好午饭。

矛盾恰恰就出在为赵老太太备饭上。既然已经约定，无论是大赵还是小赵，午饭都会为赵老太太备的，但备什么饭、让赵老太太中午吃什么，一是凭本心，二是凭家庭经济实力。

小赵家每天上班前给赵老太太备的午饭，要么是饺子、包子，要么是鸡蛋炒饭或肉饼，外加一碗小米粥，还时常送一个香蕉或一个苹果。大赵家呢，午饭时常只给赵老太太备了一个花卷或馒头，外加一碟咸菜或一小碗前一天晚饭的剩菜，有时候也给赵老太太留下一碗粥或米饭，菜依然是咸菜或剩菜，没有鸡蛋，更没有香蕉和苹果。

开始的时候大赵和小赵彼此并不知道对方给母亲备的什么饭，赵老太太也并不言语，两个儿子送来什么她吃什么。尽管时间长了赵老太太心里的那杆称已经称出她自己在两个儿子心中的不同分量，但她并不埋怨，更不想说出。保持赵家四合院里的和谐与相安无事，让自己平平安安地度完余生，是赵老太太眼下最大的心愿。再说大赵一家为她备的午饭不如小赵一家，赵老太太尽可能往经济方面的原因想，毕竟她也知道大儿子一家的经济条件眼下确实是不如小儿子的。即便大儿子真的是故意对母亲吝啬，甚至是有意报复、虐待（其实这一点老太太想都不敢想），赵老太太也准备默默承受。因为当初让大儿子下放湖北农村的事，赵老太太至今还是心存内疚的。

赵老太太不计较甚至不在意，并不意味着矛盾就能永久封存。

那天中午，小赵因外出办事路过家门，顺便回家看母亲，发现母亲正满脸愁容一点一点地就着咸菜啃馒头，心痛之余，胸中不由燃起无名的怒火。

他问母亲："我哥每天中午都给您准备这样的饭吗？"

母亲嘴里刚咬下一口馒头，见小儿子一脸惊诧，她停住咀嚼，鼓着腮帮，睁大混浊的眼睛像一头被惊吓的老牛望着小儿子。她先是点头，紧接着脑袋像摇着拨浪鼓一样不停摇头，边摇边慌慌地说："没、没……"

小赵一把夺过母亲手中的馒头，大声嚷道："您别吃了！"言毕，不由分说便转身将馒头扔到厨房的垃圾桶里。回头对母亲说："您等等，我给您煮饺子。"母亲却伸手拦住他："不用不用，你忙你的，我凑合着吃点得了。再说我只是今天中午吃的馒头，你哥他们早上走得匆忙……"言下之意，往日他们送的并不是馒头和咸菜。

母亲还没说完，小赵便打断她："得了得了，您别哄我。吃馒头不是不可以，但得有菜啊，都什么年代了，怎么能让您老人家啃干馒头就咸菜?!"小赵说完，果真回到自己家里，没用多久就端来了一盘热腾腾的三鲜饺子。

小赵本想当即打电话质问哥哥大赵的，想了想还是忍住了。

第二天中午，他利用休息时间专程到家里探看究竟，结果发现母亲午饭还是就着咸菜啃干馒头。小赵这下火了，这火像地龙一样呼地从他的胸中蹿了出来，怎么压都压不住。他像一团火球瞬间闯回自己家，"唰唰唰"地往大赵的单位办公室拨打电话，恰好是中午休息的大赵接的电话。

一听是大赵的声音，小赵就冲口质问："哥，你到底是不是咱妈生的，你就天天中午让咱妈啃干馒头就咸菜?"

毫无准备的大赵冷不丁挨了一闷棍，愣了一会儿他吱唔着回应："我……我不知道啊，午饭都是素丽……"或许他忽然意识到说漏了嘴，转而停顿了一下，改口说："哎哎，我倒要问你，吃馒头就咸菜怎么了，你是不是以为你家多挣了几个臭钱就在老子面前显摆，有啥了不起? 再说了，晚上我们再让咱妈吃好点不就一样了吗?"

听哥哥如此狡辩，小赵更是火冒三丈："得了吧你！谁不知道你们一家的德性，抠抠搜搜还满嘴谎言，你这样对待咱们家老太太，就不怕遭世上人戳脊梁骨?!"说完小赵狠狠地将话筒扣了,那股气像是狠狠砸在大赵身上。

小赵虽然是在四合院的东厢房给大赵打电话,但声如响雷,震得原本静谧的四合院几近山摇地动,仿佛刚刚经历过一场地震。他的母亲赵老太太当然听得一清二楚。他回到母亲的房间,只见母亲正揾着胸口,苦着脸边咳嗽边责怪小赵:"小赵,你……你怎么能……责怪你哥,午饭……又不是你哥送的……咳……咳……"

小赵仍没好气说:"我知道不是他送的,他干吗不自己送而让他老婆送?再说了,我不相信他自己送就能够送出什么花样来!"

虽然还在不住咳嗽,但赵老太太还是使出九牛二虎之力冲小儿子嚷嚷:"你——别管……我都这把老骨头了,吃……吃什么不都是一样?"

小赵却寸步不让:"我就是要管!"

这天晚上,赵家的人都陆续回到了四合院。小赵将大赵约到自己房间,劈头就质问:"哥,说好了咱们两家每周一换轮流照顾妈吃饭,可我连续两天中午回家,却发现咱妈总是馒头就咸菜,这也太寒碜了吧,你们这样对待自己亲妈也不怕遭天谴?!"

大赵明知是自己老婆胡素丽做得有些过分,此刻见小赵眼睛喷火,胸中的火苗也被点燃了:"你小子竟然回家监督我家给老太太送什么饭?我问你,咱妈的饭这周该你管吗,你管得着吗,该你管饭的时候我监督你了吗?老子还没监督你呢,你倒监督起老子来了?!"

小赵反击道:"你想监督尽管监督,我让咱妈吃什么你可以去问咱妈。你要是养不起咱妈、管不起她吃饭,你就直说好了,别抠抠搜搜偷鸡摸狗尽干伤天害理的事!"

大赵明知理亏气短，却也不甘心认输："你别得了便宜还卖乖，你不就靠撞大运留在北京比老子多挣几个臭钱吗，有啥了不起臭显摆？三十年河东三十年河西。等着瞧，往后还不知道谁比谁更有钱呢！"

大赵说的也不是没道理，他的青春年华在农村整整耽误了二十余年，经济上眼下当然没法跟小赵比。可他的两个儿子虽然现在还在美国留学尚未挣钱，但谁都知道他们前程无量，挣钱是早晚的事。

小赵还真被大赵这句话噎住了，"你你你"的干瞪着眼支支吾吾了半天，像一枚哑火的鞭炮。最后怒不可遏地蹦出一句——你……混蛋！

大赵也不甘示弱——你才混蛋呢！

两人不欢而散……

兄弟俩的吵架声惊动了赵家所有人，大家都围拢过来，好几双眼睛争先恐后地向他俩投来惊诧的目光。赵老太太此刻正倚在四合院正房的门框上望着自己的两个儿子，心如死灰，目光呆滞，泪水涟涟。

当晚，赵老太太在自己的房间服下了大量安眠药，自此一觉不醒。

第四章

赵老太太的死，让她两个儿子的关系更加水火不容。

首先是两兄弟对母亲的死互相埋怨，彼此推卸责任，甚至是在护送母亲去殡仪馆的路上还大吵大闹。惹得殡仪馆正开车的司机都看不下去，开口大骂："我说你们哥俩到底有完没完啊，也不看看现在是啥时候啥场合，吵什么吵？你家老太太都让你们给气死了，你们还不依不饶不让她老人家灵魂安生？你们就不怕让世上的人戳脊梁骨？哼，你们不嫌丢人我都嫌丢人，说实话我现在都替你们感到脸红，替你们家老人感到痛心！"

要放在平时，脾气火爆的赵家兄弟俩岂能容忍一个外人如此指责？可此刻面对司机劈头盖脸的痛斥，兄弟俩竟然一时变成了哑巴，尽管人已气得像正吐着气的汽车发动机呼呼颤抖，但双双都只见眼睛喷火却不见嘴唇发射子弹。许是丧事当前，面对母亲的亡灵，他们只好忍气吞声默默赶路，总算熬到将母亲的灵车送进了殡仪馆。

在选择什么档次的骨灰盒上，兄弟俩又出现了分歧。大赵要买普通且经济实惠的，几百元就可以搞定的那种，理由是人死入土，再好的骨灰盒最终都会跟人一起腐化成污泥，没必要铺张浪费。小赵则要买高档的，说母亲在世辛苦了一辈子，死后应当让她有个像样的居所享福安魂，随便打发那是不肖子孙才会干的缺德事。

两人针尖对麦芒，争执不下，各不相让。

大赵最后甩下一句："你非要买你就买，反正我没钱！"说完将脸扭向一边。

小赵鼻翼一提，轻蔑地剜他一眼，呛出一句："咻——这才是你要说的实话，而非你冠冕堂皇说的什么浪费不浪费的问题！我知道你没钱，没钱就直说得了，干吗编出那么多理由？"言毕，他不由分说，自作主张买了一个价值3000元的紫檀木骨灰盒。

那一刻，大赵感觉羞愧难当，恨不得找到地缝钻进去。因为那个年轻的女收银员异常漂亮，女收银员一双忽闪忽闪的大眼睛此刻像照妖镜，一会儿照照小赵，一会儿又照照大赵。大赵感觉她投射来的目光像支支暗箭，让他无处逃遁。他从来不怕气势汹汹的男人，但他怕漂亮女人那刀剑一样的目光，因为漂亮女人的目光会让他尊严扫地。

买紫檀木骨灰盒的主意是小赵出的，钱自然是小赵先付了。一路上大赵的心却七上八下、敲起了响鼓，反复琢磨着这钱自己到底该不该分摊。

分摊吧，他心有不甘，感觉自己是被小赵道德绑架了；不分摊吧，又觉得对不起母亲，毕竟自己与小赵一样是从同一个娘胎里钻出来的。不分摊肯定是不孝，九泉之下的父母恐怕会死不瞑目，没准还会时不时于夜深人静的时候找回家来讨说法。一想到将被母亲阴魂缠身，大赵不寒而栗，禁不住打了个寒战，感觉浑身直起鸡皮疙瘩。他对小赵自作主张执意花高价为母亲购买紫檀木骨灰盒一事更加耿耿于怀，仿佛小赵强行让他吞下了一只死苍蝇，很恶心。于是，他对小赵恨得牙痒痒，拳头的骨节捏得"咯吱咯吱"响，恨不得挥拳将小赵的脑袋揍个稀巴烂。无奈母亲刚刚去世，此刻他眼前浮现出母亲的面容，母亲似乎正用冰冷的目光注视着他，审视着他的一举一动，威严的目光咄咄逼人。大赵一激灵，不由得警惕起来，理智像警钟骤然敲响，一次次提醒着他：丧事当前还是要以大局为重，万万不可闹出幺蛾子来。他咬紧牙根，一次又一次强迫自己忍住，再忍住，但他无法止住情绪的外露。在与小赵一起上山安放母亲骨灰盒的路上，他一路铁青着脸，气哼哼的，却啥话也不说，只顾"哼嚓哼嚓"走路，像一具生着气的铁疙瘩。

他们一同上山，准备将母亲与早几年去世的父亲合葬在一起。

死者为大。传统的中国人特别看重自家先人灵魂的居所，看重风水。风水好不仅能为仙逝的先人安放灵魂，还能庇护并福荫后代。当初父亲去世的时候，大赵和小赵遵父亲生前之嘱，提前为父母亲选择并购买了一处墓地，位置不错。墓地位于西山一处向阳的山坡，四周草木葱茏，前方视野开阔，山下还有一潭波光粼粼的湖水。虽然墓地价格不菲，当初购买时花了十万元，可眼下同样位置的墓地已经翻了一番，涨到了二十万元。当初购买这块墓地的时候，大赵和小赵其实也是有分歧的，大赵认为墓地太贵，提议再多看几处地方，看看有无位置也不错但价格相对便宜的再说。

但小赵根本听不进去，执意选定这一处，而且拍了照片和视频带回家让母亲过目，母亲看后很满意，说就定下这地方吧，钱我和你爸出。老太太声音不大，却语气坚决，一锤定音。何况钱是小赵出的，大赵无话可说，一颗悬着的心也就随之放了下来。但类似的事曾经接二连三发生，已经让小赵打心眼里瞧不起大赵了。真的是人穷志短，在小赵心目中，从农村回来的大赵鼠目寸光，斤斤计较，没半点北京爷们应有的气概。

安放好母亲，兄弟俩协商着分割父母的遗产。

父母的存款还有五万元，刚好一分为二，大赵和小赵每人分了两万五千元。分钱的时候，大赵一反常态，主动将一千五百元拍到桌子上，一脸豪气说："这是分摊咱妈骨灰盒的钱，你我每人出一半！"大赵的举动大出小赵意外，他眨巴着眼睛，反复打量着大赵，多少有些不相信，心想莫非太阳从西边出来了。于是他将大赵拍到桌子上的钱推回给大赵，说："别介，紫檀木骨灰盒是我执意要买的，钱我出，你甭管了。""妈不是你一个人的妈，也是我妈，你想让我以后不得安生么?!"大赵咆哮着，一脸的凶神恶煞，倒将小赵一下子镇住了。小赵只好"鸣金收兵"，摇着头嘿嘿讪笑，连声说"好好好"。此刻的大赵则目光炯炯，豪气万丈，仿佛感觉到自己有生以来总算干了一件扬眉吐气、惊天动地的大事。

分完了父母那五万元存款，剩下的只有房子和家什。四合院里的东西厢房各两间，还有南房三间中的各一间，父母在世时已经分别给了大赵和小赵。

余下的是北房三间，正房居中，左右两侧各有一间耳房，还有南房（倒座房）中间的那一间，总共四间。这四间房到底该怎么分？

小赵的意见是北房的那三间，东西耳房每家分一间，中间的正房和南房的那间留作公用，正房作公共客厅，亲戚来了或各家有朋友来了，可在正房招待亲戚或朋友，南房的那间依然共用于堆放杂物。小赵的这个意见不无道理，毕竟是四合院，两家先前已分到的东西厢房都不适合招待客人，唯北面的正房可作客厅，父母在世时本来就是将正房当客厅的。

但大赵不同意这个意见，他寻思父母一走，他们赵家已经没有什么亲戚来往，姨姑舅叔伯都已经作古，第二代的堂哥堂弟表姐表妹之类，有的在国外，有的在外地，北京这边一个没有，父母的朋友旧交之类也不可能来往了。再说自己下放农村二十多年，少年时代的玩伴早已经失去联系，二十多年间结识的要好朋友都在湖北黄冈农村，返京后几乎没有结识新朋友。同事倒是有好多个，但自己与他们的关系一直不咸不淡，平时虽也说说笑笑打打闹闹，但纯粹就是工作关系，下了班都井水不犯河水，各走各的路，压根就不会有谁下了班呼五吆六一起聚，再说即使聚也不可能拉到家里来。大赵左思右想，越想越觉得自己家里实在是不需要再招待什么亲戚朋友，越想越觉得小赵的理由说得冠冕堂皇，其实纯粹是为自家打小着算盘——谁不知道他小赵生性开朗豪爽，大大咧咧爱热闹喜交往啊，没有下过乡的他在北京混了几十年，狐朋狗友一大堆，他想将正房留作公用客厅，届时不就等于就他一个人用吗，想得倒美！大赵内心恨恨骂道，嘴角一撇，不由得浮出一丝轻蔑，还不乏得意，仿佛一眼看穿了小赵的小算盘。只是他并不点破，他只是坚持反对："那不行，没必要！再说了，现在交朋结友谁还带到家里来呀，还不都找家餐厅或茶馆啊。"话一出口，他便有些后悔，因为他一直囊中羞涩，到餐厅或茶馆与朋友聚会对他来说目前还是奢侈了，他消费不起。但他知道那些消费得起的人早已经过了在家里招待客人或请朋友到家里聚会的年代，他羡慕他们，渴望着有朝一日也能有实力赶上他们的消费水平，与他们一样。说这话他有些后悔，是因为与小赵协商购买母亲骨灰盒的时候他说过他没钱，仅仅过去几天他说话就改了口风，变得有钱了？他怕小赵抓住他的把柄，瞧不起他。

小赵果然机警，像猫抓老鼠一样瞬间便捕到了大赵的踪影，两只眼睛像鹰隼一样向大赵射来锐利的光芒，嘴角也浮现出轻蔑的微笑。只是他也没有戳穿大赵，说出的话也并未让大赵担心与难堪，只是口气喷着火焰，像打机关枪："哼，你不同意？可正房只有一间，你说怎么分，莫非咱们两家一家分半间，再打上隔断？"

大赵听罢，松了口气说："当然不是将正房一分为二，我的意见是将正房分给一家，南面的那间公用的倒座房分给另一家。"

小赵紧追不舍："那我问你，咱们两家谁得正房，谁又得南边的倒座房？"

大赵清了清嗓子，脸上立时现出兄长的威严。他竭力控制着自己的情绪，音调也缓和下来，以兄长的口吻说："我说小赵，按说你是我弟，我是你哥，都是一对父母所生。俗话说长兄如父，如今咱们的父母都已经不在，家里的事按说应该由我做主，至少应该主要是听我的，对吧？虽然咱两兄弟几十年，可你一次都没有听我的，这要是让外人知道了可有些说不过去呀。那么这一次，你就听我的吧，而且我只要你听我一次。这可以吧？"

小赵满脸疑惑，搞不清大赵葫芦里到底卖的什么药。内心既猜疑又在不断抵抗，大赵说得头头是道，让不知情的外人听着蛮像回事的，可他心底里却从来就没认可大赵这个哥哥。但他还是耐着性子说："那得看你到底是啥主意，公道不公道！"

大赵说："那行，你听我说。想当初父母让咱俩中的一个下放农村，我是家里老大，我顾全大局、听从咱爸咱妈的指令去了农村对吧，而且一去就是二十几年，我作出的牺牲、吃过的苦、吃过的亏你都没经历过，对吧？你想没想过，你没去农村，是占了大大的便宜，你留在北京找了满意的工作，又成家立业，二十多年来方方面面过得比我滋润，这你得承认吧？"

小赵听完大赵这番话，一脸不屑地说："咳，你可说清楚了，你去农村是主动去吗？不是抓阄去的吗？别说的比唱的好听，尽往自个脸上贴金！"

大赵说："那行，算我倒霉，抓阄去的农村。那我在农村吃了二十年的苦，这你不否认吧？不管咋说，我是替咱们赵家去的农村，我要是拒绝听咱爸咱妈的话，坚决不去，那不还得轮到你去？我既替咱们赵家去了，我吃的苦和亏怎么说也得补偿吧？法院错判的冤案国家不也得赔偿？大至国家，小至每个家庭，道理都是一样的。依我说，咱们这个四合院，北边的正房该分给我，南边那间原本公用的倒座房给你……"

大赵话音未落，小赵就像不小心踩了炭火一样跳起来，双目像被点燃的火炮喷着火舌。他挥舞着手臂，气急败坏地冲大赵大嚷："你想得倒美！你去农村可是抓阄去的，谁让你同意抓阄了？那只能说你运气差，自认倒霉吧！君子一言驷马难追，现在吃后悔药有啥用？再说了，你自个儿抓阄抓着的，你到农村吃的苦关我什么事，我留城过得滋润不滋润又关你什么事，我是吃你的欠你的了？"小赵越说越激动，脑门青筋突出，眼睛刀光剑影寒光闪闪。

原本抱着希望的大赵仿佛劈头盖脸挨了一阵耳光，脸上红通通热辣辣的。此刻他浑身像极了被点燃的火球，体温在急剧攀升，双拳攒得越来越紧，眼看着随时就将爆炸、出击。而小赵也毫不示弱，双眼咄咄逼人，双拳的骨节也捏得咯咯作响，随时准备迎击。

一场兄弟之间的肉搏眼看一触即发。幸好兄弟俩的怒吼声惊动了各自的家人。凑巧的是那天正是周末，大赵的两个儿子赵争气和赵争光刚好都从学校回到了家，一进大门便将正在海棠树下剑拔弩张的父辈兄弟拉开。

双方的家人这时候也七嘴八舌纷纷围了上来，无论是自己的媳妇、儿子还是女儿，都在竭力劝阻，努力平息眼前这场赵家内部亲人之间的激烈争吵，最终都将大赵和小赵连拉带拽强行架回到自己家里。

大赵被两个儿子架回到自己家，依然怒气难消，鼻翼像急促拉拽的风箱起起伏伏，呼哧呼哧。两个儿子知趣地围到他的身边，不停地劝释安慰，希望父亲尽快平息内心的怒气。兄弟俩都搞不明白父亲因何如此，竟然与叔叔差点儿打起来。待父亲怒气渐息，他们才逐渐弄明白缘由。毕竟是读了大学的，各自都喝了一肚子墨水，也都知书达理。听罢父亲大赵的诉说，两人都不约而同地劝父亲不必生气，有话好好说，不必与叔叔一般见识。再说分房的事应该与叔叔商量着来，能分到大的正房就要正房，分不到正房，南边那间倒座房也不是不行。他们的理由是，房子呀金钱呀什么的，说到底都是些身外之物，生不带来死不带去，何苦为此争个你死我活，既伤了亲情也伤了元气。这世间身体很重要，而亲情也不可或缺，再怎么说叔叔还是叔叔，与老爸您是同胞兄弟，都是爷爷奶奶的亲生儿子，即使打断骨头也还连着筋呢，煮豆燃豆萁，相煎何急？

两个儿子在身边左一句右一句地开导着，劝释着。坐在沙发上的大赵左瞅一眼右瞅一眼，像看着他俩唱双簧。他觉得两个儿子说的虽然不无道理，可他实在是不甘心。内心深处，他一直认为自己在赵家是个倒霉蛋，赵家吃的苦遭的罪全都让他一个人背了，赵家亏欠他大赵的实在是太多太多。既然如此，那间正房作为补偿分给他大赵天经地义，有何不妥？想到这儿，他那颗已经花白的脑袋摇得像拨浪鼓，口中念念有词：不行，绝对不行，我就得要那间正房！

大儿子赵争气看父亲犯犟，改变了原本一味开导的策略，索性将他一军："爸，你老坚持要分那间正房，可叔叔那边要是坚持不同意，那你怎么办，莫非真要同他打架，拼个你死我活、头破血流？要是真闹到这个地步，你就一定能得到那间正房吗？我看未必。要真那样，恐怕咱家和叔叔他们一家就将没完没了地打下去，从此永无宁日。可你觉得真要闹到那样的地步，值得吗？有好结局吗？"

这一番话像一团塞进嘴里的棉花，将父亲噎住了。大赵气哼哼地干瞪着眼，嗫嚅着，支支吾吾，半晌说不出话来。

赵争气见自己的话出了效果，趁热打铁，缓了口气继续说："爸，您都活大半辈子了，应该是活得比我们明白，凡事要想开点，想长远点，千万不要意气用事。古人说，小不忍则乱大谋。当初你下放到农村，吃苦不假。可话说回来，当初要不去农村，你能认识我妈吗？能有我和弟弟这两个儿子吗？我俩一个清华一个北大，够意思了吧？即使放在全国，这样的家庭恐怕也没几个，是不是？在这一点上，叔叔他们家再怎么说都比不上咱家吧？所以古人还有另一句话，塞翁失马，焉知非福。这世界上的事呀，不都是一成不变的，有时候坏事能变成好事、好事也能变成坏事，就看当事人都怎么把握、怎么对待了。更何况，我和争光毕业后前途如何，恐怕是秃子头上的虱子——明摆着。我们将来会住洋房、开轿车，会让您和我妈整天吃香的喝辣的，日子肯定会比叔叔他们家滋润得多。所以，您完全没必要纠结眼下分的是大房间还是小房间，您和我妈眼下只管平平安安、健健康康过好每一天，往后的日子长着呢。我敢保证，你们肯定会有享不完的福！"

不愧是清华高材生，赵争气的这番话像及时药，更是对症药，让大赵听了很受用，内心的怒气像风暴卷过的湖面，渐渐平息下来，脸上的不悦与怒气也渐渐消失得无影无踪。

小儿子赵争光这时也"添砖加瓦"："爸，您快消消气，我哥刚才说的话也是我想说的话，咱们真的没必要计较眼前的利益、得失，凡事真的要想长远些。俗话说留得青山在，不怕没柴烧。这不，我和我哥又给您和我妈带喜报回来啦。"说着他从双肩包里取出一个白色信封，递给父亲。大赵接过信封，又抽出信封里面的信笺，左看右看，满脸疑惑，因为信封和信笺上的字像狡猾的蚯蚓，曲里拐弯，虽正冲他嬉皮笑脸、挤眉弄眼，可他一个都不认识，一点也看不懂。

他将疑惑的目光投向大儿子，大儿子笑而不语。

不仅如此，大儿子又递来另一个信封。大赵瞅瞅信封，又抽出信封里面的信笺，与小儿子刚才的那个信封一模一样，写的全是外文，让大赵一头雾水。大赵抖着两个完全看不懂的信封，拧着眉冲着两个儿子喊："这——这到底是咋回事？这上面……写的都些啥玩意呀？"

两个儿子哈哈大笑。他们的笑声惊动了母亲胡素丽。胡素丽抓着一块抹布，边擦手边一串碎步围了上来。

见母亲也来了，大儿子赵争气这才揭开谜底："爸，妈，我和争光被美国的名校录取啦，争光要去的学校是约翰斯·霍普金斯大学，我要读的是麻省理工学院，两所大学在美国甚至在全世界，可都是响当当的世界名校，哈哈！"

大赵和胡素丽听罢，你看看我，我看看你，不断眨巴着眼睛，活像刚挨了雨淋的一对公鸡和母鸡，有些不敢相信。夫妻俩又望了望身边的两个儿子，忽然间高兴得像中了彩票，两张涨红的脸瞬间流光溢彩，憋不住仰天大笑，哈哈，哈哈，哈哈哈哈……

他俩的笑声很快感染了两个儿子，两个儿子也终于开怀大笑。他们一家人爆出的笑声清脆悦耳，像奔腾的潮水浪花飞溅、四下漫溢……

待屋里回归平静，大赵一拍大腿，脸上愁容重现，一边还翻着白眼：

"不对不对，咱们空欢喜一场。"他将目光投向妻子，而后又在两个儿子之间来回睃巡，一脸焦急与愁苦。

母子仨不明所以，齐声问："咋啦?"

大赵望了望两个儿子，说："你们俩都出国留学，咱家哪儿来的钱呀?"

两个儿子胸有成竹，相视而笑。大儿子赵争气说："爸，您放一百个心，虽然是美国的名校录取，但我俩都是公派，费用都由国家出。再说这两所学校都有高额奖学金，如果学习成绩好，每学年还会有数千美元到上万美元的奖励!"

赵争气的这番话，让父母顿时吃了颗定心丸。大赵和胡素丽顿时又乐开了花。

回想起今天与小赵发生的冲突，联想到小赵那一儿一女当初连大学都没考上的事实，大赵内心忽然升起一股莫名的快感。他腾地从椅子上弹了起来，疯疯癫癫地跑出门外，在海棠树下大声冲小赵家里仰天大笑大喊："哈哈，哈哈，我儿子争气和争光考上了美国名校，马上就要到美国留学喽，哈哈哈……"

大赵的笑声和喊叫声在院子里震天价响，惊飞了海棠树上的一群麻雀，震落了海棠树上的几片黄叶。妻子胡素丽和儿子赵争气赵争光惊愕地望着他。可大赵却发现对面东厢房小赵的那家始终没有动静，仿佛一群斗败的乌龟，将脑袋都缩回到甲壳里了。纵然如此，大赵内心还是涌起一阵阵从未有过的快感，感觉像是解了多少年来的心头之恨，仿佛自己刚刚狠狠搧了小赵一耳光似的。

尽管赵争气和赵争光即将公派出国留学的事，给大赵一家注入了喜气，让他们一家人连日喜上眉梢，那种难以言说的喜悦与笑容，像涂抹在他们一家每个人脸上的美容霜，香味久久不散。只是与小赵一家分割父母房产的事，依然像压在大赵心头上的一块石头，让他久久不能释怀。

眼看父亲还为此事发愁，大儿子赵争气又劝起了父亲："爸，依我说，这事没啥可发愁的，想简单可以很快了断，可要想复杂您会没完没了被纠缠住。何苦呢！"

大赵望着儿子，不明所以，问："你说怎么个简单法，又怎么个复杂法？"

赵争气说："您要简单，就别老想着非分到北边那间正房不可，干脆让给叔叔他们，或者最不济就公平一点，与叔叔抓阄，抓到什么就是什么，谁都别后悔。可您要是老觉得自己这辈子吃亏，非要争那间正房，叔叔家又不让，那就得跟叔叔他们吵闹下去，没完没了，永无宁日。可真要闹到那个地步，您觉得日子能过得舒心吗？哼，我看恰恰相反，早晚您都得憋出病来！"

大赵听儿子这么一说，忽然像触电一样愣在那里，半天说不出话。

妻子胡素丽闻声而来，她边解下围裙边接住话茬："依我看呐，争气说的也是，要不咱们就同对门的一起抓阄，趁争气、争光还没离家出国，尽早把这事了断。不然真要把你憋出病来，我可伺候不起！"

小儿子赵争光这时也顺水推舟，再次劝起了父亲："爸，我哥说得对，别跟我叔叔他们较真了，趁我和哥还没走，您最好快刀斩乱麻，尽快将分房子的事了断，免得我们走后你们还在这事上惹出什么幺蛾子来。到那时候我俩可都不在家，远水解不了近火，帮不上您。"

话说到这个份上，大赵已经无路可退。再说他越琢磨越觉得家里人无论谁说的都很在理，他已经无力反驳。这么一想，他只好听大儿子赵争气的建议，选择与小赵以抓阄的方式分房。唯一让他不甘心也不放心的是，他没想到当初自己下放农村的方式，这次又不得不派上用场。俗话说风水轮流转，心想这次倒霉的不会还轮到我大赵吧？不过很快，他又否定了内心刚刚浮现的那丝侥幸。他想抓阄抓阄，撞的就是大运，成败与否、吃亏还是占便宜，机会从来都是均等的。有了二十几年前那次抓阄的经历和在湖北农村吃过的苦，他对自己的运气已经不那么自信。只是纵然如此，他也别无选择，心想只好硬着头皮再撞一次大运了。

令大赵没想到的是，老天竟然还是公平的。他与同胞弟弟小赵抓阄的结果，北边的正房竟然被他抓到了。打开阄签的那一刻，他双手哆嗦，眼睛和嘴巴瞬间都张得老大，有些不敢相信。待定神再看，这才尖叫起来，连蹦带跳奔向站在一旁的妻子，那种得意与兴奋，使他整个人看上去像一串被点燃后丢在四合院里正噼啪燃烧跳跃的鞭炮。

第五章

大赵与小赵分割完赵家的四合院之后，大赵的两个儿子赵争气和赵争光离家出国去了，赵家的四合院终于平静下来。

赵家院子里的海棠树和石榴树长得更旺更欢实了。

春天到来，粉红的海棠花、鲜红的石榴花竞相开放，争妍斗艳，将赵家的院子装扮得生机勃勃、春意盎然。待到夏季，海棠和石榴的枝头渐渐都结出了果实。进入秋天，那些果实便逐渐露出颜色，海棠果小巧玲珑、黄中透红，石榴果大腹便便、绿中浮胭。或黄或绿，却终究显红的两种果实，一如驻守院子的一对同胞兄弟，春去秋来，如期而约，和睦相处。年复一年，年年如是。它们就像是院子里一对忠实的卫士，在恪守这座四合院的第一代主人赵老爷子当初栽种下它们时的愿望与诺言。

赵争气和赵争光刚出国那阵，大赵家里明显安静了许多，毕竟家里一下子少了两个人。纵然平日大赵的两个儿子都在上学，而且都住校，但毕竟每逢周末都会像小鸟归巢般飞回家来，与父母说着学校里的各种趣闻轶事，那种热闹与欢乐，时常让大赵夫妻俩心满意足，备觉温馨与甜蜜。如今两个儿子远走高飞、双双去美国名校留学，虽然给大赵两口子争了气、争了光，可往日的欢乐与热闹仿佛也被儿子们带走了，这让大赵两口子多少感觉到了落寞。

为了不让安静与寂寞过多地占据儿子们离家后留下的真空，下班后或节假日，大赵两口子开始尽可能地张罗着找些节目打发寂寞时光。比方说，过去从不打牌、下棋的他俩开始打牌、下棋，玩"跑得快"或"斗地主"，用象棋驾驭车、马、炮捉对撕杀，或摆出军棋指挥起千军万马，水平不高也不求输赢，图的就是个乐呵和热闹。时常玩得热火朝天各不相让，玩得大呼小叫不亦乐乎，欢呼声欢笑声此起彼伏飞出门外，惹得对面东厢房的小赵一家时常探头探脑，往这边张望。

自打大赵和小赵兄弟俩通过抓阄分割完父母遗留的存款与房产，兄弟俩就"鸡犬之声相闻，老死不相往来"，谁也不搭理谁，更从未互相串门。甚至每天在院里见面也是视而不见，进进出出在院门口见面也只是嗯嗯哼哼，用鼻音打招呼或似有若无的点头示意，反正是从不再正面打招呼，更不会称兄道弟。就连妯娌之间、伯侄之间也是如此。总之，他们两家人虽不是反目成仇，但至少是进入了冰河期。虽然住在同一个院子，但基本上是井水不犯河水，各过各的日子。

自从抓完阄的那一刻起，没有分到正房的小赵虽然多少也感觉到了遗憾，心态倒还是正常的。抓阄本来就是他一开始想到的方式，抓到也好没抓到也好，靠的就是自己的手气和运气，抓不到也没有什么可抱怨的。男子汉大丈夫，应该拿得起放得下，抠抠搜搜、婆婆妈妈，不是他小赵的性格和作派。再说当初他与大赵二选一抓阄下放农村，他小赵已经捡了便宜。世间的好事不可能让给他一个人，他相信老天是公平的。所以没有分到正房，小赵虽然惋惜，但心态是平衡的，他不会怨恨谁。要说有什么让他内心不那么痛快的，那就是他越来越感觉到他的哥哥大赵比以前更加斤斤计较、不近情理，仿佛下放农村之后谁都欠了他似的，身上时时透着一股莫名的怨气。而在大赵抓阄幸运地抓到正房之后，大赵的那种得意忘形乃至幸灾乐祸，让小赵内心像爬进了一群蚂蚁一样，怎么都有点儿隔应，不舒服。原本小赵估摸着，如果大赵好说好商量，北边的正房就别分割，作为公用客厅迎来送往招待客人或朋友，那多好！真要那样，赵家兄弟之间也还算有个牵连，甚至逢年过节也没准还能张罗着两家在客厅里一块聚聚。这下可好，父母的财产都分割干净了，兄弟之间的关系也已经名存实亡。

大赵呢？自打分到了正房，他多少年来埋藏在内心深处的委屈和被亏欠的心理，或多或少得到了一些补偿。重要的是他家还双喜临门，不仅如愿抓到了正房，两个儿子还双双公派到美国名校留学，而且还用不着他大赵操心费用，这不能不让大赵大喜过望，觉得真的是风水轮流转。心想自己倒霉了这么多年，委屈了这么多年，坏日子总算熬到头了。眼看着就将苦尽甘来，那难以自禁的喜悦，就像被开采后汹涌而出的泉水——挡挡不住，堵堵不回，只能任由它汩汩地往外流淌。这种压抑已久的情绪和发泄，倒也像极了感冒发烧服药之后排出的冷汗与恶气，让他日渐轻松舒心起来。以往在湖北农村久驱不散的阴云，也日渐从他那张粗糙黝黑的脸上消失了。

这不，就连他从湖北娶回来的妻子胡素丽，也都发现以前沉默寡言的丈夫，眼下竟然时不时会边打牌、下棋边情不自禁地哼起小调，什么"洪湖水浪呀打浪"，什么"小小竹排江中游，巍巍青山两岸走"，等等。反正是逮着什么唱什么，也没有什么来由，高兴了就多哼几句。这样的情形多起来，也渐渐传递给了妻子胡素丽。只要是大赵开了个头，还没哼几句，胡素丽就不由自主跟着他的调调哼起来，真正是夫唱妇随了。到了后来，胡素丽也是高兴时就抢到了丈夫前头，率先哼起了歌儿，什么"十五的月亮升上了天空哟"，什么"哥哥你走西口，小妹妹我实在难留"，等等。同样的，只要胡素丽起个头，大赵也跟着唱。大赵家时常飘出的歌声，透着主人压抑不住的快乐，却也让小赵一家感觉到反常，心里或多或少有那么一点儿不舒服。尤其是小赵，有那么一阵子，只要一听到对面传来的歌声，就烦燥不安，无论对方唱得如何，他都感觉像是谁在哭丧，听着感觉浑身都起鸡皮疙瘩，可又无法发作，只能恨得牙痒痒，内心直骂大赵无耻、臭显摆！

对于小赵一家人的感受，大赵和胡素丽压根就不理会。夫妻俩还是高兴了就唱，就哼起小调，几乎日日如是，仿佛天天都在过节。更让小赵一家难以容忍的是，大赵和胡素丽不仅在对面厢房唱，周末和节假日还跑到北边正房唱，而且不是小声哼唱，而是扯开嗓门大声吊起了嗓子，什么"我们走在大路上"，什么"幸福的花儿心中开放"，什么"美酒飘香啊歌声飞，朋友啊请你干一杯"，等等，反正都是些开心的歌、甜蜜的歌、幸福的歌。夫妻俩纯粹是自娱自乐，嗓子都不怎么样，甚至有时还唱得跑了调。可他俩却唱得很投入，很忘情。歌声腾空而起，在院子里震荡、回旋，时常还惊飞了原本在海棠树上休憩或正嬉戏的麻雀，更惊动了小赵他们一家。

那天是周六上午，大赵夫妻俩闲来无事，又到北边的正房喝茶唱歌。歌声正响彻院子之时，小赵怒气冲冲地闯进来，大喝一声："你们到底有完没完，整天鬼哭狼嚎地也不嫌闹心，吵死人了你们知不知道?!"

歌声戛然而止，夫妻俩原本的兴奋像断了电的电视机突然黑屏，那尴尬的笑容瞬间被定格在脸上，让人感觉他俩此刻是皮笑肉不笑。但这种表情仅仅停留了不到两秒钟，待到他俩回过神来，发现是小赵时，大赵气不打一处来："嚯——你吃了枪药了吧你，这儿是我的地盘，我爱怎么唱就唱么唱，你管得着吗你?!"

小赵声如洪钟："没错，这是你的地盘，可你们的声音吵到地盘外来了，正房外这个院子不全是你的地盘吧，你不觉得这是扰民吗？你们再这么吵闹，我可就要报警了!"

一听"报警"二字，原本还想争辩的大赵瞬间泄气了，一个"你——"字停在半空，后面准备好的那串子弹突然哑火了，只靠仍睁圆了的双目咄咄地向对方喷着怒气。

也许是意识到理亏，抑或是意识到眼下两个儿子都不在身边只能单打独斗，平素遇事寸土必争的胡素丽此时竟然扯了扯大赵的衣角，示意他"鸣金收兵"。夫妻俩只是用扭曲了的眼神继续发泄着对小赵的不满，关上正房房门悻悻地返回到自家的厢房……

有了这次冲突，两家的关系进一步坠入谷底。虽然是同住一个院子，进出同一个大门，甚至共同享用着院子里海棠树和石榴树给他们带来的美景和绿荫，就连院子里的那缸金鱼也还是他们两家共有的，但平日里两家却互不理睬，谁也不理谁。院子里的卫生，也是各家自扫门前雪。虽然没有楚汉界线的划分，但打扫垃圾的时候却都是铁路警察，各管一段。各家的大事喜事，当然也不会互相告知。就连大赵的两个儿子赵争气和赵争光在美国毕业后又双双留在美国工作，小赵的儿子赵一丁结婚和女儿赵一秀出嫁，两家都互不知情，当然也就互不上门祝贺。每年清明节上山为父母扫墓、祭拜，兄弟俩也从不相约，都是各走各的。有时候在父母的墓地相遇，兄弟俩也依然像平素那样形同陌路，各行其是。至多是看到谁先在父母墓前祭拜，另一个就远远地躲在一边等候，直到先到的祭拜完毕离去，等候的才前去。

要说赵家兄弟谁家过得更加快乐、幸福，恐怕是如人饮水，冷暖自知。

论家境，早先经济拮据的大赵由于两个儿子已经功成名就，如今在美国每人都有二三十万美元的年薪，不仅双双在美国成家立业，生活过得富足，也让大赵一家鸟枪换炮，今非昔比。过去，大赵家过日子是掐着手指左右盘算，每周想沾点荤都捉襟见肘，唯恐当月的那点儿工资不小心又花没了。以致家里的三餐，多数时候除了素菜还是素菜，无非是土豆白菜胡萝卜之类，而且大都是大路货，油水也少得可怜。而今，大赵夫妇可是瘦乞丐摇身变成胖和尚，要多阔绰就多阔绰。每日三餐，肉蛋奶早已是俗物，即便吃也肯定是挑最好的最贵的。比如，猪肉专挑土猪肉或黑猪肉，羊肉非新疆内蒙的不吃。极品海鲜也隔三差五出现在夫妻俩的餐桌上，什么蓝鳍金枪鱼、澳洲龙虾、加拿大熟冻北极虾、法国贝隆生蚝、阿拉斯加帝王蟹……过去想都不敢想的水果，如今在大赵家里不仅日日不缺，他们还专门挑稀罕的，进口的，好吃且又价钱不菲的。国内的水果如攀枝花芒果、海南玫珑蜜瓜、仙居东魁杨梅、苏州东山白玉枇杷，国外的像泰国山竹、智利车厘子、澳大利亚奇异果、菲律宾的椰子和鳄梨、塔吉克斯坦的柠檬、埃及的椰枣、巴拿马的菠萝、墨西哥的香蕉、西班牙的鲜食葡萄、哥伦比亚的鳄梨、阿根廷的樱桃……可谓花式多样，应有尽有，想吃什么夫妻俩就买什么，三天两头变换花样吃。实际上这些东西，刚开始的时候大赵和胡素丽是舍不得买的，以前穷惯了的他们，忽然间如此大手大脚，山珍海味胡吃海喝，内心多少有些惴惴不安，感觉这样下去简直是在犯罪。但两个儿子回国探亲的时候，不断地劝自己的父母："爸、妈，咱们家过去穷，肠胃长时间都受了委屈，如今应当想方设法补回来。你们想吃什么就尽管买，咱们家如今不缺钱，你们要花多少我们给你们寄多少，千万别再委屈了自己。要不你们就跟我们到美国去，帮我们带带孩子，照看园子。"儿子们的这番话，让做父母的像寒冬里喝下一盅温过的绍兴黄酒，浑身气血贯通，内心温暖如春。入睡前，老两口还心满意足喋喋不休在枕边嘀咕："咱们这两个儿子呐，不仅书念得好，还这么孝顺，真是苍天有眼呐！"说这话的时候，老两口又不由自主地回想起当初在湖北黄冈农场的那些苦日子，并由此感慨不已。

大赵和胡素丽倒是也跟着儿子们去过一趟美国。

大儿子赵争气在旧金山，是某电器公司的技术主管。小儿子赵争光在洛杉矶，是一家生物研究所的研究员。两个儿子在美国都拥有自己的别墅，还都有独立的花园、草坪和泳池。但让大赵和胡素丽说不清该骄傲还是该后悔的是，这哥俩不知是事先有约，抑或是打赌比赛似的，竟然双双都娶了美国媳妇，并且都是先斩后奏。纵然大赵和胡素丽早就有话在先，再三提醒哥俩千万别找外国女人，并且在写信或通电话时，话里话外时不时打探着哥俩婚恋的蛛丝马迹，可这哥俩谈恋爱对父母都像地下工作者，从来都三缄其口。待到某一天哥俩来了个突然袭击，各自带回个金发蓝眼的外国女人。进家门的时候，她们都笑盈盈、甜滋滋地分别用半生不熟的中文大大方方地叫了一声——爸、妈。大赵和胡素丽才又惊又喜，哭笑不得，老两口一时竟然紧张得手足无措，惊喜之后脸上浮起愁云。敏感的小儿子赵争光见状，嬉皮笑脸地站出来对二老说："爸，妈，你们愁个啥？你们不是老说美国一直欺负咱们中国吗？你们看，我和我哥一人娶回一个美国女人做老婆，这不等于为咱们中国人出了气，争了光吗？你们应该高兴才是啊，嘻嘻！"

一句话，逗得哥哥赵争气哈哈大笑，笑声点燃了一屋子的人，就连两个听不懂中文的美国媳妇也憨憨傻笑。大赵夫妇也笑，只是笑得不大自然，有些皮笑肉不笑的意思。

赵争气见状，收敛住笑继续开导："爸，妈，不瞒你们说，我和争光刚到美国不久就谈恋爱了。安娜是我的同班同学，莉莎是争光的同班同学。她们都性格开朗，热情大方，安娜和莉莎都是一开始就主动向我们哥俩发动情感战的。哈哈，哈哈哈……"

母亲听罢，拿眼狠狠剜他们哥俩，没好气道："哼，脸皮真厚！当初你们出国我最担心的事就是怕你们俩学坏，现在果真是学坏了……"

大赵却笑呵呵地说："行啦行啦，他们哥俩都已经把生米做成熟饭了，还有啥可发愁的，咱们就等着抱洋娃娃孙子吧，哈哈。"

一句话，逗得一家人又欢乐起来。两个原本看着中国婆家人忽笑忽愁不知所以的美国媳妇，终于也开心地跟着笑了。

没过多久，大赵夫妇果然到美国为两个儿子抱洋娃娃去了。大儿子赵争气生的是女儿，小儿子赵争光生的是儿子。这一男一女的两个混血洋娃娃，刚开始的时候曾让大赵和胡素丽见了都兴奋不已，争先恐后抱在怀里亲个不停，没想到两个美国媳妇见状都不约而同地一把从大赵夫妇怀里抢过孩子，然后是一通叽哩咕噜的抱怨。弄得中国爷爷和中国奶奶一头雾水，搞不清两个美国媳妇到底是怎么了。

这样的经历，第一次是在旧金山大儿子赵争气家。大赵问儿子你的美国老婆到底怎么回事，赵争气有些尴尬，不知该怎么回答。再问，赵争气也只是遮遮掩掩一个劲说没事没事，然后又扭过头去开心地逗着老婆和孩子，这让大赵和胡素丽原本悬着的心放了下来，以为真的没事。

待到了洛杉矶小儿子赵争光家，夫妇俩见到洋孙子暗黄色的头发，黑亮黑亮的眼睛，粉嘟嘟鲜嫩得几乎能掐出水来的一张娃娃脸，做了奶奶的胡素丽不由分说地从莉莎怀里抱过来就使劲亲，像母鸡啄食般地亲。不料莉莎像被火烫着了一样惊呼一声，一把从婆婆怀里夺下孩子，大呼小叫地抱到一边，从茶几上取出一张餐巾纸和一张消毒湿巾不停地擦拭孩子的脸，像担心会感染病毒似的。虽然语言不通，但胡素丽这个中国婆婆再傻，也已经从莉莎这位美国媳妇的行为中看出端倪，莉莎明显是在嫌弃自己脏。胡素丽进门时的满心欢喜和高涨情绪，像被忽然间浇了冰水，内心都快结冰砣了。眼见母亲的脸色忽然间由晴转阴，机敏的儿子讪讪地笑着安抚母亲："莉莎这也是为了孩子好，这么小的孩子抵抗力差，要是真的染上病毒得个什么病，岂不更糟？"儿子赵争光对胡素丽连哄带劝的，总算平息了风波。

然而，胡素丽并未因此长记性。没过几天，风波再起，并且在家中掀起了不大不小的风暴。

那天傍晚，赵争光和莉莎下班回家，莉莎无意间发现中国婆婆将嘴里嚼过的东西吐出来用铁勺接住，然后喂进孩子嘴里。莉莎像疯了一样冲过去，一把将中国婆婆手中的铁勺打落在地，抱起孩子冲中国婆婆咆哮，呱啦呱啦的一通喊叫，眼里喷着怒火，那样子像极了一头发怒护犊的母狮。大赵和胡素丽一时惊得目瞪口呆，都不知道眼前这个美国媳妇到底在叫什么。但从莉莎母狮般咆哮的表情中，这对中国公婆大致也能猜出几分，都明白眼下这个美国媳妇肯定是不满意了，生气了。更让胡素丽糟心的是，儿子赵争光这回没再像上一次那样安抚她，甚至还站到莉莎一边埋怨她："哎呀妈，你也真是的，那么不注意，怎么能那么不讲卫生呢？"

胡素丽一听，气不打一处来："儿子，你可听好了，你小时候妈可就是这样喂你和你哥的。你们别动不动就用卫生这两个字吓唬人，当初我就是这样一口一口地喂你们，你们不也长得好好的吗？你们不也长大了吗？不仅长大，你和你哥学习成绩从来都是顶呱呱，不仅考上了清华北大，还到美国留学来了，怎么着？当初要不是妈这么喂你们，你们还不定能有今天呢，哼！"胡素丽满眼委屈与不满。

赵争光据理力争："哎呀妈，咱们现在是在美国生活，咱们就尊重美国人的习惯，可以吗？"赵争光说这话的时候，急得直跺脚，恨不得捶胸顿足，言语恳切得近乎哀求，将心窝子掏给母亲看的心都有了。

胡素丽见儿子这个样子，一时语塞，只是干瞪着眼，然后双掌往大腿一拍，像个泄气的皮球不住地叹着气。

大赵赶紧出来圆场："好啦好啦，儿子说得对。入乡随俗，入乡随俗。从现在开始咱们注意点儿不就行了？"

胡素丽虽然不再说什么，却还是一脸的委屈，甚至悄悄抹起了眼泪。她也有理由感到委屈。儿子儿媳一整天在外头上班，她和大赵辛辛苦苦地帮他们带孩子，不仅擦桌拖地搞卫生，还炒菜做饭，里里外外忙碌了一整天。眼看着儿子儿媳还没回家，她怕孙子饿着，赶紧先弄了点饭菜喂孙子，不料却换来美国儿媳的一顿数落，能不感到委屈吗？

风波虽然过去，但接下来的日子，胡素丽并未感觉到快乐。虽然住着儿子在美国买的大别墅，屋内宽敞堂皇，屋外风景如画，吃的喝的不仅应有尽有，还尽是昂贵高级的食品。可日子长了，大赵和胡素丽吃着这些高级食品却感觉味同嚼蜡，以至于渐渐丧失了食欲。最难受的是，儿子和儿媳每天早出晚归，剩下大赵和胡素丽带着一个两岁多的孙子，除了在屋里及室外自家花园里活动，他们不敢踏出门。开始的时候，大赵和胡素丽对住美国别墅的生活还觉得新鲜、好奇，甚至还有几分得意和满足，可久而久之，大赵和胡素丽便感觉到生活的日渐单调和寂寞，甚至有一种如坐牢狱、度日如年的感觉。

更让大赵和胡素丽难受的是，自打上次因胡素丽喂孩子与莉莎发生了冲突，这个美国儿媳再也没了第一次在中国见面时的那种热情与笑容。外出回家除了一句面无表情的"哈喽"，便只顾陪伴儿子嬉戏逗乐。在孩子面前，她脸上的笑容和表情总是要多生动有多生动。可只要停下来面对中国公婆，莉莎便面无表情，那生动的音容瞬间无影无踪。中国公婆在这个美国儿媳面前，仿佛可有可无，形同陌路。但有时也不尽然，因为莉莎吃起胡素丽做的中国饭菜，总是高兴得眉飞色舞、手舞足蹈，可一旦吃完放下碗勺，她生动的表情又恢复原样，甚至连句谢谢的话都没有。儿子赵争光看出母亲的不悦，倒是哄骗母亲说莉莎在饭桌上吃得高兴，一个劲夸妈的饭菜做得好，还要我对你们说声谢谢，只是你们俩听不懂罢了。胡素丽听罢即训斥儿子："你别红口白牙尽说瞎话，她要是真感谢我，她那眼神和表情能不对着我，我能看不懂？你以为我是三岁小孩那么好哄骗啊？"

儿子被一语戳穿，只好嘿嘿讪笑，一脸尴尬。

表面上看，大赵和胡素丽虽然享受着富足的生活，也享受着祖孙三代同堂的天伦之乐，可内心的孤独感如同春天拔节的春笋，与日俱增，直拱得他俩的内心惴惴不安。以致有一天晚上睡觉前，大赵和胡素丽将儿子赵争光叫到自己房间，提出要回国。

这消息对赵争光来说如同一声惊雷冷不丁在他耳边炸响，他不停地眨巴着眼睛，然后惊叫："什么，不会吧，你们有没有搞错？"他顿了一下，眼睛在父母之间来回梭巡，接着说："你们让我和我哥从小就要好好读书，不就是盼望着咱家改变生活境况，过上像样一点的生活吗？如今我和我哥好不容易将你们接到美国，不愁吃不愁穿，还住上了大别墅，可以说要什么有什么，还能享受天伦之乐。这样的日子多少人想都不敢想，你们却要回国，这不成笑话了吗？"

见妻子胡素丽沉默不语，大赵说话了："争光啊，你说的没错，这里的条件是很好，可我和你妈还是不习惯。你们白天上班，我们整天关在屋里哪儿也去不了，要朋友没朋友，要亲戚没亲戚，甚至连个能说中国话的邻居都找不到，实在是闷得慌。再说我和你妈在你们这儿已经住了一段时间，也该回国看看了。"

赵争光说："实话实说吧，你们是不是觉得莉莎对你们不好？要是这样你们就到旧金山我哥那边去住上一阵，住到你们不愿意住了再回到我们这儿来。反正是两边轮流住，回国的事我看还是算了吧。再说你们都这么大年纪了，现在回到中国，我和我哥却都在美国，相隔万里，万一要是有个感冒发烧或其他的什么病痛，我们连去看望你们都困难，更不用说照顾了。"

胡素丽争辩道："这个你们甭管！我和你爸虽然年纪大了，但腿脚还麻利，不会有事的。再说你别尽往坏处想，要是整天都往坏处想，自己吓唬自己，整天担惊受怕，那还让不让人活了？"

赵争光见父母都这么固执，说："我说不动你们，我给我哥打电话，让我哥来说。"话音一落他便打通了赵争气的手机。

电话打通了，赵争光将父母执意要回国的事向哥哥说了一遍。赵争气让争光将手机交给母亲胡素丽，说了一大通，无非是劝母亲和父亲别回去，可以到他家去住一阵。但胡素丽去意已定，口气坚决，刀枪不入。最后几乎是带着哭腔说："我们在美国已经住这么久了，实在是太过寂寞。你们要是让我和你爸在美国再住些天，非得给憋死，你们就让我们回国透透气、散散心吧，我们实在是受不了啦！"

话说到这个份上，兄弟俩都没招了，只好顺了父母的意，给他们订了回国的机票。

第六章

从美国回到北京四合院家中的大赵和胡素丽，仿佛一对放飞的小鸟，心情一天天又舒畅起来。尽管他俩与对面的小赵一家依然形同陌路，互不往来，朋友和以前的同事也少得可怜，可他们都感到安全与踏实，并且实实在在体悟到"在家百日好、出门时时难"的人生古训，感觉自己在北京四合院中的家才是他们真正的家，在美国再好，住得再豪华，那也是儿子们的。

心情一好，闲来无事的夫妻俩又开始重操旧业，打牌、下棋、唱歌，反正是变换着花样玩，怎么高兴怎么玩。当然，最高兴的时候还是扯开嗓门唱歌。夫妻俩纯粹是自娱自乐，嗓子都不怎么样，甚至有时还唱得跑了调，可他俩却依然唱得投入，唱得忘情。不过，有了上次与对面小赵吵架的教训，他们不得不控制音量，不敢大声唱，更不敢放声唱。即便如此，他们也自得其乐，并且乐此不疲。

因为父母回国，远在大洋彼岸的儿子赵争气和赵争光，多少有些愧疚，但更多的是牵挂。唯一能补偿的是给父母寄更多的钱，兄弟俩轮流寄。不是每月寄，而是每个季度寄。过去一个季度寄两千美金，现在加倍，寄四千美金，当然这都是兄弟俩事先商量好了的。他们都觉得父母没在身边，寄钱是唯一的安慰。寄了钱，还不忘三天两头打来越洋电话，叮嘱父母想吃什么就吃什么，想买什么就买什么，千万用不着节俭省钱，时代不同了，咱们现在不缺钱。他们还劝父母到家政公司请个保姆，别再自己干活忙家务了，请保姆的费用甭担心……要说大赵的两个儿子不孝顺，那肯定是冤枉了他们，委屈了他们。虽然身处大洋彼岸，天天忙着事业，可只要一闲下来，他们都惦记着远在中国的父母，能想到的事他们都叮嘱了。大赵和胡素丽对儿子们是没有埋怨的，儿子们的叮嘱他们也都尽可能记在心里、尽可能都做了。比如说吃穿用度，他们俩确实已经今非昔比。鱼肉蛋奶，各色时令水果，各种各样的零食、点心，真的是要什么有什么。北京市场有的他们几乎都有，甚至北京市场没有的，儿子们也隔着太平洋为他们网购。就连昂贵的名酒，大赵也是一箱接一箱地往回买。大赵天生好酒，一次喝个半斤八两的不成问题。可他以前买不起酒，名酒更是想都不敢想。现在买得起了，大赵便报复性地买回来喝，他想将过去喝不起的酒、吃不起的大鱼大肉一天天补回来。胡素丽原本不会喝酒，现在大赵天天喝，名酒的酒香慢慢诱惑了她。刚开始她抿一口就呲牙咧嘴，摇头晃脑的一个劲喊辣，后来她便慢慢适应了，大口喝下的名酒再也没觉得辣而是觉得香，以至于酒量如今都可以与大赵分庭抗礼了。这让大赵很是兴奋，因为他终于有了酒友。有了酒友，喝的酒才更香。不然从古至今怎么有独饮苦酒一说？所以对于大赵和胡素丽夫妇来说，如今过的是神仙般的日子。

至于儿子们说的请保姆一事，大赵和胡素丽一致拒绝。他们的理由是自己现在生活还能自理，干吗要请保姆？再说家里冷不丁得住进个外人，碍手碍脚不说，万一保姆手脚不干净怎么办，那岂不等于引狼入室？所以不能请，绝不能请。

只是他们不知道古人早有告诫：人无远虑，必有近忧。甚至连今人的俗语都忘记了：花无百日红，人无百日好。这不，人世间的忧患像雾像雨又像风，说来就来了。

那天晚上，大赵和胡素丽像往日一样，正在餐桌上胡吃海喝，喝得兴致勃勃酒酣饭饱之时，大赵最后的一口酒刚刚下肚，就感觉浑身忽然间像着了火，有一股火苗自他内心深处热辣辣地往上蹿，直烧至他的脑门。大赵只觉得自己的脑门轰隆一声，像被火龙捅开了一样，一阵锥心的剧痛像炸响的鞭炮击穿了他的脑壳乃至全身。瞬间他一阵昏眩，而后重重地摔倒在地。

只听胡素丽一声惊叫，叫声惊天动地……

第七章

却说同一座四合院里，住在大赵对面东厢房的小赵一家。

名叫小赵，其实年龄已经年过八旬，他媳妇丁秀芝也只比他小三岁，他们都已经退休二十余年。退休之前，小赵是汽车装配工，丁秀芝干汽车销售。当初在纺织厂，两人差点成为下岗工人，幸好他们运气不错，在纺织厂被外资企业兼并之后被控股方留了下来，工资还出乎意料的比原先高。虽然这个高也高不到哪儿去，放在北京这地儿是比上不足比下有余，但他俩都已经心满意足，工作也更加卖力。由此也顺风顺水，一直干到了退休，如今每人每月领着社保发放的三四千元退休金。不算多也不算少，他俩也不怨天，不尤人，很知足。用小赵的话说——够吃够喝，行啦。

俗话说，知足常乐。小赵和妻子丁秀芝就是。

小赵除了与他的冤家同胞兄弟大赵见面时面无表情，无论是在家里还是走出四合院，他逢人就端着笑脸，笑眯眯的，甚至见了陌生人都是一脸和善，仿佛满世界的人都是他的好朋友。

他的妻子丁秀芝也是。也不知道是小赵将笑传染给了丁秀芝，还是丁秀芝将笑传染给了小赵，反正丁秀芝整天也端着笑脸，甜甜地笑，像一朵四季不谢的花朵。那笑容在她风韵犹存的脸上荡漾开来，宛若春风拂面，飘着花香，很是可人，让谁见了都不由得心生好感。也难怪当初厂里让她去干销售，她那张笑盈盈的脸就是最好的销售名片。

爱笑的人天生就有好人缘。

记得刚刚退休那阵，好几个哥们儿拉小赵入伙合开汽车修理店，另有几个哥们儿介绍他到不同品牌的4S店当汽车修理工。六十出头的小赵虽然已经退休，但精力依然旺盛，自觉浑身还有使不完的劲儿，当然也不甘心就这么闲下来。哥们儿的热情招呼，正合他意。

他最终选择到4S店当汽车修理工。这事是他与妻子丁秀芝反复合计过的。与人合伙开修理店可能会挣得多些，但需要投入资本，他自己需要出资十几万元。那时候，十几万元对别人来说可能算不上什么，但对小赵来说则几乎要砸锅卖铁、倾尽家资，家里一点存余没有，心能不慌吗？何况开汽车修理店，经营还存在风险，妻子丁秀芝听了也坚决反对。如此这般，他便到了离家不远处的一家4S店上班，每月能挣四五千元的工资，虽然付出的代价是他每天都得早出晚归，出力流汗，还带回一身油渍，但他干得高兴，每天都乐呵呵的，将笑脸也一并带回了家。

小赵也喜欢喝酒。虽然他喝不起名酒，可他不羡慕也不稀罕，长年累月，二锅头与他一路相伴，早已经成了他的最爱。偶尔参加朋友聚会，喝了茅台、五粮液、国窖1573之类的高档酒，他反而会不习惯，感觉不对口味。

　　丁秀芝退休后，也曾有朋友介绍她到一些公司或单位当临时工，像小赵一样多挣一份薪水，但遭到小赵反对。其实丁秀芝是五十五岁退休，比小赵还早了五年，论身体和精力，依然像秋天开出的寿菊，蓬勃着呢，鲜艳着呢。可小赵却怜香惜玉，说你干脆先轻松几年吧，过几年你要当了奶奶，想轻松门都没有了。丁秀芝听了，爱意绵绵地瞥了一眼丈夫，心暖暖的。她觉得丈夫说得在理，也心想丈夫每天早出晚归，假若自己也找份临时工在外忙碌，谁来照顾丈夫、照顾家呀。这么一想，她果真就放弃了，专心在家里待着，却并不闲着。白天的时候，她早早起床为丈夫和儿女们准备早餐，然后打扫打扫屋子。收拾完卫生，再到附近早市或超市采购，回来的时候，日头也已近当午了。午饭后再睡上一觉，起了床洗把脸，烧水沏茶，再擦擦屋里边边角角的灰尘，清理一下屋里屋外的垃圾，不一会儿又该准备晚饭了。原本以为退了休有大把时间的丁秀芝，却忽然间感觉时间滑溜溜的像抓不住的泥鳅，稍不小心便不知不觉溜走了。

　　好在丁秀芝也有成就感。与退休前相比，现在他们家收拾得熨熨帖帖，天天都是窗明几净，床铺桌椅甚至是地面，也是一尘不染。晚饭更是令全家人赞不绝口，他们这个四口之家，通常的标配是四菜一汤，虽然食材都很普通，荤的无非是鸡鸭鱼肉之类，素的是白菜、土豆、青椒、胡萝卜之类，但丁秀芝心灵手巧，硬是将普通食材烹出了花样、炒出了别样的味道，咸甜香辣搭配有致，煎炒焖煮应对有方，加上那份一日一花样的汤，每天的晚饭都让全家人吃得啧啧称赞、心满意足。最满足的当然是丁秀芝的丈夫小赵，这普通的四菜一汤配上他心爱的二锅头小酒，虽然每次都喝得不多，一般仅二至三两，却有神仙般的感觉。每每放下碗筷，小赵便会边剔着牙边打着香嗝，对妻子丁秀芝竖起大拇指，连声说："舒服，舒服！"边说边用朦胧的醉眼向媳妇传递绵绵爱意。丁秀芝每每听了，自然是十分受用。脸上向丈夫回报的红晕和笑意，让全家人感觉如沐春风。即便后来儿子赵一丁娶回了媳妇，女儿赵一秀出嫁，次年家里还添丁加口，有了孙子和外孙女，小赵家这股沁人心脾的春风不仅不曾消失，还愈来愈浓烈。

小赵的儿子赵一丁的妻子孟小兰是他的中学同学，虽然也没有考上大学，但幼师毕业后在中关村的一家机关幼儿园当幼教，性格温和，能歌善舞，不仅在幼儿园里是顶呱呱的业务骨干，在家里还是相夫教子的一把好手。每天下班回家，她总是主动帮助婆婆丁秀芝操持家务，粗活累活抢着干，还在婆婆的引导下虚心学习，将婆婆长年累月练就的一手好厨艺学到了手，色香味毫厘不差。这让公公婆婆和丈夫赵一丁乐得合不拢嘴，庆幸家里的厨艺有了传人，全家人的口福眼看着会享个不尽。不仅如此，孟小兰在家里敬老爱幼，时不时给公公小赵带回二锅头，给婆婆带回稻香村的点心。自打结了婚，丈夫赵一丁的衣服和鞋子都是孟小兰为之量身定制的，每年公公婆婆生日或春节来临，也都是孟小兰张罗着为老人添置新衣，让二老高兴得合不拢嘴。作为年轻母亲，孟小兰对自己儿子赵小孟更是关爱备至，呵护有加。吃喝穿戴，学习教育，陪学陪玩，无一没有孟小兰的影子。闲暇的时候，孟小兰还会教儿子唱歌跳舞，在爷爷奶奶面前表演节目。这让小赵三代同堂的家庭其乐融融，欢声笑语不断。

相比于赵家四合院西厢房大赵一家孤伶伶的落寞，逢年过节，抑或是周末，赵家四合院的东厢房时常是迎来送往，热闹非凡，欢声笑语时断时续。小赵的女儿赵一秀总会带着丈夫陈景涛和女儿陈婷婷回娘家看望父母，每次来都是大包小包带来孝敬父母的各色水果、点心或保健品。他们的女儿陈婷婷已经八岁，比赵一丁的儿子小两岁，正上小学三年级。

三代同堂，一家八口，又有两个相差仅两岁的孩子嬉戏追逐，在爷爷奶奶家相聚自然是热热闹闹。每次见面大家都欢欢喜喜、说说笑笑，并且在一起共进午餐或晚餐。但无论是午餐还是晚餐，都是婆婆丁秀芝、女儿赵一秀、儿媳孟小兰团结协作的结果。老话说，三个女人一台戏。小赵家的这三个女人，每每在一阵锅碗瓢盆交响曲和嘻嘻哈哈的笑声中，不知不觉就会变魔术般做出一桌热腾腾、香喷喷的饭菜。

虽然四合院北边原本可以当客厅与大赵共用的正房已经分给了大赵，小赵一家也懒得向大赵开口借用，但他们也自有办法。天气寒冷或刮风下雨之时，一家八口时常是围坐在北边的东耳房里，虽然是挤了点，氛围却也更热闹、更亲切了。一俟春暖花开，风和日丽之时，他们则时常将桌椅搬到院子里东侧，围坐在海棠树下吃吃喝喝，把酒言欢，说说笑笑，一时间更是反衬出西厢房里大赵家的孤寂与落寞。这种景况让大赵和胡素丽不乏羡慕，也心生嫉妒。他们唯一能找到心理补偿的，便是每逢预计对面小赵一家要聚会时，便提前购买更优质的山珍海味或稀有的高档食材，做出香味更诱人的饭菜。有时候甚至在烹煎烧炒时，故意用锅铲将炒锅敲碰得叮当作响，甚至用扇子将出锅的肉香或菜香对着门口往东边使劲搧拂，唯恐小赵那边闻不到这边的香气……

第八章

那天，是小赵一家周末照例团圆的日子，女儿女婿和外孙女也都来了。晚上，小赵一家三代同堂，八个人圆圆满满围坐在北面的东耳房里吃喝正欢，忽然听闻院子西南侧的西厢房传出一声惊叫，他们像被突然按下暂停键，纷纷睁大眼睛竖起耳朵探听动静。院子西南侧那边的惊呼声却一阵又一阵，女儿赵一秀和女婿陈景涛双双放下碗筷想起身去探个究竟，不料却遭到小赵的制止。小赵不停挥着手示意大家坐下，说人家没准是唱歌或演戏呢。这么说大伙倒也觉得在理，因为大赵和胡素丽时常扯开嗓子唱歌唱戏，自娱自乐。女儿和女婿刚要坐下，准备重新入席，那边的惊呼声更大了，还带着哭腔，一点儿都不像是在唱歌和唱戏。大家这回放下碗筷，从坐椅上弹了起来，纷纷冲出耳房冲向院子，冲到了西厢房。最先赶到的是小赵的儿子赵一丁和女婿陈景涛，其他人随后也纷纷赶到。

眼前的情景让众人大吃一惊：胡素丽正抱着摔倒在地的老伴连呼带叫，不停地摇着他的脑袋。此刻，倒在地上的大赵脑袋歪斜，嘴角流着口水，左手腕还不停抽搐。出于职业的敏感，医生出身的陈景涛迅速伏下身来检查大赵的心脏、鼻息和眼睛，并且大声呼叫妻子赵一秀赶紧打120。其他人也都急得手足无措，内心怦怦狂跳像擂着一面面大鼓，惴惴不安地祈盼着救护车能尽快到来。

大赵很快被送到协和医院急救室，检查的结果是急性脑溢血，需要住院治疗。但谁都知道协和医院住院床位紧张，一般情况是很难马上住进去的。幸好赵一秀和丈夫陈景涛是协和医院的护士和医生，经过联系与协调，大赵很快住院了。负责抢救的急救医生告诉胡素丽，幸亏抢救及时，否则她家老头子恐怕就没命了。回想丈夫被送进医院抢救和住院的过程，胡素丽内心阵阵愧疚又声声感激，一股久违的暖流从胸间掠过，她感觉到坚硬的内心忽然间融化了，变暖了……

大赵在协和医院整整住了两个月。经过专家的精心治疗，大赵虽然保住了性命，却再也无法站立起来。他左脚和左手乏力，站站不住，举举不起。假若扶着他站起来，他也只能凭借右腿和右手，左脚和左手只能半吊着，看上去像被严寒拷打的黄瓜，蔫蔫地垂挂着。更糟糕的是，他的脸、眼和嘴严重歪斜，难以闭合的嘴巴时不时淌出口水，仿佛一个接近枯竭而被遗弃了的泉眼。

大赵虽然出院，但身体严重偏瘫。原本只有老两口相依为命的家庭，忽然间就像被压上了一座大山，生性要强的胡素丽感觉快被压得透不过气来了。虽然这个家有两个儿子，还是学业出色如今事业有成的儿子，可他俩如今都远在万里之外、大洋彼岸的美国，远水解不了近火。家里突发事故的时候，两个儿子叫叫不来，帮帮不上忙。他们家倒是不缺钱，甚至可以说最不缺的是钱。可钱再多也长不出胳臂大腿，更不会直接忙前跑后听你使唤照顾你。这次大赵送医院急救并且安排住院，假若不是他同胞兄弟小赵不计前嫌给予帮助，胡素丽纵然有三头六臂，纵然腰缠万贯，也只能如一只无头苍蝇，胡飞乱蹿，理不出头绪，找不到方向。面对偏瘫的丈夫，如今的胡素丽感叹人生最重要的还是健康与亲情，只恨自己的两个儿子不在身边，长期以来两个出色的儿子为她带来的骄傲和优越感也正在土崩瓦解、逐渐丧失。她甚至设想，假如当初两个儿子留一个在身边，哪怕只是北京一个没上过大学的普通职工，那自己的家庭也要好过得多。

获悉大赵生病住院的消息，大赵的两个儿子赵争气和赵争光虽然请假从大洋彼岸赶回了家，却都姗姗来迟。他俩在家里待了十来天，每天除了到医院看望父亲，说一些开导安慰的话，并无更多的作用。最大的贡献是每人又带回了两万美元。有了钱，他们雇了最好的护工照顾父亲，而且还一下子雇了两个。两个护工轮流值班照顾父亲，一男一女。男护工安排在晚上，女护工则负责白天。赵争气和赵争光哥俩都出手大方，每个护工每天都给四百元护工费，比市场价高出近一倍，弄得知道消息的其他护工既羡慕又嫉妒。即便如此，赵争气和赵争光还一再鼓励那两个护工：你们俩可得好好干，一定要照顾好我们的父亲，要是能让我们的父亲满意，我们还会另加奖励。这番话两个护工听起来很受用，都庆幸自己遇上了出手阔绰的大款。

相聚的时间毕竟短暂，赵争气、赵争光的假期转眼间便过去了。他俩在美国的工作都异常忙碌，而且都是团队的业务骨干，所以公司都在催促他们尽快返美上班。

离开北京的前一天晚上，赵争气和赵争光毕恭毕敬到对面的东厢房去拜会叔叔小赵和婶婶丁秀芝，一个劲感谢叔叔婶婶一家对自己父亲的照顾和对母亲的帮助。赵争气说："叔叔婶婶，你们都是我们的长辈，肯定知道血浓于水这句话。其实在中国农村还有一句话，叫姑舅亲，辈辈亲，打断骨头连着筋。可在我们看来，叔叔婶婶也一样亲，甚至比姑舅更亲。再怎么说，叔叔和我爸是同胞兄弟，你们都是爷爷奶奶所生，是血脉相同、骨肉相连的亲兄弟，世间再没有比这种关系更亲的了。要不然怎么会有打架亲兄弟，上阵父子兵一说？以前我爸同叔叔有一些矛盾与误解，作为晚辈我们一直都有些费解，也不便说什么。但无论如何，我爸肯定有做得不对的地方，请叔叔和婶婶多多担待，我们代表我爸向叔叔婶婶道歉，并恳求叔叔原谅。说句锥心的话，我爸这辈子都快过完了，莫非叔叔和我爸还要把矛盾、误解甚至怨恨带到下辈子不成？真要那样，肯定会成为人间最大的不幸！真要那样，我爷爷奶奶九泉之下恐怕也会死不瞑目，令人伤心！真要那样，我们做晚辈的以后哪里有脸回来寻宗认祖？真要那样，我们在世人面前恐怕只有咬破嘴唇往肚子里咽血咽泪的份，难道叔叔和婶婶愿意看到这样的人间悲剧吗？！"

说完这番话，赵争气还将手中一个鼓鼓囊囊的信封放到叔叔和婶婶跟前的桌上，说："叔叔婶婶，我和争光这么多年在国外，回来得少，还从来没有孝敬过你们，这是我们的一点心意，再次感谢我们不在家时叔叔婶婶一家对我爸我妈的帮助。明天我们哥俩就要回美国了，以后还请叔叔婶婶多多照顾!"言毕,赵争气和赵争光双双下跪,举手作揖,然后不由分说转身离去。他们的这番举动与肺腑之言,让小赵夫妻大觉意外,两个人一时像木桩一样愣在那里,都感觉刚才像是做了一场梦。待他们都从梦中醒来,丁秀芝才急急打开兄弟俩留下的那个信封,发现里面装着整整五万元人民币。

五万元在小赵一家看来,不是一个小数目。但这笔钱的到来,既像一个烫手的山芋,也如一颗石子突然扔进他们一家原本平静生活的湖里,在每个人心中激起了波澜。

最先反应过来的是一家之主小赵:"这是要干吗呢?莫非太阳从西边出来了?赶快给他们退回去!"

老伴丁秀芝一脸犯难:"是应该退回去。可人家兄弟俩刚才的一番话,说得入情入理,看得出是真心实意。现在就这么直楞楞地送回去,人家的脸还挂得住?"

小赵说:"有啥挂不住的?他们早干吗去了,这时候才知道亲情的重要?哼,假情假意。我呸!"说着,还狠狠地掐灭了手中的烟头,像是将所有的怨恨都发泄到了烟头上。

这时候,儿子赵一丁却站出来说:"爸,我看人家哥俩这次专程上门来,说的话情真意切,句句实在,而且也很在理。虽然,他们可能确实是被迫无奈才上门说了这番话,可俗话说伸手不打笑面人,得饶人处且饶人。这世界上的任何人,没有谁一辈子都是一顺百顺的,总会在某个时候有不如意甚至遭遇天灾人祸的时候,能互相帮衬最好,不能帮衬最起码也要与人为善。何况您和我伯伯确实是最亲最亲的骨肉兄弟呢,我觉得赵争气说的一点没错。再说了,从前您就怨恨伯伯,甚至怨恨他们一家,还不让我们与赵争气、赵争光兄弟来往。其实大伙都有骨肉亲情,又同住在爷爷奶奶留下的这座四合院里，平时进进出出的抬头不见低头见。可就因为您同伯伯小时候结下的恩怨，导致咱们一家与他们一直闹矛盾，难道您不觉得别扭、寒碜？难道您非得让我们晚辈也将你们之间从前的恩怨继续下去？说实在的，这要让外人知道了，恐怕都会看咱们赵家的笑话，要我说这纯粹是在辱没咱们赵家祖宗的脸面。爷爷奶奶要是知道咱们今天仍是这个样子，九泉之下真的会死不瞑目！"

赵一丁这番话，让身为父亲的小赵浑身一震，可又心有不甘，气哼哼地干瞪眼，张口想反驳什么，可那抖动的嘴唇老半天没嘣出声响，喉结滑了几个来回，喉咙里那股眼看将冲口而出的气流最终却仍像打疵了的气枪，"滋溜"一声被噎住了。小赵不是不想反驳，而是觉得儿子的话理直气壮、威力强大，而且入情入理、无可辩驳。尤其是一想到九泉之下的父亲和母亲，他原本坚硬的内心忽然间柔软了下来，他已经无力反驳。只是"哼"的一声，将气哼哼的脸扭向一边，噘着嘴有些不情愿地叹气。

这时候，一边正在帮儿子整理衣服的儿媳孟小兰也说话了："爸，您甭生气，生气伤身体，得不偿失，何必呢。我觉得我妈和一丁说的话不是没道理，人家哥俩毕竟都是上了名校、如今在美国事业有成的人，刚才在咱们家说的那番话真的是入情入理，而且看样子说得也很诚恳，咱们最好就别再纠缠过去的那点恩怨了，说起来真的没啥大到永远解决不了的矛盾。再说了，咱家东东将来长大了，没准也会去美国留学呢，是不是东东？"孟小兰说着笑呵呵地逗起了儿子。东东还真很乖巧地配合，朗声说是，还转身冲爷爷喊："爷爷，我长大了也要到美国留学，去找在美国的两位伯伯，您同意吗？"他稚嫩的脸一脸纯真，乌黑的瞳仁在眼眶里滴溜溜的，期待着爷爷的回答。他萌萌的样子，让大人们忍俊不禁，一家人爆发出爽朗的笑声。

　　赵争气和赵争光兄弟回到西厢房不到一个小时，赵一丁和孟小兰代表小赵一家来了。他俩的到来也让大赵一家大感意外，胡素丽有些手忙脚乱，虽然也热情地招呼着赵一丁夫妇进屋坐，但身体却忘记让开，挡住了大半个门框，只顾讪讪地笑，多少有些尴尬。

　　赵争气和赵争光闻声迎了出来，招呼赵一丁夫妇进屋，胡素丽这才意识到要让开身子。

　　进了屋，赵一丁夫妇并未坐下，而是关切地问："伯伯的身体好些没有，现在感觉怎样，什么时候出院？"胡素丽赶忙回答："还行，这两天他吃饭、睡觉都还凑合，就是身子再也站不起来，什么都需要别人照顾了。唉，太遭罪了，往后出了院可怎么办……"

　　赵争光说："妈你别太担心，我爸出院后咱们请保姆照顾。如果一个不够咱们再请一个。两个一起照顾，应该够了吧？"

　　胡素丽道："你说得倒是轻松！人再多，哪有自己的子女在身边好？明天你们哥俩又要去美国，天高地远的，家里有啥事都指望不上，我能不担心吗？想当初真不该让你们哥俩都走那么远！"说完，她抹起了眼泪。

　　赵一丁赶忙安慰："伯母，您别担心，争气、争光都已经在美国那边扎根了，这是事实，担心也没有用，只能面对现实。只要家里请来保姆照顾伯伯，问题还是可以解决的。再说了，我们一家人都在对面，有啥事您就招呼一声，我们可以帮忙照应。"说完，他将手中那个鼓囊囊的信封完璧归赵，放在桌子上，对赵争光说："争光，你们的心意我们一家领了，但钱不能收，谢谢啦！"

　　赵争气正要上前推辞，赵一丁却拦住了他："争气，我和我爸我妈都商量过了，这钱绝不能收。你们放心走吧，伯伯、伯母这边有我们帮助照应呢。俗话说远亲不如近邻，咱们两家不仅有骨肉亲情，又是近邻，伯伯、伯母这边有啥要紧事尽管招呼，我们不会坐视不管的，这点你们尽可放心。"说完，他伸出手来同赵争气和赵争光握了握手，赵争气和赵争光都感受到这位堂兄弟手中传递出的力量，这力量让他们感受到了对方的真心与实意。这不由得让哥俩深深地感动，他们回应赵一丁的是更加有力的握手，母亲这时也围上来向赵一丁表达感谢。

屋里的气氛一时间异常动人，就连站在一边的孟小兰也内心一热，感觉眼眶里有温热的泪水涌出……

尾　声

赵争气和赵争光回美国后的第五天，他们的父亲大赵出院了。出院手续是大赵的侄女赵一秀跑前忙后帮助办理的。赵一秀的哥哥还特意请了假到医院帮忙接伯伯回家。

大赵虽然出院了，但身体严重偏瘫。他出院是叫了救护车才送回来的，赵一丁用力将伯伯抱下了救护车才回到了赵家的四合院，也让大赵坐上了家里事先买回来的轮椅。之前的一天，赵一丁的母亲丁秀芝还陪胡素丽一起到附近的家政公司请了保姆，而且果真一下子请了两个，包吃包住，每人月工资六千元。再之前的一天，赵一丁还帮助伯母胡素丽张罗着从外面请来了水泥工，先是将西厢房的一个门槛拆了，又在西厢房外的台阶与天井连接处用石块水泥修了个通往院落的斜坡，以方便保姆每天推着轮椅让伯伯进出院子活动。

经历了治病求医和出院的事，赵家的四合院总算又平静下来，并且逐渐进入新的生活轨道。

西厢院的大赵再也站不起来了，除了晚上睡觉，白天便被安顿在轮椅上，与轮椅终日相伴，被保姆推进推出，在西厢房和四合院的院子里来回活动。大赵既无法喝酒，也无法唱歌了，就连说话都很少，有时候甚至终日沉默寡言。这也难怪，经历了病魔的打击，他元气大伤，身体偏瘫，面部歪斜，口齿不清还动不动淌口水，能捡回条命已属万幸。苟延残喘的他，每天坐在轮椅上，像极了一尊活着的木偶。年过八旬的他，余生唯一的任务，就是一分一秒地消磨时光、打发日子。

胡素丽请来的两个保姆，一个负责照顾大赵，另一个负责买菜做饭、洗衣打扫卫生。比起之前大赵没生病家里也还没请保姆的日子，胡素丽倒是从繁琐的家务中解放了。她每天所要做的事，就是督促两个保姆干活，看管住自己的家尤其是家里的钱柜。两个儿子以前寄的钱以及这次他们回国看望父亲留下的钱，都被胡素丽紧紧地锁在她卧室的钱柜里，钱柜的钥匙被她用细棉绳穿起来挂到脖子上，睡觉的时候都不放心摘。在她眼里，请了两个保姆等于请了两个潜伏在家里的贼，说不定哪天就会趁她不备偷走她钱柜里的钱。所以她每天都提心吊胆，每天都一次次提醒自己一定要看紧些、再紧些。她只是在需要用钱的时候才一个人悄悄躲进卧室，反锁上房门，摘下脖子上的钥匙悄悄打开，估摸着将要花钱的数额，取出一点，又取出一点。不仅如此，每天让保姆去市场买菜，回来时她都嘱咐保姆记帐。有变化的是，胡素丽同对面小赵一家的关系，已经不是水火不容了。每天见面，无论是见到对方家的哪位，她都会堆起笑脸主动打招呼，甚至有时候还会嘱咐保姆多买回来些菜，匀一些送到对方家。即便有时候网购了高档的肉类海鲜或是高档水果，她也会送些给丁秀芝。而丁秀芝也从开始的推辞到后来盛情难却、渐渐接受，她们妯娌之间的关系渐渐融洽起来。当然，丁秀芝一家也投桃报李，每天都会在闲下来的时候，到西厢房来看望大赵，嘘寒问暖，再三交代胡素丽，说有啥事言一声。即便只是简短的客套问候，也会让胡素丽心生感激，感叹活在世上最珍贵的还是亲情。

冬去春来，转眼间就到了2020年。

2020年春节未到，新型冠状病毒肺炎最早在武汉被发现，且发展迅速，口罩成了人们须臾不能离开的救命稻草。本该是举国喜庆、万家欢乐的春节，无数人却只能宅在家里。就连北京赵家的四合院，也都没了往日的自在。平时经常在院子里活动的赵家人，无论老少，遑论男女，即便在院子里活动也都纷纷戴上了口罩。

春节前，胡素丽请来照顾大赵的两个保姆，早早提出要回老家过春节，把胡素丽吓得不轻，心想，真要让两个保姆都回家了，剩下自己和残疾的老伴，那可怎么办？这么一想，胡素丽整整一个晚上都在床上"翻烙饼"，担心与忧愁像驱赶不走的噩梦一阵阵袭来，让她无论如何都睡不着。

第二天一早，早饭都没吃，胡素丽就将两个保姆叫到跟前，郑重其事地对她们说："春节你们都别回家了，我给你们加工资，每人给你们加两千元，看怎么样？"

姓肖的保姆脑袋霎时摇得像拨浪鼓："那可不行，我都整整一年没回家了！我家上有老下有小，再说我妈身体又不好，怎么说春节我都得回去看看。"

姓李的保姆则说："我也不行。我女儿明年高考，天天都盼着我回去。我要是不回去肯定影响她的情绪，也肯定会影响她的高考。"

两个保姆的话让胡素丽不安，她故作镇定，脸上堆起了笑容，讨好似地说："你们回家的心情我能够理解，可我家里也有实际困难，你们要都走了，我一个人确实难以应付。你们俩再好好想想，不回家不仅省了路费，十几天的时间还多挣了两千元，不错了。如果你们觉得加两千少，我再考虑加点，反正钱的事好商量。"

姓肖的保姆说："不是加钱不加钱的问题，无论如何我都得回去，不回去我老公可饶不了我，弄不好都可能和我闹离婚。今天我就得去买火车票。"

姓李的保姆说："我也是……"

胡素丽忙问道："你们总不能今天一起去买火车票吧？"

两个保姆这下倒是被问住了，大概都明白确实不能都在今天同时去买火车票。她们商量的结果是，姓肖的保姆今天去，姓李的保姆明天再去。

两个保姆都要回家过春节的事，像一团乱麻塞进胡素丽心里，让她感觉内心异常压抑，呼吸急促，难受得快要喘不过气来。冥冥之中，她似乎预感到大事不妙。

姓肖的保姆早饭后就请假外出购买火车票去了。她走前，胡素丽还劝说春节的火车票哪有那么容易买，即使排一天的队恐怕也不一定能买到。但姓肖的保姆回家心切，拿出不撞南墙不回头的架势，任凭胡素丽怎么劝说都不改变主意。

没办法，姓肖的保姆前脚一走，胡素丽便苦口婆心地劝起了姓李的保姆，说："小李你还是别回去了，你明年再回，或者等你女儿考上大学时你再回，我给你加一个月工资，这个月给你发一万二。你想想，春节你回去不但要花路费，要长途奔波跋涉，回到家没准还分散你女儿准备高考的精力。你不回去，让她专心学习，还多挣了六千元。不说别的，你女儿考上大学，不还得准备一笔钱供她上学吗？等她考上大学你再回去，一家人欢欢喜喜一块庆贺，不也很好吗？"

这下姓李的保姆纠结了：春节到底是回还是不回？从内心讲，她一百个想回家。她离开家整整一年了，谁不想家呢？再说她很想念女儿，也想念老公，还有家里的老人。可不回去能增加一个月的工资，那六千元对她来说太有诱惑力了。何况胡素丽说得不错，女儿上大学需要钱呀，自己春节不回家能多挣六千元，待女儿考上大学自己再回去确实是更加划算呀。这么一想，姓李的保姆动心了，她准备答应胡素丽的要求，春节不回家。但她也要面子，对胡素丽说："这样吧，我本来也想家，想得要命，尤其是特别想我女儿。可我又想，春节我和小肖真的都走了，你这里怎么办呀，肯定照应不过来。那我还是先不走了吧，等暑假我女儿高考结束，我再回去。"

这话说得熨帖，胡素丽一直悬着的心总算放了下来。她高兴得像个孩子似地双手一拍，连蹦带跳地说："这就对啦，这就对啦！"姓李的保姆忽然发现，自打进他们家，胡素丽还没笑得如此灿烂过。

虽然姓李的保姆留下了，但胡素丽仍有不高兴的事。2020年这个春节，甚至整个春天，她过得异常沉闷、压抑。整天宅在家里不说，电视上、手机上传播的信息，每天除了疫情就是疫情，新闻每天都在报道各地新冠肺炎的新增确诊人数和新增死亡人数。人如蝼蚁，生命从来没有像现在这样脆弱、渺小。胡素丽忽然觉得，人生也就这么回事，来去匆匆，何必争个你输我赢，何必争个你死我活。回想老伴和自己过去那么多年与对面小赵一家寸土不让地斗气，不由得心生悔意，惭愧和自责像潮水般阵阵袭来、涌上心头。趁保姆不在身边，她陪着老伴，悄悄凑近老伴耳边，将憋在心里的这种感觉告诉老伴，边说边发着感慨。不料老伴听罢也禁不住老泪纵横，放声痛哭。

胡素丽每天都担惊受怕，牵挂着大洋彼岸的两个儿子。幸好如今通信技术发达，胡素丽每天都要主动与两个儿子视频交流，看看他们的样子。但因为时差，也因为两个儿子都很忙，能说话的时间并不多，往往说不了几句便被两个儿子挂断了。后来连续几天，胡素丽只能联系到大儿子赵争气，小儿子赵争光却不管怎么都联系不上。胡素丽只好问大儿子赵争气为什么联系不上争光。赵争气沉默片刻，接着告诉母亲："争光这段时间被研究所安排参加抗疫工作，正和众多同事紧锣密鼓地研究抗击新型冠状病毒的疫苗，没日没夜地加班，没时间也没机会和您通视频。不过他平安无事，妈您放心。"

其实，赵争气没敢告诉母亲真实情况。但他悄悄地告诉了堂弟赵一丁："弟弟赵争光十天前不幸感染新冠病毒，已于一周前去世。"赵争气感叹道："危难时刻，自己才明白人生在世，其实什么都不重要，生命和亲情最最重要。假若危难时刻亲人之间能在一起守望相助，那该有多好！"赵争气还说："今生只活一次，来生再无可能。活了几十年，如今我才算活明白了。人活着，要珍惜身边的每一分钟，珍惜身边的每一份亲情。我们不是花草，凋谢了还能再开，干枯了还有来年。我们的生命只有一次，失去了，不会再有；闭眼了，不会再醒来。所以如今我深深体会到，人活着的时候，要善待每一个人……"他再三嘱咐赵一丁，千万别告诉她母亲赵争光已经去世的消息，并且拜托赵一丁尽可能多地去关心照顾自己的父亲和母亲，日后若还有机会回国，一定重谢。

赵一丁听闻这个消息，感到无比震惊，内心瞬间翻江倒海。他万万没料到世事如此莫测，生命如此脆弱、不堪一击。他感觉自己刚才像做了一场噩梦，内心涌起阵阵悲哀，一股温热的泪水禁不住从他的眼眶汹涌而出，不停地往下流淌。他赶紧从衣兜里掏出纸巾，慌忙擦拭，唯恐父母亲看到。

四月的天气异常晴朗，北京的气温也渐渐趋暖。

赵家四合院里的海棠花如约绽放。粉红的海棠花一朵朵，一簇簇，在早晨的阳光映照下如妙龄女子，婀娜多姿，流光溢彩。麻雀们依然无忧无虑地在开着海棠花的枝叶间开心追逐、来回穿梭，尽情嬉闹。往年，院子里这样的季节，这样的景象会让大赵和胡素丽老两口看得入迷、看得忘情、看得心花怒放，仿佛自己比嬉闹的麻雀还要快乐。可今年的此时此景，胡素丽陪着坐在轮椅上的老伴观赏着海棠树上嬉闹追逐的麻雀，内心却黑云压城，感觉异常阴沉与压抑。此时此刻的他们，思绪已经飞到大洋彼岸，他们无比强烈地思念和牵挂着两个儿子。一想起早晨电视机里传来美国新冠病毒感染者在一天里又陡然新增了两三万例的消息，老两口的心就像被什么重重撞了一次，无形中思念和牵挂又增加了一分。此刻他们是多么盼望：争气和争光现在要是在自己身边，那该有多好啊！

想着想着，老两口禁不住泪流满面……

从沂蒙到上海的距离

一

王佳佳的儿子乔乔满月了。不仅满月，其实已经满三个月了。这三个月里，全家人对王佳佳母子俩的所有照顾都是按坐月子时的最高标准进行的，一日三餐的营养自不必说，都是高标和高配。王佳佳想吃什么，家里就安排买什么做什么，鱼、虾、肉都挑选最新鲜的，冷冻的一律拒绝。各类时令水果新鲜得都飘着果香，一捏几乎都能捏出果汁来。月子里的女人饿得快，所以王佳佳家里的零食五花八门，葡萄干、巧克力、干果、酸奶等，应有尽有、样样不缺。而且在这三个月里，王佳佳家还一直用着月嫂，费用每月高达一万二千元。虽说费用高了些，但王佳佳却能享受到精心的照料，衣来伸手、饭来张口，所有的家务更是全免了。不仅王佳佳本人，就连王佳佳的丈夫乔成林和王佳佳的母亲罗春娟都用不着干多少家务。王佳佳和乔成林以及母亲每天所要做的，多数时候只是采购和监督。采购由王佳佳的丈夫乔成林包了，只要王佳佳和母亲以及月嫂开出所要购买的物品清单，乔成林就会高效地完成采购任务，一样不落地及时将东西都买回来。钱当然也都是他掏的，他也乐意掏，已经为人父了，他掏得兴奋，掏得开心。儿子的降生对他来说不啻一剂兴奋剂，让他每天难以平静下来。

　　三个月贵妇般的生活让王佳佳心满意足，也不停感慨：钱真是好东西啊，难怪古往今来，世上那么多人见钱眼开。

　　说到钱，王佳佳一家虽说不上富有，但至少是小康了。她今年三十二岁，想当初她要不是从沂蒙山深处的一个小村庄到上海来上大学，一路读到硕士研究生毕业，还有幸留在上海工作，再有幸与上海籍的男同学乔成林结婚成家，她能过上如今大城市里的小康生活吗？这事她不敢想。所谓往事不堪回首，那是因为往事里曾经隐含着当事人太多的痛苦。对王佳佳来说，往事不堪回首，却是因为她的经历中隐含着不可告人的秘密与不安。这种秘密与不安，只有她自己和父母知道，曾经的大学同学、如今的丈夫乔成林一直被蒙在鼓里，甚至这辈子她都不能对他说。她只是在新婚之夜与乔成林心满意足地完成了龙凤之欢之后，搂着丈夫的名字千娇百媚地说："成林，我得告诉你我不喜欢罗翠翠这个名字，我的小名叫王佳佳，从今以后你就叫我佳佳吧，再不许叫我翠翠了。"乔成林一愣，心想罗翠翠是随她母亲的姓，王佳佳是随她父亲的姓，两个名字都各有特点，也各有其好，只不过是随母姓还是随父姓的问题。于是乔成林便回答说："佳佳挺好，但翠翠也不错。无非是随父亲的姓还是随母亲的姓，可无论你随谁的姓，你都是我亲爱的人儿啊。"说完他又亲昵地将新娘搂进怀里，新娘搂着新郎的脖颈撒起娇来："成林你还没答应我呢，我的小名叫王佳佳，我不喜欢罗翠翠这个名字，以后不许你叫我翠翠，你得叫我的小名佳佳。"看着千娇百媚的新婚妻子，乔成林说了声好的好的没问题，又一把搂住对方，边亲吻边一个劲地叫："佳佳、佳佳、佳佳……"

　　虽然是答应了妻子，但恋爱多年的妻子为何要在新婚之夜要求乔成林以后改称翠翠为佳佳，乔成林有些不明白，不过他也并未多想。

　　可此后的日子，乔成林还是没有改过来，开始还是叫妻子翠翠，见妻子凶他，他才改口叫佳佳。但不长记性的他有时叫妻子翠翠，有时又叫妻子佳佳。刚开始，妻子一听翠翠二字，就不理他或冲他翻白眼。但日子长了，乔成林就是屡教不改，翠翠和佳佳两个名字都混着叫，弄得她也没了脾气，只好随他，他爱怎么叫就怎么叫。心想反正自己与乔成林已经是夫妻了。再说了，她也怕缠得过分了惹对方生气，她害怕失去乔成林。

实际上，王佳佳这个名字，是自打出生父母就给她起的，后来上大学父母便为她改了名字，一直到参加工作，她都用罗翠翠这个名字。她如今的同事和参加工作之后认识的朋友，包括过去的大学老师、同学，都只知道她叫罗翠翠，所以一直叫她罗翠翠。甚至同她恋爱结婚的乔成林，之前也一直叫她罗翠翠，直到新婚之夜，王佳佳这个名字才从罗翠翠的口中说出来，并且强调王佳佳是她的小名，她喜欢她的小名，不喜欢罗翠翠这个名字，这当中到底是什么原因，隐藏着怎样的人生秘密，这都是后话，这里暂按下不表。

三个月贵妇般的生活，王佳佳非常享受。可每个月一万二千元的月嫂费，以她家的经济实力，不可能再持续下去了。王佳佳大学里学的是思想政治教育专业，研究生时期她学的是法律专业，毕业后她在上海一家律师事务所谋得了一份工作，眼下月工资不到一万元。丈夫乔成林是她的大学同学，学的也是法律，硕士研究生毕业后考上了公务员，眼下是上海市政府某机关的一位副处长，月工资同样不到一万元。两人的月工资加在一起不到两万元，家里几口人一眨眼就需要支付衣食住行各种开销，如何能长时间支撑每月一万两千元的月嫂费？即便是已经过去的三个月，月嫂的工资也都是王佳佳的婆家、乔成林的父母资助的。

说到婆家，王佳佳更是庆幸，她庆幸自己嫁给了上海籍的同学乔成林。乔成林的父母均是大学教师，就在王佳佳当初就读的申城师范大学任教。他们家有两套三居室的房子，一套位于乔成林父母工作的那所大学校园内，另一套位于徐汇区高安路一带。王佳佳和乔成林结婚，新房就是乔家现成的那套高安路的房子，虽然是二十世纪七八十年代建的老房子，但位置好，而且是学区房，以后儿子长大上学，按片区划分，他们用不着操心，更用不着交高昂的择校费。王佳佳嫁给上海籍的同学乔成林，相比于其他外地留沪工作的同学，不但省去了上千万元的购房款，或者每月近万元的房租，未来还可能预省了十几万乃至数十万元的择校费，如此一算，沂蒙山深处小山村来的王佳佳，这短短十几年的人生路仿佛中了价值上千万元的彩票，简直是赚大发了！想当初，如果不是她父母让她在高考时"起死回生"，自己的人生又将会是怎样的一番景象呢？这个问题，王佳佳不敢想，所以她强迫自己不去想。她只是常常想起作家柳青说过的那句至理名言：人生的道路虽然漫长，但紧要处常常只有几步……说一千道一万，她还是要感谢她的父母，是他们在女儿人生的紧要关头"扭转乾坤"。

话又说回来，王佳佳与乔成林早已经商量好，接下来请一个看孩子做家务的保姆就可以了，这样每月支付五六千元的工资就足够了。

二

星期六。

乔成林一个人走进巧媳妇家政公司，他准备物色一个中意的保姆接替月嫂。

拥挤的家政公司里密密麻麻坐满了求职的女人，她们的穿着花花绿绿，五花八门。只要有一个新雇主走进大厅，她们每个人都双眼放光，像充足了电的探照灯紧紧地盯着新来的雇主。她们都满脸笑容，充满期待，仿佛期待着好运的到来。在乔成林看来，这些农村妇女既有些俗不可耐，又让人同情，因为她们的穿着、她们的笑容都大同小异，看多了，乔成林便感觉她们有些土气，有些俗气。面对一个个近乎相同的面孔，乔成林一时竟有些拿不定主意，不知到底该同哪一个候选保姆搭腔才好。正犹豫不决，一个与众不同的脸庞跃入了乔成林的眼帘，那是一张相对白净的脸，皮肤虽略显粗糙，但白里透红，像一颗被阳光晒过的苹果，明显留着风吹日晒和常年劳作的痕迹。她是瓜子脸，脸上没有其他人那种千篇一律讨好的媚笑，代之是一种大理石般的沉静，可又带着平和与安详的神情。此刻她的目光也迎上了乔成林探询的目光，她的目光友好和善，却又炯炯有神，不过那眼神里微微带着一丝不易察觉的忧郁。按经验判断，这是一个三十出头的乡村女子，她看上去瘦削却不乏力气、朴实却透出干练、沉静也不乏友善。乔成林一下子对她有了好感，于是开口与她搭讪。

"你好！你叫什么名字？"

"罗翠翠。"

"——什么，你再说一遍！"乔成林睁大了眼睛。

"我——叫——罗——翠——翠。"对方盯着他，一字一句说出口。

"——你……真的叫罗翠翠？不，应该是'干脆'的'脆'，叫罗脆脆吧？"

"不，是翠绿的翠，罗翠翠。"对方坚定地说。

哈哈，真是太巧了。眼前这年轻的乡村女子竟然与自己的妻子同名！乔成林内心这么想着，差点叫出声来。他感觉到奇怪。可转而又想，偌大的中国，眼下同名的人太多了，有什么好奇怪的呢。他有点责怪自己，觉得自己简直是少见多怪。

乔成林又说："哦，知道了。你叫罗翠翠。那……你是哪里人，家在哪里?"

"山东的。"

"山东什么地方?"

"山东临沂,沂蒙山脚下。"

"那……我能不能看看你的身份证?"

罗翠翠剜乔成林一眼,警觉起来:"干吗,你是警察呀?"

乔成林忽然意识到自己的行为有些欠妥,打着哈哈说:"啊不是不是,我是……我是来请保姆的。你……你愿意到我家来吗?"

话音刚落,一名工作人员拍着乔成林的肩膀说:"这位先生,您是有意聘用罗翠翠吗?若是有意,你和罗翠翠到里屋来详谈。"

乔成林使劲点头:"是的是的,我想同罗翠翠具体谈谈。"

罗翠翠也"嗯"地一声,表示同意。

他们跟着工作人员走进了里屋。工作人员让他俩坐到屋里的空椅子上,两人又攀谈起来。

乔成林望着罗翠翠,笑着说:"是这样,我老婆刚刚生了小孩,满三个月了,我想请你到家里来照顾小孩、做家务。你看是否愿意?"

罗翠翠问:"你们家还有其他人吗?"

乔成林忙答:"有,还有我岳母。也就是说,我们家除了我、老婆、孩子,还有我岳母,一共四口。"停了一下,乔成林又补充说:"因为我老婆坐月子,我岳母临时到我家来帮助照看小孩。再说了,我老婆是第一次生小孩,许多事我们不懂,家里如果没有长辈,我们还不知道该怎么办呢。"乔成林说完,讪笑着。看来他急于说服罗翠翠,更希望能聘用罗翠翠,所以一股脑儿地将实话都说了。

罗翠翠听罢,也微微笑道:"是的,第一次生孩子,谁都紧张,谁都心里没底。那……我要是去你们家做事，月工资给多少呢？"

说到工资，乔成林一脸懵，他将脸转向那位刚才将他们带进里屋的工作人员，问："哎——同志，你们公司有什么规定，工资标准一般是多少？"

那名工作人员是个体型肥胖的中年妇女，戴一副近视眼镜，听乔成林问，便递过来一张公司统一格式的价格表，说："你看看这张价格表，上面写得一清二楚。如果光照看小孩，一般是4500元，如果还兼做其他家务，得5000元到6000元不等，具体你们自己谈。"

乔成林扫了一眼价格表，发现价格表确实写得一清二楚。家政服务项目，干什么活给什么价位的工资，都有一个规定的最低价格。他将目光转向罗翠翠，说："如果你到我家，我希望是既照看孩子又干家务，包括做饭搞卫生之类。当然，最主要的是需要你照看孩子，做饭搞卫生是错开时间做的，工资就参照你们公司的价格表，我给你开到最高，每月6000元。你要是干得好，让我们全家都满意，届时还可看情况适当提高，反正只要你好好干，我们不会亏待你的。你看如何？"乔成林说这番话，几乎是掏心掏肺了。不知为什么，自打进家政公司一眼见到罗翠翠，他就有一种说不出的好感，她的眼神、她的长相、她的肤色，与同样正期待雇主的那些农村妇女不同。关键是罗翠翠这个名字，让乔成林心生好奇。虽然如今天底下同名的人很多，但请一个与自己妻子同名的保姆到自己家里干活，如此巧合的事实在是太神奇了。乔成林生性喜欢巧合与神奇之事，他觉得人生在世，日子本来就太过平淡乏味，若时不时能遇到一些巧合与神奇之事，人生才会更加有趣，日子也才不至于太过平淡。以上的诸种原因，让他认定今天自己要请的保姆，非罗翠翠莫属。

罗翠翠听乔成林这么一说，对乔成林不由得也心生好感，觉得眼前这个男人不但长得文质彬彬、衣着整洁、言行利索，目光充满友善，工资也给得爽快大方。不像离家来上海之前丈夫再三告戒她的那样：城里坏人很多，压根就看不起咱们乡下人，你一个人在外可得长心眼，凡事都得提防着点，千万别受骗上当。其实这些话丈夫不说，罗翠翠自己心里也有一杆秤。这是她第一次远离家乡外出打工。虽然以前她从未远离家门到过大城市，但她早就听说外面的世界很精彩，外面的世界很无奈。假若不是迫不得已，假若家里不是那么寒酸，罗翠翠也不愿意到外面来遭受委屈。俗话说，在家千日好，出门时时难。何况是到城里给人当保姆，干的都是伺候人的活。要不是因为自己的父亲年初心脏病发作被送进县人民医院救治，出院后在家调养需要常年吃药，罗翠翠也断不会下决心到上海来当保姆。罗翠翠中学时品学兼优，当初要不是高考发挥失常，家里又没钱供她复读，她也应该能在大学毕业后谋到一份体面的工作，甚至说不定也能到上海工作，同眼前这个同龄男人一样过上城里人的生活。只可惜这一切的可能，却随着她高考发挥失常通通化为泡影。如今的她，只能认命。

对于乔成林的善意邀请，罗翠翠频频点头，表示同意。

按家政公司的规定，双方需要签订劳动合同。当双方互相检查对方个人身份证，并准备填写各自的个人信息时，乔成林又惊奇地发现，罗翠翠的籍贯竟然与自己的妻子完全一致：山东省临沂市沂蒙县鲁南镇。也就是说，乔成林眼前将要聘用的保姆，不仅与自己的妻子同名，还与妻子同省同市同县且同一个镇。

——天呐，天底下竟然有如此巧合的事！乔成林睁大眼睛，禁不住叫出声来。他告诉罗翠翠，简直是太巧、太巧了！你不仅与我妻子同名，还与我妻子同乡！

罗翠翠听罢，也微微有些吃惊，双目放光。"是吗？那真是太巧了。"

说这话时，她面带笑容。看来她也愿意接受这种巧合。

乔成林说："巧合好，巧合才有趣，不然生活也太单调无趣啦。翠翠你要是不介意，咱们可就把合同签了。我刚才已经说过，只要你好好干，我们一家不会亏待你的。"

罗翠翠赶忙回答："好的，咱们就签合同吧。"通过短时间的交流，她觉得眼前这个文质彬彬的上海男人十分可信，她不愿错过这样的雇主。她想着：假若错过，谁知道下一个会是什么样的雇主呢。

三

乔成林开车带着罗翠翠回到自己的家。

妻子前来开门的那一刻，眼前两个年龄相仿的女人不约而同都张着嘴并睁大了眼睛，彼此紧紧地盯着对方，同时发出"啊哟——"一声，仿佛都像见到了外星人。继而，双方几乎同时喊出了对方的名字，妻子叫对方"翠翠"，罗翠翠则喊对方"佳佳"。乔成林发现妻子此刻向他瞟来一眼，眼里满是不解，好像闪出了串串问号，但她很快与罗翠翠寒暄起来。妻子说："翠翠，你简直是天外来客啊，你怎么知道我住在这儿？"

乔成林马上笑着解释："是我刚从家政公司请来的呀。原来你俩不仅是同乡，还认识呐，真是太巧了！"

妻子不经意剜他一眼，眼里闪出怨气，但紧接着将脸转向罗翠翠，打起了哈哈："是吗，那真的是太巧了。只是……"她将要说的话咽了回去，双眼看着罗翠翠，讪讪笑着，脸上有几分尴尬。

罗翠翠望了一眼乔成林，又回头接住王佳佳的眼神，脸上现出一丝疑惑："怎么啦？佳佳，你不欢迎我？"

王佳佳双手摆得像汽车刮雨器："啊，不不不，我可不是这个意思。我是……我是觉得让你到我家来带孩子做家务，这样子未免……未免太委屈你了。"说完，她脸上浮现出歉意与尴尬。

罗翠翠听罢，哑然失笑："哈哈，我还以为你不欢迎呢。你可别这么说，我就是个农民，一辈子就是农民的命，什么活不能干啊，哪有挑三捡四的理？你要是欢迎我到你家来讨口饭吃，我就该烧高香了。"

王佳佳听罢，如释重负。她笑着招呼罗翠翠赶紧进屋，边招呼边说："我只是万万没有想到乔成林在家政公司那么多求职者里，就这么巧地偏偏请到你呢。"她边说边瞪着乔成林，眼里射出飞针似的透着怨气。

罗翠翠笑着回应："是啊是啊，真是做梦都没想到，我怎么千人万人不找，偏偏就找到你们家来了。也许……也许这就是缘分吧。我以为，这辈子再也见不到你了呢。"罗翠翠呵呵笑着。王佳佳也跟着笑，但笑得依然有些尴尬。

乔成林没理会妻子的眼神，他还在为今天的巧合兴奋不已："哈哈，这就叫无巧不成书！"他还有些得意，却见妻子不时用眼睛剜他，那眼神像根根毒箭，仿佛恨不得将他千刀万剐。但面对罗翠翠的到来，妻子还是笑脸相迎，招呼着罗翠翠往屋里摆放行李，此刻他的妻子王佳佳仿佛长了两副面孔，就像川剧中的变脸，一副对他，另一副对罗翠翠。只是她对他的怨恨表情总是稍纵即逝，旁人不易察觉。乔成林不明所以，心里有些纳闷。

王佳佳真的万万没有料到丈夫到家政公司千人万人不请，偏偏就请到了罗翠翠，内心真后悔自己没跟丈夫一块去家政公司，心想要是自己去怎么也不会发生如此荒唐的事。她倒不是不欢迎自己同乡的到来，也不担心罗翠翠到自己家来干不好活，而是因为罗翠翠曾经是自己的同班同学，还曾经是成绩比自己好得多的同班同学。当初自己学习遇到难题，还经常向罗翠翠求助请教呢。现在让一个当初比自己学习好得多的同班同学到自己家当保姆，未免太荒唐了。如此，王佳佳内心能不觉得别扭吗？

让乔成林没有料到的是，不仅是妻子王佳佳认识罗翠翠，就连岳母罗春娟也认识。不仅认识，罗翠翠还曾经是罗春娟的学生，罗春娟当过罗翠翠和王佳佳的班主任，这是罗翠翠到家里来当保姆数天之后，乔成林从她们的几次言谈中逐渐得知的，只是乔成林不明白为何在他请罗翠翠到家里来做家政这件事上，妻子王佳佳一直心存芥蒂。

罗翠翠刚来的当天晚上，是他们夫妻"法定"要亲热的日子。他们约定夫妻生活一般是每周两次，自打王佳佳怀孕，为了保护妻子与孩子，乔成林严格遵守医嘱，怀孕前三个月和后三个月都没跟妻子亲热，加上孩子出生后的一个多月也不能亲热，前后共计有半年多时间没能满足生理需求，这让乔成林寂寞难耐、度日如年。对此，乔成林咬紧牙关一次次忍着。为了控制住自己心中的欲火，那段时间他主动与王佳佳分床而居，晚上卷起铺盖一个人睡到客厅的沙发上。如今，孩子早已满月，好不容易熬出了头，乔成林自然是熟门熟路，晚上入睡前便迫不及待地搂紧了妻子，不料兴致勃勃的乔成林却被妻子毫不客气地一把推开了。

乔成林像正走在大马路上却冷不丁撞上了墙壁，一脸懵："哎哟喂——今儿你是怎么啦？"

王佳佳冲他翻起白眼："哼——怎么啦，你自己不明白吗？"

乔成林马上意识到什么，道："嘿——我今儿好心好意给你请来了保姆，还是你的老乡、同学，这有啥不好？"

王佳佳扭脸冲他扔下一句："好个屁！"说着她弯下腰，用手轻轻抚着双人床边婴儿床里的儿子，生怕惊醒了他。

乔成林眨巴着眼睛，辩解道："嘿——我不明白这有什么不好，你没看她今天刚到咱们家就同你和你妈聊得火热，省却了陌生人之间的相互试探、了解和熟悉。关键是她干活勤快、利索，也很喜欢咱们的孩子，这有啥不好？不就是名字与你一样吗，这有啥呀，天下同名同姓的人多着呢。再说你不是让我改叫你的小名王佳佳了吗，我看罗翠翠进门也叫你佳佳而非翠翠，这不就得了，我真不明白你有啥可发愁的？"

王佳佳怼他："你不懂！"

乔成林反驳道："我怎么不懂了，我刚才说的这些难道没有道理？最重要的一点，罗翠翠是你的熟人，你们都知根知底，咱们用她也放心。相反，要是找个陌生的保姆，还要逐步了解、熟悉，脾气、人品什么的要是不托底，咱们能用得放心吗？手脚不干净倒是一回事，哪天要是趁咱们不备把孩子拐跑了，怎么办？"

乔成林说出的这一番理由，入情入理，几乎让王佳佳无话可说。但王佳佳还是反对："成林你真的不懂，你不懂女人！你刚才说的道理我都同意，我……我是说，她原先是我的同学，平时学习成绩都比我好，就因为高考考砸了，现在来咱们家当保姆，你不觉得心里别扭吗？"她张着嘴，本来还想说什么，她还有更有力的理由可以反对丈夫，但终于还是没有说出，因为她难以启齿。

乔成林听罢，先是一愣，接着哑然失笑："嗨，说了半天，原来你是在乎这个啊。我算服了你啦！"他边说边跨前一步，一把搂住妻子说："翠翠——啊不，佳佳，听我说，你说的也在理。但人生在世，各有各的运气，也各有各的活法。这个世界上，谁都想活得更好、更风光，有钱，有房，有车，有……这么说吧，想要什么都有什么，但那可能吗？许多时候，人想的是一回事，可现实又是一回事，这就得认命。古人不说过吗，命里有时终须有，命里无时莫强求。就说罗翠翠吧，你说她学习好，可高考却硬是考砸了，这就是命，怨不得别人。你说是吧？再说了，今儿我看她到咱家来，没啥不高兴，也没啥别扭的，很快就进入角色了，无论看孩子、搞卫生还是做饭炒菜，她都很勤快。何况她炒的菜你和你妈还夸，说好久没尝到家乡菜了，这不是很好吗？人家都没往心里去，你还别扭个什么吗，你别犯傻啦!"

四

在此之前，王佳佳和母亲罗春娟想破头都不会料到乔成林请来的保姆竟然是罗翠翠，见到罗翠翠的那一刻，瞬间的意外、震惊与恐慌从母女俩心头双双掠过，尽管是稍纵即逝。不过，当发现乔成林若无其事地笑着站在家门口时，母女俩怦怦的心跳才逐渐回归正常。即便如此，母女也都难掩脸上瞬间的尴尬，同时也难掩眼里瞬间对乔成林的抱怨。在母女俩的内心深处，她们大概率会抱怨乔成林这人真的是太马大哈了，怎么不来个电话商量一下就将罗翠翠请回家里来当保姆呢？

但俗话说，伸手不打笑面人，何况是罗翠翠这个让王佳佳和罗春娟母女俩一辈子都愧于相见的农村女子？想当初，王佳佳与罗翠翠一起上学，不仅是同班同桌，形影不离，当语文老师兼班主任的罗春娟对罗翠翠还很是赏识，呵护有加。个中缘由，当然是罗翠翠在班里学习成绩好。有道是，龙生龙，凤生凤，老鼠的儿子会打洞。王佳佳的母亲是中学语文教师罗春娟，父亲王政发又是当地一间派出所的所长，按理说王佳佳的遗传基因和智力应该不差，学习成绩也应该优秀。祖祖辈辈都是农民出身的罗翠翠，父母如今也还只是地地道道的农民，学习成绩哪能跟王佳佳比？可事实恰恰相反，罗翠翠在高中阶段，无论哪门功课都能将王佳佳甩出几条街。王佳佳每次考试，每门能考个六七十分就算不错了，不及格的情况也时有出现。而罗翠翠每次考试，多数时候每门都在九十分以上。此种异常的反差，王佳佳自己倒没觉得有何不正常，每次考完试情绪与平时比也没啥大变化，与同学该玩玩，该吃吃，晚上熄灯上床更是倒头便睡，一副没心没肺的样子。王佳佳的母亲每次看到女儿的成绩，则是满脸懊恼，看着女儿若无其事的样子，更是急得直嗑牙花子，可以说是恨铁不成钢。母女俩神情上的反差，活脱脱一幅皇帝不急太监急的写实画。即便如此，做母亲的却不敢冲女儿发火，像护着一件名贵的玻璃器皿，生怕稍不小心就会将它碰碎。罗春娟左思右想，怎么也不理解自己的亲生女儿怎么会生性如此愚钝，甚至有些怀疑当初在妇产医院生产时是否抱错孩子了。让罗春娟至今感到侥幸和庆幸的是，在女儿高考这个人生的关口，她与丈夫王政发当机立断，才让女儿的命运出现了大逆转，女儿从此走上了人生的坦途。只是对罗翠翠，罗春娟和王佳佳母女怎么都抹不掉内心的遗憾与内疚，因为凭罗翠翠平时的学习与表现，她应该更迫切、也更有资格摆脱命运的摆布，也应该更迫切、更有资格拥有自己美好的前程。从内心里讲，罗春娟和王佳佳母女俩也都是希望罗翠翠能拥有自己美好的前程，只不过甘蔗从来就没有两头甜，世界上的许多事，也往往不能两全其美，母女俩只能替罗翠翠惋惜，也只能对罗翠翠表示内疚与遗憾。这种内疚与遗憾，伴随着她们一晃就过去了十几年。

作为班主任兼语文老师的罗春娟，自打那次高考后打电话劝说罗翠翠再复读一年未果，就再也没有联系过罗翠翠，更未见到过罗翠翠。而从前与罗翠翠上学时形影不离的王佳佳，连电话都未给罗翠翠打过，也未对罗翠翠说过半句安慰的话，更未像她母亲一样劝罗翠翠再复读一年。她在父母亲的全力帮助和一手操持下，奇迹般地拿到了大学的入学通知书并准备了入学所需的一切手续，在入学报到的前一天，奔赴位于上海的申城师范大学报到，唯恐去晚了会夜长梦多、入学的事会化为泡影似的。自此，王佳佳与罗翠翠也是一别十余年。万万没有料到，十余年之后的今天，她们母女俩会以此种形式与罗翠翠见面。

弄明白罗翠翠是乔成林请来的保姆后，罗春娟和王佳佳惊讶得目瞪口呆。但很快，母女俩便顺水推舟，以礼相待，她们堆起笑脸，热情地将罗翠翠迎进家里好一阵寒暄，屋里顿时热闹起来。

罗春娟一把搂住罗翠翠的肩膀，说："哎呀，翠翠，真没想到能见到你，太好啦，这么多年你还好吗？我和佳佳经常念叨你，真是太想你啦！"

王佳佳也学着她的妈妈的样子亲热地搂住罗翠翠，说："翠翠，见到你真是高兴，这些年我和妈妈时常说起你，真的是特别想你……"

罗翠翠感觉王佳佳将她搂得好紧。面对昔日的同学和老师，她既意外又惊喜，内心瞬间百感交集，一时不知道该说什么才好，她只是被动地应和着："罗老师、佳佳，我……我也真没想到能见到你们……"她声音带着哽咽，千言万语瞬间涌上心头。

待内心逐渐回归平静，罗翠翠对罗春娟说："罗老师，我……我辜负了您的期望，真是没出息，天生是当农民的命，我……我对不起您！"

罗翠翠这番话，像一记重锤敲在罗春娟心头，让罗春娟感觉既疼痛又慌乱。罗春娟赶忙抓起罗翠翠的手，使劲地摇："翠翠你可别这么说，你很棒，真的很棒！其实……其实你当初要是复读一年，第二年保准能考上大学。唉，不过……往事不堪回首，这一切都已经成为过去，何况人生的路千条万条，也不只有上大学这一条路。再说了，人各有命，命的好与坏，都不重要，重要的在于一生是否平平安安、快快乐乐。所以，翠翠你没必要难过和后悔。"

罗翠翠听罢，觉得老师说得在理。可是，我罗翠翠这一生快乐吗？她扪心自问。不问则已，这一问，反倒更加伤心，泪水不住地往下掉。

王佳佳赶忙搂住她，安慰说："翠翠，别伤心，咱们别提过去了，过去的就让它过去，提了也无济于事。你能到我们家来，是我家的幸运，我们很欢迎你。只是让你来帮我带孩子、做家务，有些……太委屈你了。"

罗翠翠说："哪里话，我天生就是农民、干活的命，有啥好委屈的？你们要是不嫌弃，我就在你们家做事了。"

罗春娟说："翠翠，你要是愿意安心在我们家干活，我们求之不得呀。只要你好好干，我们不会亏待你的。"

话虽这么说，罗春娟和王佳佳却忐忑不安，内心一直打着小九九。

最放不下心的当属王佳佳。想当初，王佳佳听从父母安排，要她改用罗翠翠的名字到申城师范大学报到时，王佳佳丈二和尚摸不着头脑，搞不清父母的意图。面对女儿的疑问，母亲罗春娟板起脸孔反过来质问："为什么，你还有脸问呐？在咱们学校甚至乡邻乡亲，谁不知道王佳佳这个名字就是差生的代名词？我和你爸的脸早让你丢尽了！尽管这次高考你侥幸上了大学，但你不要再用王佳佳这个名字了，你改用罗翠翠吧，反正我也姓罗，反正罗翠翠又不上大学。罗翠翠这个名字比王佳佳好，在咱们学校，罗翠翠就是优等生的代名词，你到大学里用罗翠翠这个名字，没准就时来运转，学习成绩也能上去了。"

无论在家里还是在学校，罗春娟一向强势，说话一言九鼎，办事雷厉风行，就连在派出所当所长的丈夫王政发都要让她三分，何况是女儿王佳佳呢？一路的成长历程，王佳佳一直见证着罗春娟的强势，所以内心对母亲一直心存敬畏。学习上，王佳佳更是经常遭到母亲的抱怨与批评。母亲越是严厉批评，王佳佳越没有自信。以致高考放榜，王佳佳都不敢去查问自己的分数，她高考的分数是母亲罗春娟直接告诉她的。让王佳佳意想不到的是，那次高考，她自己竟然瞎猫碰上死耗子，分数够到了申城师范大学的录取线。其实，真要改名，王佳佳打心眼里不愿意用罗翠翠这个名字，她觉得罗翠翠是自己的同学、好友，虽然罗翠翠高考考砸了，上不了大学，可自己上大学改用她的名字，不仅不合适，也很别扭啊。她嗫嚅着，向母亲申辩说自己不想改名，真要改，也不要用罗翠翠这个名字。没想到话一出口，罗春娟便对她一阵劈头盖脸地训斥："在你的大学录取通知上，我都通过关系托申城师范大学的朋友给你改成罗翠翠了，这回你不改也得改，你想上大学，也只能用罗翠翠这个名字，你还想用王佳佳或别的名字，大学的门都甭想进，你懂不懂?!"母亲的这一番话，语速飞快，激烈得像一梭子弹，彻底将王佳佳的嘴给堵上了。王佳佳无话可说，只得服从。

五

到上海做家政之前，罗翠翠做梦都想不到，自己此行会意外地见到十余年未见的中学同班同学王佳佳，还有王佳佳的母亲，中学时代的班主任、语文老师罗春娟，自己还是到人家家里当保姆。

在家政公司签劳动合同的时候，罗翠翠只听到乔成林说他的妻子也叫罗翠翠，当时并未多想，只觉得好奇和巧合，也并未往心里去。没想到这次的同名与巧合，竟然是同乡和老熟人，而且是当初同自己关系几近闺蜜的同班同学王佳佳。自打高考落榜，平时学习成绩远不如自己的王佳佳反而考上了大学，罗翠翠便与王佳佳、罗春娟失去了联系。对于自己高考落榜而王佳佳反而榜上有名这件事，刚开始罗翠翠怎么都不相信，她感觉自己考试时每门都发挥出了平时的水平，高考结束后她给自己估分，不高也不低，内心估摸着再怎么说自己的高考分数，即使上不了重点本科，上个普通本科应该没有问题吧。没想到她盼星星盼月亮，星星来了又去，月亮去了又来，可她就是盼不来日思夜想的高考录取通知书。相反，她倒是听说王佳佳考上了申城师范大学，那也是自己心仪的院校呀。刚听到这个消息的时候，罗翠翠有些不敢相信，心想自己平时在班里考试成绩总是高出王佳佳二十几名，平时做作业遇到难题，王佳佳还时常来讨教，就连她母亲、班主任罗春娟也多次向罗翠翠提出，要罗翠翠在学习上多帮助佳佳，怎么她俩真参加高考，成绩和角色就来了个大转换，自己与王佳佳的位置彻底调了个？之前罗翠翠真是打死都不相信，待听到王佳佳被申城师范大学录取的消息，罗翠翠一开始是惊讶，接着是深深的不甘与不服，内心久久难以平静，甚至还感觉到来自心灵深处的疼痛。待流逝的时光不断抚慰她内心的创痛，她自己也渐渐恢复平静的时候，她也慢慢想明白了。她以前就听人说，都说"一考定终身"，高考是人生的一场赌博，自己虽然平时学习成绩比王佳佳强，可只要高考考砸了，一切便都前功尽弃，以往的成绩再好也会无济于事。以前她也听人说过，有的人真正走进考场会天生怯场，影响考试成绩。相反，有的人却天生就是斗士，喜欢大场合，越是大场合，气氛越紧张，越能超水平发挥。如此看来，这场事关人生命运的高考，自己是彻头彻尾的失败者，而王佳佳恰恰相反，平时学习成绩不怎么样的她真是超水平发挥了，王佳佳是高考的幸运儿。细细想来，罗翠翠只是觉得，自己高考时内心平静如水，并未感到怯场呀，怎么就鬼使神差考砸了呢？这一点，成了她内心深处的一个死结，她怎么也想不明白。

　　罗翠翠在打听到王佳佳被申城师范大学录取的消息后不久，接到了她的班主任兼语文老师、王佳佳的母亲罗春娟的电话。罗春娟先是安慰罗翠翠："翠翠,真没想到你平时成绩那么好,这次高考却考砸了,我和佳佳都替你可惜呐。"罗春娟沉吟了一会儿,接着说："不过翠翠,你也别太难过,胜败乃兵家常事,历届高考,咱们学校类似你这种情况的,可以说年年都有。你千万别气馁,我劝你再复读一年,只要你下定决心,知难而进而非知难而退,凭你平时的能力和成绩,明年一定能够考上。"

罗春娟的这一番话,不说还好,一说便触痛了罗翠翠内心的伤口,多日的失望、委屈和痛苦,像决堤的洪水疯狂地撞击着她的创痛,她哽咽着喊了声"罗老师"便失声痛哭。待哭痛快了,她才对电话那头的罗春娟说:"罗老师,我……我不可能复读了,家里……条件不允许。"罗春娟马上意识到,罗翠翠说的是实话,她家里穷,父亲常年患有心脏病,大多数时候家里的农活只靠她母亲一个人支撑。她家里还有一个弟弟在上学,经济上根本供不起她复读了。她母亲早就与她有约在先——这次高考,考得上哪怕砸锅卖铁也要全力支持她读大学,考不上就认命,回来帮助家里干活。

听完罗翠翠的哭诉,话筒的那头开始是片刻的沉默,不一会儿又响起罗春娟的声音:"这样吧翠翠,你要是下决心复读,经济上我来帮助你……"

罗翠翠说:"不行的罗老师,我娘不会同意的。谢谢您的好意。"

这是罗翠翠高考失利后同罗春娟说的最后一句话,自此罗翠翠再未主动与王佳佳和罗春娟联系,而她们之后也从未主动联系过她,这一点让罗翠翠感到多少有点遗憾。原本,她还惦记着罗老师说的在经济上资助她复读的话,心想罗老师真要是到家里来说服自己的母亲,兴许复读这事尚存一丝希望,她没想到罗老师原来也只是当客套话说说而已。她也没想到自此之后，她与王佳佳和罗春娟一别十余年，更没想到十余年之后自己与她们母女不期而遇，是以这样的方式见面。她与王佳佳从过去的同班同学变成了雇用与被雇用的关系，命运同她开了个天大的玩笑。

刚与王佳佳和罗春娟母女见面的那一刻，罗翠翠也感觉意外和震惊，可她很快便平静下来。经历过高考的挫折和而后十余年生存的挣扎及岁月的磨砺，如今的罗翠翠早已经失去了少女时期的敏感与幻想，她的心早已被磨出了老茧，变得灰暗、麻木与迟钝。过去的十年，她先是回家帮助父亲和母亲干农活，不久便结婚生子。由于父亲常年患病，干不了重活，罗翠翠未能与其他同伴一样外出打工，她一直留在家里帮助母亲干农活，同时帮助母亲照顾体弱的父亲。他的弟弟两年后也高中毕业了，但同样没能考上大学，这倒也在罗翠翠的意料之中，因为他弟弟在学校的学习成绩远不如她。不过他弟弟没考上大学，倒也早早地远走高飞，到南方打工去了。

罗翠翠的丈夫罗大山是她的同班同学，其实也是王佳佳的同班同学。罗大山与罗翠翠不仅同村，而且他家与罗翠翠的家相隔不到百米，他俩从小就是时常在一块玩的玩伴，说是青梅竹马也不为过。但罗大山的学习成绩远不如罗翠翠。罗大山比罗翠翠大一岁，他自小就对罗翠翠心存好感，随着年龄的日渐增长，他对罗翠翠的好感变成了爱意，时常在夜里做梦时都想着她，课前课后或人前人后都主动亲近她、护着她，只不过已经长成少女的罗翠翠反倒是有意躲着他。个中缘由，一是来自少女的羞涩，二是罗大山的成绩是"丝线挑豆腐"，确实是提不起来，罗翠翠心里多少有些抵触甚至拒绝。她觉得即使是处对象，罗大山也和她不合适。这一点，罗大山自己也承认，所以他一方面对罗翠翠充满爱慕，另一方面又多少有些自卑，心想罗翠翠将来要是考上大学，她哪里还看得起自己啊。所以在罗大山眼里，罗翠翠越来越像一只美丽的白天鹅，可望而不可及，而且正越飞越高、越飞越远。令罗大山万万没有料到的是，平时学习成绩在班里响当当的翠翠，高考竟然考砸了。同样落榜的罗大山内心却风平浪静，因为他自己早有预料。可对罗翠翠的落榜，他既替罗翠翠惋惜，又为自己暗暗高兴，因为他内心又升腾起对罗翠翠的爱意与希望。高考落榜的那些日子，他主动上门找罗翠翠，一方面安慰罗翠翠，另一方面主动帮助罗翠翠的母亲干农活。盛夏，也正是农忙时节，各家各户都忙得不可开交。罗大山一边干自家的农活，另一边又帮罗翠翠家干农活，忙前忙后，不亦乐乎。幸好罗大山的父母都年富力强，家里又还有一个哥哥，他才能腾出时间和精力帮助罗翠翠。罗大山长得人高马大，身体壮硕，干活勤快踏实、说话温和实在、性格敦厚老实，像一座大山一样让人觉得可靠。罗翠翠的母亲和父亲看在眼里、喜在心头，心想翠翠将来要是能嫁给罗大山，也未尝不是合适的选择。母亲将这种想法告诉罗翠翠，罗翠翠既不答应也不反对，她每天沉默寡言，只顾干活，也不反对罗大山前来帮助干活。日复一日，日久生情。渐渐地，罗翠翠与罗大山的关系越走越近，感情像立夏之后的天气日渐升温，第二年便喜结连理，第三年他俩便生下了儿子罗小山。结婚之后，因为罗翠翠父亲身体需要照顾，也因为罗大山老实巴交，守着罗翠翠不肯外出，他俩没有像村里的许多同龄人那样选择外出打工，而是留守家乡与父辈一样过起日出而作、日落而归的生活。与父辈不同的是，他们减少了粮食的种植，更多地选择了果树，日子过得比父辈稍显宽裕，虽然温饱问题基本解决，但真到了花钱的时候还是捉襟见肘。这不，这次罗翠翠的父亲心脏病发作，被送县城医院抢救并做了心脏搭桥手术，住院费虽然医保也报销了一部分，但出院后需要长期用药，不少还是自费药，他们一家的日子又紧巴起来。虽然罗翠翠在外打工的弟弟罗东东也寄些钱接济，但相比于父亲每月所需要的药费来说，依然是杯水车薪，不然罗翠翠此次也不会下决心外出做家政工作。

认命，如今已经成为罗翠翠内心的唯一选择。对于未来，她早已经不抱其他希望，只希望能多挣些钱养家糊口，同时帮助父亲治病。因而，如今的罗翠翠内心很平静，说话办事都很低调。进了王佳佳家，她强迫自己静下心来，既来之，则安之，她想好好珍惜这份工作。虽然自己目前的角色多少有些尴尬，但毕竟雇主都是过去的熟人，还是过去的同学加老师，别的不说，只要自己踏实干活，至少他们一家不会亏待我吧？罗翠翠想。

唯一让罗翠翠感到纳闷的是，王佳佳的丈夫乔成林刚见到自己时，为何说自己的妻子也叫罗翠翠呢？关于这一点，罗翠翠数天后在闲下来的时候特意问过王佳佳。面对罗翠翠的疑问，王佳佳愣了一下，脸上掠过一丝惊恐，但她很快镇静下来，打着哈哈说："哎哟翠翠，我实话实说吧。咱俩同窗那么多年，可以说是形影不离、情同手足。你高考意外失利，我既为你心痛也为你惋惜，我想到你家去安慰你，可又生怕触痛你内心的伤口。当初我妈妈打电话安慰你的时候，我其实就在我妈妈身边一直听着，我妈妈对你所说的那番话其实也是我想对你说的。我既想安慰你，又想劝你复读一年，同时也和妈妈商量过你如果复读我家如何在经济上资助你。但你电话里最后说的那番话，让我无言以对，我不知道该怎么劝你了。可你知道我是多么地心疼你、想念你，甚至爱罗翠翠这个名字。想到自己要去上大学，为了纪念我心爱的同学罗翠翠，我和妈妈商量后决定上大学时改用你的名字，所以上大学之后我一直用罗翠翠这个名字。我想，既然你不打算再复读考大学，那就让罗翠翠这个名字进大学吧，我这样做，完全是因为想念你，你能理解吗？"

王佳佳说这番话的时候，脸颊通红，情真意切，异常诚恳，说到最后甚至双目都渗出泪花。罗翠翠被深深地打动了，她心一热，一把搂住王佳佳，哽咽着安慰起王佳佳："佳佳……别说了……别说了，谢谢你！"

王佳佳觉得，罗翠翠此刻将自己搂得好紧好紧。

六

王佳佳上了大学，果真就改用了罗翠翠这个名字。由于进入了一个全新的环境，周围所有人都是陌生的，同学、老师，同学的同学和朋友，老师的朋友和同事……所有认识王佳佳的人都叫她罗翠翠而非王佳佳，渐渐地，王佳佳也适应了罗翠翠这个名字，内心也渐渐接受了罗翠翠这个身份。开始别人叫她罗翠翠的时候，王佳佳都会不由自主地想起罗翠翠，眼前会浮现罗翠翠的音容笑貌。那是一个曾经与自己朝夕相处、学习上经常给她帮助的农村少女。虽然罗翠翠平时的学习成绩好，可她并不自傲，对王佳佳从来都是笑容有加，她朴实、单纯，善良得像早晨路边那缀满露珠的小草，她只会默默地为所有路过的人奉献笑容与绿荫，丝毫不对别人构成伤害。王佳佳打一开始就喜欢罗翠翠，内心早已经视罗翠翠为自己的闺蜜，对罗翠翠也充满友善与爱慕，相信并希望罗翠翠未来能跳出农门考上大学，迎来美好的前程。可谁能料到，真到了高考这道门槛，罗翠翠却意外地摔了个大跟头，而且一摔不起。而她王佳佳自己，却反而像中了彩票，捡了个大便宜，鬼使神差地考出了一个自己先前想都不敢想的分数，竟然能上大学。刚开始，王佳佳怎么也不相信，她既不相信罗翠翠高考会考砸，也不相信自己会撞上大运。内心深处，王佳佳既为自己高兴，又深深地为罗翠翠感到惋惜。面对人生关口这种意想不到的巨大反差，王佳佳内心五味杂陈。知道高考分数之后，王佳佳几次拿起手机，想给罗翠翠打电话或发信息，安慰她、鼓励她，可每次都不知从何说起。毕竟自己意外地考出了高分，去安慰意外考出低分的罗翠翠，怎么说也有些炫耀的意思，无异于故意去触痛人家的伤口。王佳佳将这种矛盾心态向自己的父母说了，父母几乎异口同声地告诫她："你可千万别再联系罗翠翠，这个时候你无论说什么都不合适。将心比心，你越联系她，她越伤心，你就踏踏实实地准备上你的大学吧。"说完这番话，罗春娟可能意识到了什么，倒是当着王佳佳的面亲自给罗翠翠打了电话，一个劲地安慰罗翠翠，鼓励她再复读一年，可罗翠翠说家里条件不允许，不可能复读……罗春娟打电话的时候开了免提，罗翠翠熟悉的声音传进王佳佳耳朵里，让王佳佳心如刀割，她当时内心酸楚，眼眶瞬间有温热的泪水流出。

上了大学之后，王佳佳除了不与罗翠翠联系，也没有与中学时的任何一个同学联系，她似乎有意要像河蚌一样，将自己紧紧地包裹起来。在大学里，她几乎每天两点一线往返于宿舍和教室之间，至多是三点一线在宿舍、教室和图书馆之间穿梭，埋头学习。除此之外，她拒绝参加同学的各种聚会，尤其是拒绝参加中学同学和家乡熟人的各种聚会。几年下来，她几乎从中学同学和家乡熟人的视野中消失。不过，她的学习成绩倒是比中学时有了大幅度的提升，每次的考试成绩在班里都能保持中游。尽管位居中游的成绩在许多人眼中并不算什么，但对王佳佳来说可以说已经几近脱胎换骨，今非昔比了。这让经常关心女儿学习的父母也喜出望外。每每听到女儿的好消息，母亲就一个劲地说："佳佳你瞧瞧，上大学前给你改用罗翠翠这个名字没错吧？罗翠翠这个名字，给你带来好运啦。"母亲说这番话时喜笑颜开，透着难掩的得意。王佳佳自己却并不认可，她知道学习成绩上去的原因，是自己比上中学时更用功、更刻苦了，她深刻体悟到先贤们说的"一分耕耘，一分收获"的含义。上大学之前，无论是父母还是王佳佳自己，多少还有些惴惴不安，担心上大学之后成绩跟不上，而后来的事实证明，他们的这种担心多余了。不仅如此，罗翠翠后来从思想政治教育专业本科顺利毕业后，又考上了本校的法学专业研究生，毕业后在上海一家律师事务所找到了一份工作……

天地轮转，世事难料。

眼下，王佳佳十多年前朝夕相处的同学、闺蜜冷不丁地出现在眼前，而且是到自己家里来当保姆，这玩笑开得实在太大了，让她猝不及防，王佳佳有些不知所措，难免尴尬。她与丈夫乔成林置气，倒不是不欢迎罗翠翠，而是觉得乔成林给她闯了祸，将过往岁月里一团遗弃已久的乱麻给扯了出来，一股脑儿地扔到了她的跟前，让她剪不断、理还乱，让本已平静的岁月瞬间起了波澜、平添了些许烦恼。

从内心深处上说，王佳佳还是记挂、同情罗翠翠的。虽然罗翠翠刚进家门的那一刻，王佳佳与母亲备感意外、尴尬，内心多少有些顾虑和抵触。当罗翠翠开始在厨房干家务时，王佳佳与母亲也曾关起门好一阵嘀咕，内心异常纠结。母女俩私下一开始是一块抱怨乔成林，指责乔成林都荣升为孩子父亲了，怎么做事还像个不谙世事的愣头青，与罗翠翠签约的时候明知是王佳佳的同乡，也不先打电话说一声。但毕竟生米已经煮成熟饭，埋怨也无济于事。于是紧接着，母女俩也商量起对策，分析起罗翠翠到家里来的利弊。从内心上讲，母女俩对罗翠翠都心存好感，甚至都带着同情。尤其是王佳佳，毕竟她曾经与罗翠翠情同手足，学习上还时常得益于罗翠翠的帮助，她希望现在自己也能帮助她，只是雇主与保姆这种角色的转换和配置，对于这对曾经的闺蜜和同学来说太过突然，王佳佳无论如何都无法适应、难以接受。母亲罗春娟对罗翠翠也是充满好感的，毕竟罗翠翠曾经是她的得意门生，如今来当保姆挣钱，她愿意并希望力所能及地关心、温暖昔日的学生。可内心深处，罗春娟也不免有几分警惕与惶惑，毕竟罗翠翠没能上大学，罗春娟一直心存负疚。如今，罗翠翠鬼使神差、不偏不倚被乔成林撞上，与曾经是她老师的罗春娟和同学的王佳佳生活在一起，这着实有些荒唐，说不定会生出什么幺蛾子来。不过，罗翠翠毕竟已经来到家里，活脱脱成为他们家中的一员，虽然是个角色尴尬的保姆，可总不能在人家屁股都没坐稳的时候就将她赶走吧？反过来想，王佳佳生了孩子，家里无论如何得请保姆，假如请个陌生人到家里来当保姆，又会是怎样的一种情形呢，那不更令人警惕和不放心吗？如此这般，左思右想，反复权衡，母女俩总算想明白了，而且达成了一致：承认事实，留下罗翠翠，在她带好孩子做好家务的同时，尽可能关心她、帮助她，以弥补她当初没能上大学的遗憾。

七

罗翠翠到王佳佳家当保姆的第一天，就被惊着了。

首先是王佳佳的儿子乔乔。虽然乔乔来到这个世界刚刚满三个月，可家里为他这个小生命准备的东西应有尽有：各类进口的婴儿奶粉，五花八门的进口玩具，花花绿绿的婴儿衣服，还有那一次性的尿裤和尿布，几乎塞满了橱柜、堆满了屋子。那些进口的奶粉和玩具，写着罗翠翠看不懂的外文，后来她才从王佳佳他们一家的交谈中得知，奶粉是德国的爱他美，一罐要好几百；玩具是美国的费雪，什么彩虹圈套、新婴儿安抚玩具、海马安抚床铃、多功能益智玩具、儿童益智早教智能学习玩具等，价格从上百到上千元不等。这些玩具罗翠翠都是闻所未闻……

最让罗翠翠震撼的是那些一次性尿布。联想到自己坐月子的时候，儿子的尿布清一色是废物利用的，每一块尿布都是用大人们穿破了的旧衣服裁剪下来的，有的还存留着星罗棋布、大小不等的小孔小洞。但只要是将这些不乏小孔小洞的破尿布折叠起来，或两三块这样的尿布多垫几层，就不影响使用了。即便如此，被尿湿了的尿布他们也舍不得扔，总是反复洗晒、重复利用。就因为月子未满的罗翠翠用冷水洗了几次尿布，手指还落下了风湿痛，虽然已经过去了好几年，但每逢天气变冷，有几个手指的关节还是会隐隐作痛。好在王佳佳家里有洗衣机，厨房里的水龙头也装了热宝，洗洗涮涮时若需要用温水，水龙头可以有求必应，凉水、热水随你便。城里的生活如此方便，倒是了却了罗翠翠刚开始的一桩心病。要不然，罗翠翠手指头的风湿痛要是旧病复发，影响了干活，那可怎么办才好。

至于婴儿奶粉，别说进口的，就是国产奶粉，罗翠翠也不知道长得什么样。幸好儿子出生的时候，罗翠翠奶水充足，儿子满月后，罗翠翠偶尔到地里干活，母亲至多也是用煮烂了的稠米汤临时替代，用小勺一点一点喂孩子。哪想到哺乳期奶水不足的王佳佳，给孩子用的是好几百元一罐的进口婴儿奶粉。更别提他们家那么多五花八门的婴儿高档玩具了。想当初，罗翠翠与王佳佳还仅仅是平起平坐的同班同学呀！真是人比人，气死人。如此看来，沂蒙人与上海人生活的距离，相差岂止是数百公里，简直是天壤之别啊！这么一比，罗翠翠就更加痛恨自己当初没能考上大学了。看来这么多年，成千上万的人挤高考的独木桥，都是有缘由的，高考可真是人生的分水岭呢。罗翠翠这么想着，越想就越为自己当初没能考上大学生气、后悔。

生气归生气，后悔归后悔，如今自己只是她们家的保姆，是人家雇来的，该干的活还得干，不仅要干，还得好好干。人家请你到家里来，可是要花钱的，何况人家的男主人乔成林出手阔绰大方，每月给开了六千元呢。要是靠在家里种地，这六千元钱半年都难以挣到。眼下在王佳佳家，只要自己好好干，每个月就能挣到六千元，这六千元，如果换成种地或养猪养鸡，那得付出多少精力啊！可眼下，只要自己愿意，留在王佳佳家里好好干，不用承受风吹雨打，每月就能轻轻松松地挣到这六千元。如此想来，自己还有什么不满意呢？退一步想，如果王佳佳家里现成的活不干，自己能否找到比这更好的挣钱机会呢？

经过这一番思想斗争和反复权衡，罗翠翠的心慢慢定下来，也平静下来，她打定主意要在王佳佳家里好好干。虽然从过去的同学关系变成眼下的雇用关系，而且是给过去学习成绩不如自己的同学当保姆，内心多少有些抵触和别扭，可罗翠翠也权衡过了，反正进城务工不就是卖苦力挣钱嘛，哪有什么资格挑三拣四？既然已经选择做家政当保姆，在哪里干不是干？在哪家干不是干？再说眼下的雇主毕竟是自己曾经的老师和同学，彼此都知根知底，只要自己安心干、好好干，再怎么说也不至于比去一个陌生人家干活要差吧？

想明白了的罗翠翠，以保姆的角色投入工作。陪伴王佳佳的孩子乔乔的时候，她满脸像迎风开放的花朵，自然、亲切、温馨、可心。她干家务时勤快、干练、利索，洗衣、做饭、洗菜、炒菜、擦灰、扫地、拖地、打扫厕所、清理垃圾……她几乎是不知疲倦、乐此不疲。她每天不仅与王佳佳一起有说有笑地陪伴孩子、伺候孩子，还将王佳佳的家里打扫得一尘不染。不仅如此，罗翠翠还能炒出一手家乡味道的好菜，什么清炒渣豆腐、炒青豆、臭豆子炒鸡蛋，等等。罗翠翠做拌凉菜也很拿手，黄瓜丝、胡萝卜丝、海蜇头、豆腐皮、腐竹、海带丝，被她用适量的酱油、醋、辣椒、蒜等佐料加以调拌，便成了清脆可口的地道凉菜。所有这些家乡特色菜，不仅让罗春娟和王佳佳感觉是人间美味，就连在上海长大的乔成林也赞不绝口。罗翠翠还能做一手很出色的家乡特色面食。她最拿手的是香味扑鼻的临沂煎饼、又香又软的烤牌、美味可口的糁，这些家乡特色面食每每都让罗春娟和王佳佳母女吃得美美的。

八

罗春娟和王佳佳母女渐渐喜欢上罗翠翠了。

最初，母女俩抱怨乔成林的鲁莽，担心罗翠翠到家里来保不齐哪天会给她们捅出娄子、惹出麻烦，可随着日子的推移，母女俩原本悬着的心逐渐放了下来。因为在她们眼里，罗翠翠无论是带孩子还是做家务，或和风细雨、温柔细致，或勤快干练、心灵手巧，几乎无可挑剔。重要的是，她们母女俩原本最担心的角色问题，压根就不存在，罗翠翠似乎忘却了高考时的失意和曾经学习成绩上的优越，心甘情愿地履行着保姆的职责。对此，母女俩看在眼里、喜在心头，她们渐渐庆幸当初乔成林选择了罗翠翠来家里当保姆，内心也渐渐感激起乔成林了。母女俩内心原本的芥蒂，仿佛春日里日渐消融的坚冰，她们与罗翠翠的关系也逐渐回到了从前。平日里除了干活，罗翠翠闲下来或陪伴孩子的时候，与自己的老师和同学总是有说有笑，亲密无间。高兴的时候，罗翠翠还时常为罗老师和王佳佳讲老家的趣事，比如：东家五岁的孩子不敢吃姐溜猴（蝉的幼虫），父亲偷偷将姐溜猴夹到馅饼中被不知情的儿子吃下，待父亲笑呵呵告知儿子真相时，儿子一声惊叫后一边呕吐，一边不断追着父亲打闹。又比如：西家一个七八十岁的老头子，每天蹲在自家门口晒太阳，每每见到路过的小姑娘或小媳妇，总是目不转睛地紧盯着人家，嘴角还流着涎水。这事某天被自家老太太发现了，老太太当着乡亲的面不断数落老头子，骂这个老不死的棺材都躺进去半个身子了还贼心不死，当天还拒绝给老头子做饭吃……诸如此类的老家趣闻轶事，常常让罗春娟和王佳佳笑得前仰后合，屋子里洋溢着欢乐的气氛。

当然，罗翠翠有时候也讲起老家乡亲们生活的穷困与艰辛，讲农民靠种地谋生的不易，甚至也讲起自家的家事难事。尤其是当说起自己父亲的病情时，时常郁郁寡欢，甚至伤心落泪。罗翠翠说她父亲在年轻时就已经患上心脏病，稍微受累就气喘吁吁，干不了重活，长年累月家里的农活大多是母亲一个人扛着，好在后来自己和弟弟逐渐长大了，能为母亲分担，尤其是自己的丈夫罗大山结婚前就一直帮着干活，否则母亲恐怕也无力支撑了。罗翠翠还说，虽然自己与罗大山结婚后，两人同甘共苦、同心同德致力于劳动持家，加上弟弟外出打工，家境日渐好转，但父亲心脏病的突然加重以及常年需要服药，让家里的经济重回拮据，长此下去将难以为继。

知道了罗翠翠的家境，罗春娟和王佳佳萌发了恻隐之心。母女俩商量再三，开始琢磨着如何尽可能地关心罗翠翠、帮助罗翠翠，毕竟在罗翠翠的成长道路上和人生的紧要转折关头，她们是有愧于她的。尤其是王佳佳，她在上大学之后有一次寒假回家时，从父母的一次闲聊中无意间知道了自己上大学时父母非要将她的名字改为罗翠翠的真正原因，她既震惊又羞愧、既痛心又内疚，内心好一阵翻江倒海、五味杂陈，之后是长时间的怨恨与自责。她既怨恨自己，也怨恨父母。她既恨自己当初学习不争气，又怨恨父母做事荒唐。但当她冷静下来，意识到一切都已经成为过去，自己上大学和改名字也已成既定事实，怨恨已经无济于事时，她又陷入了深深的自责。直到数天之后，她的内心才慢慢平复下来。随着时间的流逝，王佳佳内心的怨恨和自责也已经消失得无影无踪，甚至还渐渐理解了父母当初的荒唐。要不是乔成林将罗翠翠请回家来当保姆，王佳佳早已经将过去的一切忘得一干二净了……

　　当罗翠翠在罗春娟和王佳佳心里得到了认可和同情之后，罗春娟和王佳佳开始淡化与罗翠翠之间的雇用关系，尽可能将她视为自家人。罗翠翠忙着干活时，罗春娟和王佳佳尽可能不袖手旁观，不是站在一旁指手画脚，而是尽可能地搭一把、帮一把，尽量减轻罗翠翠的负担，或有时候搭不上手帮不上忙，也会站在一旁陪罗翠翠聊聊天、说说话。吃饭的时候，刚到她们家那阵子，罗翠翠总是滞后的。也就是说，王佳佳一家有说有笑围坐在餐桌上吃饭时，罗翠翠一个人还在厨房里洗洗涮涮、打扫卫生。倒不是罗春娟和王佳佳一开始便要求罗翠翠这么做，而是罗翠翠有自知之明，自觉摆正了雇员和雇主的位置。所以刚进王佳佳家吃的第一顿饭，尽管王佳佳和她的母亲罗春娟、丈夫乔成林一开始就招呼她上桌一起吃，而且招呼了不止一次两次，可罗翠翠就是不肯。她一个人钻进厨房里忙忙碌碌，任凭王佳佳一家再怎么招呼都不肯坐到餐桌旁来，弄得王佳佳一家都没了脾气，只好不勉强她，这种情况一直持续着。可如今，王佳佳和罗春娟觉得再也不能这样下去了，既然内心希望将罗翠翠当作自家人看待，吃饭的时候不坐在餐桌旁一块吃，就是明显见外了，无论如何是说不过去的。这事母女俩已经私下嘀咕过好一阵子，协商过好一阵子，并且因此也形成了共识，决定从现在起，吃饭的时候无论如何要劝罗翠翠放下家务，坐到餐桌旁和她们一起吃。

　　于是，某天吃晚饭的时候，罗春娟将罗翠翠叫到跟前，郑重其事地说："翠翠，自从你来到我们家，我们都没把你当外人，我一直把你当学生和女儿看待，佳佳待你也如同亲姐妹。你带孩子、做家务等各方面我们一家都很满意，唯有一点让我们一家人都不满意，就是吃饭时你不肯与我们一起吃，这未免太见外了，我们一家人一直都觉得很别扭。"

放在罗翠翠刚进家门那一阵，罗春娟觉得自己要是说出这一番话，都会显得言不由衷、虚情假意，但眼下说出这一番话，却是水到渠成、真心实意的。毕竟从内心上讲，如今的罗春娟觉得假若罗翠翠不到家里当保姆，恐怕也找不到比罗翠翠更合适的人选了。眼下，不是罗翠翠离不开王佳佳一家，而是王佳佳他们一家离不开罗翠翠了。所以，罗春娟与女儿商量着从现在起要更加善待罗翠翠，母女俩真的害怕有朝一日罗翠翠会离开她们到别的雇主家去。所以，罗春娟说："翠翠，我同佳佳商量好了，从今晚起你要是不上桌跟我们一起吃饭，我们一家也就不吃了，我们一定要等你一起吃饭，直至你上桌一起吃为止。"

听自己的老师罗春娟说出这番话，罗翠翠惊诧不已、内心颇为震撼，她有些不相信自己的耳朵。可抬眼看看罗老师的眼神，她发现此刻罗老师满脸慈爱，眼睛里充满着真诚、友善与期待，甚至还有几分迫切，同时也透着严肃，就像学生时代罗老师教导自己和同学们时的表情一样。罗翠翠还犹豫着，想着不知该怎么回复罗老师的时候，站在一旁的王佳佳一把搂住了她，亲昵地对她说："翠翠你别犹豫了，这事是我和妈妈一起商量过的。我们全家一直都把你当自家人看待，你就别再见外了，你再见外，咱们还怎么相处啊？"罗翠翠感觉到曾经的同学王佳佳此刻将她搂得好紧好紧，生怕失去她似的。王佳佳的丈夫乔成林也"添油加醋"道："翠翠你就依了吧，你要是还执意不上桌吃，我恐怕也要跟着饿肚子了，哈哈……"

话说到这个份上，罗翠翠觉得恭敬不如从命，她终于说了声"谢谢"，并且边点头边解下围裙，上桌吃饭，同时也感受到来自王佳佳一家的温情和温暖。虽然本质上她身份未变，但内心深处，罗翠翠在这里开始有了一种家的感觉。自此，她带孩子做家务更上心也更用心了。

罗春娟和王佳佳对罗翠翠的关心却并未因此停止。闲来无事，坐下来一起聊天时，母女俩都会时不时对罗翠翠嘘寒问暖，甚至会主动关心罗翠翠父亲的身体状况。逢年过节的时候，乔成林会从单位带回来各式各样的特产和食品，罗春娟和王佳佳会主动安排让罗翠翠寄一些回家。王佳佳周末与乔成林逛街购物，不仅会为母亲和孩子买回礼物和衣服，偶尔也会为罗翠翠买一些袜子、围巾和小首饰等，这些东西花钱不多，却每每让罗翠翠倍感温暖，感觉自己确实被王佳佳一家当自家人看了。不仅如此，罗春娟和王佳佳母女俩还记住了罗翠翠的生日。每逢罗翠翠生日，罗春娟和王佳佳都会提前张罗着加菜、买生日蛋糕，一家人热热闹闹为罗翠翠庆贺，鼓掌为罗翠翠唱生日歌。每每这个时候，罗翠翠都会感动得热泪盈眶，深深感到此生能够结识王佳佳一家，真是前世修来的福气。因而对保姆这份工作，罗翠翠愈来愈珍惜。她与王佳佳一家的关系，也愈来愈亲密无间了。

有时候闲下来，罗翠翠也大着胆子与罗老师和王佳佳谈生活、聊人生。罗翠翠对王佳佳和罗春娟说，真羡慕你们城市人，每天早九晚五，生活张弛有度，有周末有假期，该干活的时候干活，该玩的时候玩，还能时不时到音乐厅或影剧院听音乐或看电影，你们这才叫生活和人生。可我们农村人呢，唉，虽然也日出而作、日落而归，可没有尽头的农活，没完没了的家务，回到家里其实也难有歇口气的时候，反正整天从早干到晚，时常累得跟驴一样。虽然我们沂蒙距离上海不过就数百公里的路程，可要说每个人的生活水平和幸福指数，相距岂止数百公里？简直是天差地别！所以啊，相比之下，我们农村人过的日子，不能算生活和人生，而只能算生存和活着。说到这里，罗翠翠不由得旧话重提，说到当初的高考，感叹当年要不是自己不争气考砸了，说不定现在也能过上城市生活，甚至也说不定能跟佳佳一样成为上海人，要真能那样，那该多好啊。说着说着，罗翠翠不禁哽咽，抹起了眼泪。

说者无意，听者有心。罗翠翠的这番话，针一样地将曾经的老师罗春娟的心扎痛了。从内心上讲，自打当了罗翠翠的高中语文教师，罗老师是欣赏罗翠翠、也打心眼里喜爱罗翠翠的。因为罗翠翠学习成绩优异，语文成绩尤其突出。罗翠翠的作文还时常被罗春娟拿到班里当范文宣读。一个农民的女儿能有如此优秀的成绩，甚至各方面都超过自己的女儿王佳佳，罗春娟简直是又嫉妒又羡慕，她一直将罗翠翠当作自己的得意门生。那时候，罗春娟多么希望罗翠翠与自己的女儿能够双双考上大学啊！只可惜，自己的女儿太不争气了，何况这世上的甘蔗，从来就没有两头甜，罗春娟只好……只好留下遗憾了。尤其是像罗翠翠这种品学兼优的学生，没能够上大学，真是遗憾中的遗憾。

罗春娟只得安慰罗翠翠："翠翠，别伤心了。像你这样的学生，没能上大学确实很可惜，所以当初我劝你复读一年，可惜你终归没能复读，真是遗憾，不然以你平时的成绩，我敢断定你第二年一定能够考上大学。只可惜……可惜这一切都成为过去了，抱怨也已经无济于事。其实，人生本来就有许许多多的遗憾，有些遗憾过去了就将永远成为过去，但有一些遗憾，想弥补还是能够弥补过来的。"

罗翠翠听罢，脑袋摇得像拨浪鼓："不可能的不可能的！罗老师，我参加高考都已经过去十余年了，我早都为人妻为人母了，怎么可能弥补此生没能上大学的遗憾？只能是下辈子了！"

王佳佳忽然插话说:"那可不一定!翠翠,上大学的意义是什么,不就是求个大学文凭吗?真想求个大学文凭,报考成人大学也可以啊。"

说者无意,听者有心。王佳佳的这句话,像投进罗翠翠心中的火种,不经意间在她的心中燃烧起来,这把火点燃了她心中蛰伏已久的欲望,她的眼睛像瞬间通上电源的灯泡,亮了起来。她睁大亮闪闪的眼睛,脸上泛起了喜色:"佳佳,你这倒是提醒了我。如果我真的去报名参加成人高考,没准我真能拿到大学文凭,弥补此生没能上大学的遗憾!"

王佳佳说:"只要你真有这个决心,并非不可以。"

罗翠翠望着王佳佳,自嘲地笑了笑,摇着头,脸色又暗了下来。

罗春娟说:"怎么啦翠翠,佳佳说得对呀。只要下定决心,成人高考也可以拿到大学文凭。"

罗翠翠还是摇了摇头,自嘲道:"我现在这个样子,怎么可能有条件和时间去参加成人高考?算了吧,下辈子再说。"

罗翠翠这么一说,罗春娟和王佳佳母女不吱声了。因为罗翠翠说的是实话,她现在是王佳佳家里的保姆,是出来谋生、挣钱帮助自己父亲治病的,整天忙忙碌碌既带孩子又干家务,怎么可能有时间和精力去参加成人高考呢,再说即使有时间和精力,经济上也不允许呀。

三个人都陷入了沉默。少顷,罗春娟又安慰说:"翠翠说的也是,目前参加成人高考学习,条件是不许可。那就等以后条件成熟了再说吧。"

王佳佳却又帮助着出主意:"其实,成人高考没有严格的时间规定,而且多数时间是自学。依我说,你真要是下定决心参加考试,可以先报名领取教材,现在有空就看一看,什么时候哪一门课学好了,就什么时候参加考试,学一门考一门。日积月累,几年下来,没准几门课就学完了。"

罗翠翠低下头,抿了抿嘴,最终抬起头望着佳佳,却还是摇了摇头:

"还是算了吧，佳佳，谢谢你！"

罗春娟安慰说："翠翠，那就以后再说吧。"

其实罗春娟也意识到，如果让罗翠翠现在报名参加成人高考，恐怕会分散她的时间和精力，影响带孩子和做家务。所以，她觉得此事最好到此为止，不便再提。

九

一个人的愿望如同春天播下的种子，只要条件成熟，迟早是要生根发芽的。

在上海给王佳佳家当保姆时，罗翠翠虽然暂时放弃了报名参加成人高考的打算，但多年之后她回到家乡，此生一定要获得大学文凭、弥补当年高考失利遗憾的愿望就像野火一样，在她内心死灰复燃，越烧越旺。

那是在王佳佳家当保姆的第四个年头，罗翠翠的父亲因心脏病去世，罗翠翠回家奔丧。事毕之后，经与丈夫罗大山商量，她决定辞去王佳佳家保姆的工作，回到家与丈夫罗大山一起创业，继续干之前干过、丈夫后来仍小打小闹干着的事业。罗翠翠的回归，让罗大山如虎添翼，夫妻俩决定租地扩大养殖和种植规模，他们养鱼，养山地鸡，果园里种梨、种枣、种苹果，田地里种花生、红薯或大豆，日子不仅走上了正轨，还日渐红火起来，他们的儿子也已经上中学了。

罗翠翠有时候闲下来陪儿子做作业，那些作文题和数学题又勾起了罗翠翠的兴趣，唤起了她曾经失落的梦想。某天她忽然心血来潮，决定报名参加成人高考。她觉得报了名，晚上闲下来时不仅能陪伴儿子学习，和儿子互相勉励、督促，说不定自己学着学着，没准真能拿到大学文凭，圆自己的大学梦。主意一定，她便说与丈夫罗大山听，不料罗大山竟然二话不说，向她伸出大拇指表示赞赏和大力支持。

罗大山还向她"幽了一默"："翠翠你要是能拿到大学文凭，我也能圆一个梦想。"

罗翠翠听罢不明所以，问："我的文凭与你何干，你怎么也能圆自己梦想了？"

罗大山嘴一咧，冲她挤了挤眼："你要是有了大学文凭，我这辈子不就相当于娶了个大学生做老婆，那多光荣啊，哈哈！"

罗翠翠"噗哧"一声笑了，挥手便追打起丈夫，边追打边笑骂："你这个没出息的，自己不学倒知道占人家便宜，看把你美的！"

一旁正埋头做作业的儿子见状，捂着嘴"咯咯咯"地笑个不停。他们一家人的笑声撞出窗外飞向夜空，惊得满天繁星不停地眨眼，搞不清地球上这个位于中国山东的小山村到底发生了什么……

言必行，行必果。闲下来的时候，罗翠翠开始张罗成人高考的报名事宜。

那一天，罗翠翠怀揣着大学梦，忐忑不安地来到当地的招生考试院报名参加成人高考，一个年轻姑娘递给她一张报名表。罗翠翠接过表格，看着表格上的各个项目，瞬间有穿越时空的感觉，自己仿佛回到了十多年前的高考，一种严肃紧张的庄严感在胸中升起。她接过那个年轻姑娘递过来的笔，深深地吸了一口气，接着认认真真、工工整整地按表格的要求填写各种项目：姓名、性别、年龄、籍贯、单位、职业、住址、学习经历……在报考学科那一栏，她郑重其事地填写了"中文"，这是她最喜欢和擅长的科目。当年无论是小学还是初中，她都是班里的语文科代表。每次考试，她的语文成绩大多是优秀。她的作文还时常被语文老师当作范文。她很佩服鲁迅、冰心、茅盾、沈从文等作家，她甚至还做过作家梦，幻想自己将来写出的文章也发表到报刊上或是出版成书，那该有多好啊！眼下，她渴望继续自己年轻时对文学的喜爱与梦想。

罗翠翠将填写完毕的表格递给姑娘，姑娘接过她的表格瞧了又瞧，然后录入电脑进行检查。罗翠翠一边等待，一边打开手机，准备缴纳报名费和课本费。不料那姑娘却"咦——"的一声，惊呼起来，满脸疑惑问她："你的名字叫罗翠翠?"

罗翠翠答："是呀，怎么啦?"

姑娘说："你带身份证了吗?"

罗翠翠答："带了。"说着她掏出身份证递给对方。

姑娘接过罗翠翠的身份证，与网上的信息对了对，说："不对啊，你的个人信息和名字，学信网上早都用过了，同样的信息不能再用，抱歉，你报不了名。"

罗翠翠听罢一头雾水，冲那姑娘嚷："姑娘，你有没有搞错？这怎么可能?!"

那姑娘白她一眼，"哼"的一声，索性将电脑屏幕的界面转过来，说："你自己看看吧，电脑上都写着什么!"

罗翠翠将信将疑，她将脑袋往窗口里探了探，双眼紧紧地盯着电脑屏幕上表格的信息，眼睛越瞪越大，眼神从疑惑到震惊。她发现电脑屏幕上的名字及个人信息与自己一模一样，但照片上却是自己曾经的中学同学王佳佳。也就是说，网上显示罗翠翠已经上过大学，所读院校是申城师范大学，只不过上学的人是王佳佳而非她罗翠翠!

罗翠翠瞬间感觉自己冷不丁地挨了一闷棍，只觉得脑袋突然"嗡"

的一声，胀痛欲裂，眼前顿时天旋地转，有无数飞虫在眼前疯狂乱舞。一股说不出的悲哀与愤怒骤然间在她的胸中闪电般腾空而起，瞬间击中全身。她感觉自己此刻像一个正不断膨胀的气球，眼看就将要爆炸……

十

【新闻事件】

中国新闻网6月20日新闻：近日，山东省临沂市鲁南镇人罗翠翠在报名参加成人高考时发现，她12年前被人冒名顶替入读申城师范大学，冒名顶替者系她的中学同学王佳佳。王佳佳当年高考分数为303分（文科），比当年文科类本科录取分数线低243分；罗翠翠当年高考分数为579分，超出文科类本科录取分数线33分，被申城师范大学录取，但录取通知书被王佳佳父亲王政发非法截取。王佳佳的相关入学材料系其舅妈找中介代办。

好端端的一个大活人，究竟是怎么被冒名顶替的？为何学校和相关部门没有发现？这一系列问题，都有待调查。

【新闻事件（续）】

中国新闻网6月30日新闻：山东省纪委监委网站6月29日晚发布消息，通报了该省一起冒名顶替上大学事件的调查处理情况，共问责26人。

山东省纪委监委、省教育厅、省公安厅等部门单位6月20日组成工作组，与临沂市有关部门、申城师范大学等一起，对临沂市鲁南镇人罗翠翠被人冒名顶替上大学问题进行调查核实。

根据调查，王佳佳冒名顶替罗翠翠就读申城师范大学思想政治教育专业的问题属实。其父王政发利用职权，请托当地县教育局招生办、县高级中学、县公安局沂山派出所和申城师范大学教务处等多部门关系伪造户籍、学籍等资料，使王佳佳冒名顶替罗翠翠就读申城师范大学思想政治教育专业，并顺利毕业。

目前，王佳佳因违反国家相关法律法规，所取得的学历学位已被注销，被所在的律师事务所辞退，公安机关对其涉嫌犯罪问题立案侦查；王政发因违反国家相关法律法规，公安机关已对其涉嫌犯罪问题立案侦查。另当地时任县教育局招生办主任、县公安局沂山派出所所长等共计26人受到降级、党内警告等相应处分。

十一

罗翠翠向有关部门举报王佳佳冒名顶替自己上大学之前，并非没有过犹豫、纠结。毕竟，王佳佳曾经是自己的同学、闺蜜，还是自己曾经最尊敬的语文教师兼班主任罗春娟最宠爱的独生女。毕竟自己在上海给她们家当保姆的那几年，与她们相处得很和谐，彼此情同手足，她们一家待自己如同家人。假若举报王佳佳，她们一家肯定会遭受巨大打击，说不定还将遭受灭顶之灾。但假若不举报，自己被无情偷走的人生、被无情剥夺的幸福就无从申诉，自己的人生尊严就无从谈起，人世间的丑恶就得不到应有的惩罚。

发现真相的当天，罗翠翠既愤怒又悲哀。起伏激荡的情绪与纠结不断折磨着她，让她六神无主。回到家，她将满腹的愤怒、悲哀与纠结说给丈夫罗大山听，不料平时朴实憨厚的罗大山刹时愤怒得像一头咆哮的狮子："这还了得，这也太恶毒、太欺负人了吧！冒名顶替你上大学，这简直是偷走你的幸福人生啊？告她，马上就去告她王佳佳，我陪你去！无论如何，咱们不能咽下这口恶气！"言毕，罗大山不由分说，一把搂住罗翠翠，拉着她就要往外走。罗翠翠瞬间感受到一股来自丈夫的力量，她感觉到丈夫此刻就像一座大山。那一刻，罗翠翠不再纠结与犹豫，下定决心要向有关部门举报……

是福不是祸，是祸躲不过。

东窗事发，王佳佳一家原本幸福的生活突然间风雨大作。在家乡派出所任所长的父亲王政发锒铛入狱，被开除党籍和公职；母亲罗春娟在家乡县教育系统被全县通报，予以严重警告；王佳佳自己被申城师范大学取消学位，被所在的律师事务所辞退。不仅如此，受王佳佳牵连，她那在市政府某机关当副处长的丈夫乔成林被上级纪检部门约谈、训戒，原本年底有望晋升处长的机会没了。下班回到家，乔成林刚进家门便当着岳母罗春娟的面，像爆发的火山，将满腔的怒火和委屈全部发泄到王佳佳身上。他将公文包往沙发上狠狠一砸，冲王佳佳咆哮："瞧瞧你干的好事，把我的脸都丢尽了，我真是倒了八辈子霉啊，这辈子我怎么就偏偏遇上你这么个大骗子！"乔成林说出这番话的时候，双目喷着怒火，恨不得要将王佳佳烧为灰烬。他的咆哮吓着了屋里正在玩耍的儿子，儿子从未见到自己的父亲变成如此可怕的恶魔，小家伙"哇"地一声一头扑到妈妈怀里。王佳佳赶紧抱起儿子，边哄儿子边流着泪，忽然间"扑通"一声跪在丈夫乔成林跟前，哭着说："对不起，成林，千错万错都是我的错，这辈子我真的对不起你。看在儿子的面上你就原谅我吧，从今以后我给你当牛做马都行。你要不能原谅我，我都不想活了，呜呜呜……"

站在一旁的岳母急急上前扶起女儿和外孙，低三下四地哀求女婿："成林，对不起，是我们的错，这辈子是我们对不起你。可事已至此，孩子还小，孩子是无辜的，你让我们佳佳怎么办、孩子怎么办呢？老话说，一日夫妻百日恩，我们再怎么错，你和佳佳已经结婚生子，如今已是血脉相连，打断骨头连着筋，你让我们怎么办呢？即使你恨佳佳，也恨我，将我们母女俩赶出家门，可那样乔乔从此可就没妈了。老话也说，没妈的孩子像根草，太可怜了。所以说一千道一万，看在乔乔的份上，你就原谅佳佳吧。佳佳都说了，这辈子往后给你当牛做马都行。话都已经说到了这个份上，难道你还不能原谅她吗？"

说着说着，岳母罗春娟已经泣不成声，泪流满面。

妻子和岳母说的这番话，虽然是悲情的，却也如猛烈射出的子弹，威力十足，击中了乔成林的软肋。刚才还不可一世、像一头咆哮的狮子的他，忽然间抱住自己的脑袋，软塌塌地瘫坐到沙发上，好一阵长吁短叹……

风波虽然暂时过去了，但明眼人都知道，他们这个家已经是危机四伏，随时都可能分崩离析。最明显的变化是，失去工作的王佳佳已经成为地地道道的家庭妇女，她变得异常体贴、异常勤快，与母亲一起小心翼翼地照看着孩子，伺候着每天仍忙忙碌碌早出晚归的丈夫。只是丈夫已变得少言寡语，回到家总是面无表情，只是机械地与妻子和岳母微微点头打招呼，甚至对儿子也没有像先前那样喜爱和宠爱了，很少主动陪儿子嬉戏玩乐。最让王佳佳担心的是，她不知道丈夫乔成林会不会在某个时候向她提出离婚，将她们扫地出门。

那些灰暗的日子，乔成林上班的时候，王佳佳与母亲议论得最多的就是罗翠翠，这个曾经与她们母女俩最亲近、如今在她们眼中已经如同仇敌的农家女子的身影日日夜夜在她们眼前，赶赶不走，驱驱不去。每每说起她的时候，母女俩一唱一和："真没想到这个罗翠翠如此绝情、如此没有良心，她也不想想她在咱们家当保姆的时候，咱们对她是如何的好，她真是太可怕、太邪恶、太忘恩负义了!"

只是对于王佳佳的丈夫来说,他是否会认同妻子和岳母对罗翠翠的这种评价? 他最终是否会原谅妻子和岳父母呢?

阴差阳错

如果不是因为刘星生病，有些真相也许永远不会被揭开。

中秋节过后的一天，刘星腹部突发剧痛，到医院后被确诊为肝癌并伴有门静脉癌栓，病情已经非常严重，医生说必须赶紧进行肝脏移植手术才能保命。作为母亲，爱子心切的林书琴没有一点犹豫："把我的肝给儿子！"同样爱子心切的父亲刘大山也挺身而出："你算了，我是男子汉，把我的肝给儿子！"当着医生的面，夫妻俩争执不下，让在场的人无不动容。

肝脏移植需要验血匹配，在医生的建议下，刘星的母亲林书琴和父亲刘大山双双抽了血，医生的意见是你们别争了，先验血，谁的血型匹配谁给儿子捐肝，没想到命运再次和夫妇俩开了个天大的玩笑……

林书琴

真是撞上鬼了，这么倒霉的事怎么会落到我们家头上？

那天是中秋节，阖家团圆的日子。儿子刘星和儿媳许莹在家里吃完晚饭，我们一家四口在一起喝了茶吃了月饼后，儿子儿媳便起身告辞，要回许莹的娘家去。许莹的父母居住在我们邻县的安乡县城，距离我们家所在的汉寿县城开车也就一个多小时的车程。刘星是我们家的独生子，许莹是他们家的独生女，独生子与独生女结婚成家，双方的父母都必须照顾到，没办法就只好两头跑。儿子和儿媳都在常德市上班，常德市管辖着我们家和亲家所在的汉寿和安乡两个县，儿子和儿媳在市里有一套房子，是他们结婚时双方父母出资帮助购买的。平日里，他们小两口都住在市里，每逢周末则从市里到县里两头跑，每周一换，一周跑婆家汉寿，另一周跑娘家安乡，逢年过节来回跑蛮辛苦的，可有啥办法呢，谁叫他们都是家里的独子独女呢？

回到我儿子刘星生病这事上吧。中秋节那天晚饭后，儿子陪儿媳开车到了安乡县城的娘家，在儿媳娘家陪伴父母赏月过中秋，晚上在娘家住下了。我本以为这是一个花好月圆的夜晚，谁料到了后半夜，我床头柜上的手机突然狂响起来，梦中被惊醒的我心惊肉跳，赶紧抓起手机一看，发现是儿媳许莹来电。我问她发生什么事，许莹说刘星背疼得睡不着觉，问我有什么办法能够缓解。我说家里有止痛片吗，如果没有就到附近药店买点，实在没有止痛片也可先用热毛巾敷一敷试试。许莹说好吧那我们先试试看。之后我再没有接到他们的电话，我以为儿子没啥大问题，便又迷迷糊糊睡着了。第二天我因为到单位值班，恰逢上级领导将到我们单位检查工作，忙得不可开交，没再打电话问儿子的事。再说儿子平时虽然忙，但身体正常，能吃能睡能喝能玩，从未听他说过哪儿不舒服，连感冒发烧都很少有，何况年纪轻轻的能有什么事呢？所以，我也就没太当回事。不料到了第四天，许莹又来电话，声音急促而且带着哭腔，开口一句"妈呀……"，便抽噎起来。我心一紧，一遍遍催问怎么了、怎么了，到底发生了什么事，许莹你快说呀！电话那头还是只传过来哽噎的声音。我扯起嗓子继续催，电话那头便传来许莹的哭腔："妈呀，刘星他……他……他在医院检查，医生说他患的是……是肝癌……呜呜……"我一听，脑袋"嗡——"的一声，只感觉浑身的血直往上涌，脑袋似乎快要炸开了，内心也在一遍遍否定：这不可能，这不可能！我一边否定，一边在电话里安慰许莹，让她先别急，大概率是医生误诊了。可是放下电话，我心乱如麻，再也无法安心上班了，遂给领导打电话说了情况，又跟丈夫刘大山通了电话，两人开车直奔刘星就诊的安乡县人民医院。到医院了解情况后，我们又拉起刘星和许莹，一家四口开车直奔常德市第一人民医院。丈夫在路上一边开车一边想办法联系常德市第一人民医院的值班大夫，希望能尽快为儿子做复查。常德市第一人民医院是三甲医院，医院硬件和医生水平比县里的人民医院好很多，我们希望市第一人民医院的复查结果能告诉我们这是一次误诊。然而，经过两天的等待，复查的结果再一次击碎了我们美好的愿望，我的心在不停地流血！

流血亦无法阻止悲伤，更无法改变儿子确诊的残酷现实。我只有这么一个孩子，面对现实我绝不能倒下，必须竭尽全力，哪怕砸锅卖铁也要挽救儿子的生命。医生告诉我，刘星的肝癌并伴有门静脉癌栓，已经到了晚期，病情非常严重，正常情况他这种病情的患者生命至多只能维持三个月，要想延长儿子的生命，目前唯一的办法是进行肝脏移植，但这种移植需要血型匹配。我听了毫不犹豫地对主治医生说："这个我懂，我是机关单位里的保健医生，我是儿子的母亲，把我的肝脏移植给我儿子吧，越快越好。"不料丈夫却阻止了我，说："要移植也轮不到你，应该是我，医生移植我的吧，请尽快把我的肝脏移植给我儿子，快救救我儿子！"我听罢拦住了丈夫："你是家里的顶梁柱，怎么能是你？"丈夫说："我是男子汉大丈夫，天塌下来该我先顶上，当初我说过的话你怎么忘记了？"丈夫这话像一股暖流，刹时从我的内心深处流过，我记起来这话是当初我俩恋爱确定终身时他说的，也正是凭这句话，他彻底打动了我，让我成了他感情的俘虏。眼下正是救治儿子的危难时刻，他果真挺身而出，让我感动不已，我内心一热，感到自己的眼眶有热流涌出……

刘大山

儿子刘星遭遇厄运、被诊断出肝癌并伴有门静脉癌栓，而且已经到了晚期，我万万没有料到！他这么年轻，打小是我和他妈妈一起带大的，平日里生龙活虎，怎么就偏偏患上癌症了？不应该呀！要患也该是我们这些已经入土半截的老人呀，老天爷真是不开眼，太作孽了！

自打被诊断出癌症，儿子被病痛折磨得吃不好饭、睡不好觉，日渐消瘦，看着都让我心疼。他妈妈林书琴更是连续好几天吃不下饭、睡不着觉，原本乐观开朗的她仿佛一夜之间丢了魂，没几天也消瘦得变了样。我担心她的身体，也担心她整天精神恍惚万一有个三长两短，索性让她请假不上班。于是她每天都往医院跑，后来她干脆在医院住下来，与儿媳许莹轮流陪护儿子。

为了救治儿子，妻子几乎命都豁出去了，眼下救治儿子唯一的办法就是进行肝脏移植，妻子毫不犹豫地要为儿子捐肝，我能眼睁睁看着她捐肝却无动于衷吗？当然不能！想当初我经人介绍与她认识并恋爱，她有些勉强，据说她的父母也不大乐意。这也难怪，林书琴是医科大学毕业的，在我们家乡汉寿县政府机关当保健医生，工作轻松，收入不少，人又长得漂亮。而我是军人，那时候我还在部队，虽然级别已经是副团，却驻守在千里迢迢的中印边境，尽管待遇不低，但条件艰苦。可我对她是一见钟情，我是回家探亲即将返回部队时经人介绍与林书琴见面的，因为时间的关系我们只见了一面，但是仅这一面便让我心动了，我的大脑被她的一颦一笑彻底占据了，赶赶不走，抹抹不掉。回到部队，我脑海里全是林书琴，折腾得晚上辗转反侧，睡不着觉，我暗暗发誓此生非林书琴不娶。于是，我讲部队里的趣闻轶事，讲我对她的印象如何如何好，并告诉她我已经到了转业年限，按照我的条件我将转业到省城长沙的政府机关工作，如果她同意与我确定恋爱关系，明年我就选择转业到汉寿县城，不去长沙了。

我的信件进攻一定程度打动了林书琴，但她回信说你也太急了吧，咱们刚刚见了一面你就如此表白，我还不大了解你，你也不大了解我，你这样表白不觉得有些草率吗？我立马回信，承认我是有些草率，但我确实对你印象极好，我是喜之切，爱之深，生怕错过了。我还说，假若你对我印象尚可，那我以后利用探亲机会咱们多见面多接触，让你多了解我如何？我这个建议林书琴竟然同意了，这让我喜不自禁。次年我回家探亲，主动约林书琴。每次约会我都提前到约定地点等她，约会结束我都要打车亲自送她回家。不仅如此，我每次聊部队的趣事、中印边境的见闻，聊艰苦环境下战友们的坚守与付出、边防军人的职责与奉献，这些都深深地吸引着她，因为我发现她每每听我的讲述，都听得很认真，美丽的眼睛默默地凝视着我，时不时点头，面带微笑，眼里传递出肯定、赞许甚至羡慕。这时候我也感觉到她的感情像正在不断加热的水，逐渐升温了。有一次，我趁热打铁，委婉地问她："我要是转业不去省城长沙，而选择回到咱们汉寿县城工作，你会同意吗？"她瞥我一眼，脸颊飞起红晕，而后莞尔一笑："不去长沙回汉寿县城，那你不觉得亏吗？"我直视着她说道："如果你同意，我就不觉得亏。"她避开我的目光，低头吮吮我给她买的饮料，脸颊飞起片片红霞，这时候的她显得更美了。沉默了一会儿，她抬起头，笑着反问我："你不愧是军人，谈恋爱也这么大胆。我问你，你们军人除了胆子大，还有什么？"她顿了一下，抿了抿嘴，低着头喝了口饮料继续说："我是说，你除了胆子大还有什么，你能给我什么？"我一听乐了。我说："胆子大是军人应有的基本素质，胆子大总比胆子小更有男子气概吧？胆子大意味着更有责任与担当，意味着危难时刻要挺身而出、冲锋在前。我是军人，转业回到县城政府机关工作，不求大富大贵、飞黄腾达，只求能有一份稳定满意的工作，为父母尽孝的同时，为自己的妻子和孩子遮风挡雨，给他们一个安宁温暖的家。我以为真正的爱情和婚姻，不仅双方要能同甘，还要能共苦，尤其是男人更应该像军人一样，吃苦在前，享受在后。"我的这番话显然说到林书琴心坎里了，她虽然没有明确表态，却久久地凝视着我，眼里含情脉脉，频频发电，传递着爱意，我像喝了一杯美酒，心刹时醉了……

眼下，我们原本幸福的家庭正遭受危难，该我兑现当初诺言的时候了，我怎么能够退缩、让自己心爱的妻子去承受肉身之痛和风险呢？

刘 星

这么狗血的事怎么会发生在我身上？

我刚刚三十岁，结婚还不到半年，还没有成为父亲，我招谁惹谁了？怎么就得了这千不该万不该得的癌症？莫非我前世作恶了，这辈子命中注定要遭报应？不可能，绝不可能！我爸我妈，我爷爷奶奶，我的祖祖辈辈个个都是普通百姓，从来就循规蹈矩、善良正直，老天爷这回肯定瞎了眼看错人了，怎么可能狠心让我无辜受灾？可是，医院的诊断书却是白纸黑字，明明白白写着"肝癌"二字，我真是太倒霉了！

中秋节当晚，我和妻子许莹在她娘家跟岳父母一同赏月、吃月饼，心情愉快地享受着亲人团圆的美好时光。晚上上床睡觉时，我的后背隐隐约约有疼痛感。我没太理会，继续睡觉，记得迷迷糊糊刚刚睡着，后背又一阵阵抽痛，而且越来越厉害，根本无法入睡。我咬紧牙关强迫自己不痛出声，可妻子还是被我忍耐不住的唉叹声吵醒了，她见我疼痛难忍，一边起身帮我按摩后背，一边抓起手机给我母亲打电话求助，问她有啥办法可以缓解我后背的疼痛。由于家里没找到止痛片，妻子便急忙到卫生间接热水拿毛巾，给我热敷后背，岳父闻讯也跑到楼下附近的24小时药店购买止痛片。后背敷也敷了，止痛片吃也吃了，虽然稍有缓解，疼痛却未能彻底解除。为了不影响妻子和岳父母睡觉，我只能谎称疼痛减轻了，却一直强忍着，咬紧牙关挨到第二天早晨。天一亮我就叫醒妻子，告诉她我无论如何得到医院检查，看看身体到底出了什么情况。妻子二话没说扶我起来，我们急急忙忙穿衣洗漱，正准备出发，岳母却说人家医院八点才上班呢，现在还不到七点，不如等吃完早饭再去。妻子说刘星疼成这个样子怎么可能吃得下，再说我们得早点去人民医院排队挂号，实在不行我挂急诊号，反正现在就得走。妻子的果决让我内心顿生暖意，心想患难之际见真情。我与妻子许莹是在参加常德市的一次职工业余歌咏比赛时结识的，我平时喜欢唱歌，许莹也喜欢唱歌，那次我们都代表各自的公司参赛。我从事医疗机械销售工作，许莹则在一家科技开发公司的人力资源部任职。那一次，我上台参赛的歌曲是刘德华的《天意》，许莹唱的是王菲的《人间》。巧的是，那次比赛我的座位紧挨着许莹的座位，虽然那次我俩最终都没有获奖，但是，这次的相遇却成了我俩交往的开始，后来我俩时常约会，再后来她便成了我的妻子。

我结婚才仅仅半年，我俩还没有享受够甜蜜的夫妻生活呢，我怎么就遭此劫难、患了绝症，到底是什么原因？我真是打破脑壳都想不明白呀！我上学时是学医的，诊断结果家人不能瞒着我，也不可能瞒住我。我都直截了当地问医生了，还告诉医生说我自己是学医的，你们不用瞒着我，我能冷静对待。医生见我如此执着，只得如实告诉我，说我这病已经到了晚期，乐观估计我最多也只能活三个月，唯一能救命的治疗办法便是进行肝脏移植。可肝脏移植需要有能够匹配的肝源，我是独生子，我只能靠自己的父母对吧？可让自己的父母给我移植肝脏，那不是把父母身体给毁了吗？我怎么能够忍心？真要那样，我岂不是成了千夫所指的不孝子？不能啊，千万不能！真要那样，我不如死了算了。可我是父母的独生子，我要真是死了，将来谁来为我的父母尽孝，他们老了谁来为他们养老送终?

老天爷，你可不能作孽啊，你开开恩想想办法救我吧！我还年轻，我不想死，我真的不想死呀！

林书琴

又一个晴天霹雳！

我和丈夫刘大山验血的结果显示：我是 A 型血，刘大山也是 A 型血，而我儿子刘星是 AB 型血。医生让我们进一步做了DNA鉴定，结果显示，"不支持林书琴是刘星的生物学母亲"，也"不支持刘大山是刘星的生物学父亲"，也就是说，我们辛辛苦苦养育了三十年的刘星竟然不是我们的亲生儿子？这怎么可能，这怎么可能？这玩笑开得也太大了吧?！

面对鉴定结果，我第一反应是抵触、否定、拒绝，我对医生嚷嚷起来："医生你有没有搞错啊？这不可能，这不可能，是不是鉴定仪器出什么问题了?"那位年龄与我相仿的男医生困惑地看着我，又看看我身边的丈夫，反过来问我："要不要重新做一次DNA鉴定，或者你们到其他医院去再做一次?"他这一问，像抛过来一团大棉球，一下子把我的嘴给堵住了。且不说重做一次DNA鉴定需要多花一千多块钱，常德市第一人民医院已经是我们市里最好的医院，也是唯一的一家三甲医院，跑到数百公里外的长沙找省人民医院做复查，则远水解不了近火，眼下救儿子的事迫在眉睫，怎么可能为DNA鉴定的事反复折腾、耽误儿子的医治时间？何况如果折腾来折腾去，最终仍认定我和刘大山与儿子刘星的血型不匹配可怎么办？

我一下急得直掉眼泪，内心在汩汩流血。可有什么办法呢？丈夫见状递过来纸巾，拍着我的臂膀一再安慰我说："书琴，别哭了，哭解决不了问题，咱们还是听医生的吧。"他一边说一边向医生道歉："医生，实在对不起，我们一家从未遭受如此大的打击，眼下又心急火燎想救儿子。本来我们都以为给儿子捐肝做肝脏移植就可以了，可现在又做不了肝脏移植，我们接下来该怎么办呢？医生您快帮我们想想办法吧，我们听您的。"

那位主治医生听罢，同情地看看刘大山，又看了看我，说："你儿子病情如此严重，你们以为做医生的不急，就你们家长急，这怎么可能？现在肝脏移植手术暂时做不了，只好不做了。我们只能按常规治疗方法，用化疗、靶向药和其他辅助方法，尽可能地控制癌细胞继续扩散，尽可能减少患者的疼痛。至于肝脏移植手术，需要尽快想办法找到合适的肝源。其实最好能找到孩子的亲生父母，这是唯一的捷径，也是最可靠的办法。"理智告诉我们，医生说得对，他是站在我们的角度在寻找解决办法，为我们出主意。可DNA鉴定结果显示刘星并非我和刘大山的亲生儿子，那到底谁是刘星的亲生父母，他的亲生父母到底在哪里呢？

刘大山

刘星果真不是我和林书琴的亲生儿子？我们辛辛苦苦将刘星养了整整三十年，帮助他买房娶妻，就盼着抱孙子了，到头来我和林书琴却仅仅是刘星的养父母？这太荒唐了吧！当初林书琴分娩之前，是我亲自把送她到常德市母婴平安妇产医院的。林书琴怀孕的时候，是在汉寿县人民医院妇产科定期做妊娠检查的，每次检查也都是我亲自陪着，原本分娩时也是可以就近安排在汉寿县人民医院的，可我和林书琴都有些不放心，心想这辈子就只能生这么一个孩子，干嘛不到条件更好的常德市母婴平安妇产医院去？毕竟那是专科医院，各方面硬件水平都比较好，如果妻子平平安安顺产倒也罢了，可万一要碰上妻子难产或大出血什么的，在专业的妇产医院岂不是更保险？我们的这些想法也得到了双方父母的支持。好在妻子分娩的时候是顺产，这让我和双方父母也都松了一口气，可万万没有料到，顺产的儿子怎么变成了别人的儿子呢？

回想起来，三十年前，为确保万无一失，我是通过战友的关系联系常德市母婴平安妇产医院，并提前三天入住病房的。为此我特意向领导请假，陪妻子一起入住，我们订的是单独的双人间，电视、空调和卫生间等一应俱全。时值阳春三月，窗外阳光明媚，万物复苏，花红柳绿，金灿灿的迎春花随风摇曳。看着窗外的美景，我和妻子的心情一如明媚的春天，对即将降生的孩子充满期待，也对我们这个小家庭的未来充满美好的憧憬与无限的希望。

因为宫缩肚痛，并且下身已经见红，妻子被医生提前安排进了产房，我自己在产房外既忐忑不安、又无比激动地等候着，一同在产房外等候的还有一个与我年龄相仿的男子，他也是陪妻子分娩的。

大约十点整，产房里接连传出两声婴儿呱呱坠地的哭声，我内心也随之激动、兴奋起来。十点半左右，妻子搂着孩子躺在产床上，被推出了产房，同时被推出产房的还有那个与我一同在产房外等候的男子的妻子和孩子。我顾不上多想，迫不及待地迎上前去，激动得俯身拥住妻子和孩子，旁边的护士却一把制止了我，告诉我婴儿和母亲现在抵抗力差，你现在还不能亲近。我听罢有些扫兴，却也乖乖地听从护士的嘱咐，立即停止了自己与妻儿的亲昵，浑身却仍兴奋得像鼓足了风的帆船，帮助护士将产床推回到我们自己住的病房。

我清楚地记得，那天那个时间段，分娩的产妇只有两人，我的妻子和那个陌生男子的妻子，莫非儿子刘星生下来推出产房之前，护士将两个孩子错换了？那男人叫什么，那产妇又叫什么，当初我并没有问对方，不知道对方姓甚名谁，更没有与对方互相留下联系方式。如今已经过去三十年时间，人海茫茫，我们该上哪儿找到他们？即便是好不容易找到对方，人家养的儿子健健康康，我们养的儿子目前却是癌症患者，人家不承认也不肯换怎么办？即便是对方良心发现，承认刘星是他们的亲生儿子，可要让对方捐献肝脏，人家怎么可能同意？毕竟刘星自小不是他们养大的，他们对刘星可能毫无感情，冷不丁地让人家捐献肝脏，那不等于要人家的命吗？

牛同发

平地起惊雷！

今天上午我刚到公司上班，一个陌生号码显示在我的手机上，对方说是深圳市南山区华侨城派出所的，让我马上到派出所去一趟。我一听内心扑通狂跳，像冷不丁地擂响了战鼓。尽管老话说"没做亏心事，不怕鬼敲门"，扪心自问，我一平头百姓，向来遵纪守法，也从没干过任何伤天害理的事，可不知怎么的，就像世上的许多人一样，一听到是警察找上门，还是禁不住心惊肉跳。可人家是警察，让你去，你再害怕，也不得不去。

我只好同主管打了招呼，说派出所不知有什么事找我，打电话让我去一趟。主管听罢瞪大眼睛，满腹狐疑地瞪着我，调侃说："你小子干啥坏事了，嫖娼、赌博还是偷鸡摸狗了？"我一听哭笑不得，只得摊开双手苦笑着做无辜状。我说："主管你就别开玩笑了，我向你保证，我肯定没干坏事，我也搞不明白他们为什么要找我，可能是要向我了解什么情况吧。"我趁机也调侃了一下主管，说："主管你放心，如果是要调查你，打死我也不会说。"主管一听且怒且喜，抢起拳头装作要追打我，我哈哈大笑，赶紧离开。

虽然与主管开了开玩笑，缓解了我的紧张，可一路上我还是惴惴不安，搞不清派出所找我到底何事。

到了华侨城派出所，我自报姓名，一男一女两名年轻警察将我带到问讯室。男警察负责问讯，女警察负责记录。

男警察先问我姓名、年龄、籍贯、职业、单位、家庭住址、家庭成员等情况。我如实汇报，一一回答。末了他问："你儿子牛自强是什么时间、在哪里出生的？"我说："儿子一九九一年三月三十日晚上十点，在湖南省常德市母婴平安妇产医院出生。"他问："你还记得当时与你儿子一同出生的还有其他孩子吗？"这个我倒是还清楚记得，我说："当时与我一同在产房外等候的还有另一个年轻男子，与我年龄相仿，后来产房里先后推出两张产床，一张上躺着的是我妻子和孩子，另一张上躺着的是那个年轻男子的妻子和孩子。"他问："除了你们两位的妻子和孩子，你知道当时产房里还有其他产妇在生孩子吗？"我答："据我所知，那个时间段应该只有我妻子和那个年轻男子的妻子两个产妇。"

男警察听罢说道："是这样的，根据湖南常德警方的请求，我们需要协助常德警方调查了解情况。据常德警方提供的信息，你儿子出生后被推出产房时，有可能与你说的那个男子的孩子搞混换错了，因为那对夫妇已经做了DNA鉴定，结果显示他们养了三十年的孩子并非自己的亲生儿子，常德警方提出，最大的可能是当时在产房里与你的儿子换错了，眼下需要你和你的妻子以及孩子配合做DNA鉴定。你听明白了吗？"

警察话音未落，我就感觉浑身的血像正加热的气流，呼呼地往上涌，我被这股气流一下顶了起来："警察同志，你们这是开国际玩笑吧？这事也太荒唐了吧！这怎么可能、怎么可能？即便真的换错，是他们出院后不小心与其他人换错孩子了吧？完全有这种可能，比如他们的孩子小时候被带到外面玩，回家时与别人的孩子搞混抱错了……"

男警察挥手制止了我："同志你先坐下来，你先别急，冷静冷静。我们只是说他们的孩子当初存在与你的孩子抱错的可能，请注意我是说存在可能，并没有肯定。但真相到底是什么样，需要你们一家三口配合调查。"

他这话我也不爱听。平白无故的，我又没招谁惹谁，再说我们一家三口工作忙着呢，凭什么要我们配合调查。这么一想，我壮着胆子问："警察同志，我忙着呢，我……我能不能不配合，我又没招谁惹谁。"

男警察一脸严肃："那可不行！《中华人民共和国宪法》规定，公民有责任和义务配合、协助公安机关调查了解有关案件的真相。"

我怯怯地问："那……如果不配合呢？"

男警察斩钉截铁地说："那就是违法。试想一下，如果我们每个公民都拒绝配合公安机关调查，那犯罪分子岂不是都能逍遥法外，那我们的国家和社会哪还有什么安全可言？所以，协助公安机关调查了解真相，其实也是保护自己，维护社会安全稳定。"

警察这番话既严肃又入情入理，让我一时无言以对。看来我这一次是赶鸭子上架，躲不开了……

刘　星

那天医生给我做完化疗，我躺在病床上休息，无聊地刷着手机视频浏览新闻。一条雷人的标题冷不丁地闯进我的视线，引起我的注意——《父亲欲割肝救子，却发现30岁儿子非血亲》。我好奇点了进去，心想怎么会这么狗血。新闻里的当事人名字虽然陌生，可照片却是躺在病床上的我和在床边照看我的父母，我整个人刹时惊炸了。再一细看，这则新闻除了当事人名字不是我和父母，事件发生的地点和来龙去脉同发生在我身上的事情一模一样，只是母亲发现儿子非血亲这一点，让我一时如陷十里雾峰。

联想一周前父亲和母亲听从主治大夫的治疗方案，在我面前争执抢着要为我捐献肝脏，这几天却静悄悄没了下文，更没再在我跟前提及此事，尽管我内心已经发誓拒绝父亲和母亲为我捐献肝脏，但眼前这则新闻让我疑窦顿生。莫非这则新闻说的就是发生在我身上的事，我真的不是我父母的亲生儿子？这世界到底怎么了？世事变幻怎么如此离奇，我就是想破头也想不出这种结果啊！不，不，不，我怀疑这则新闻不是真的，纯粹是记者在胡编乱造吧！妻子许莹正好守候在我的身边，见我有些激动，忙问我：“怎么啦，哪儿不舒服？”我揉了揉眼睛，极力想让自己清醒些，以便进一步判断手机里这则新闻到底是真是假。不料敏感的许莹却一把夺过我的手机，迅速浏览起来，眼睛刹时像正打着气的气球，嘴巴也张得像个天坑。我问她：“你觉得这则新闻到底是真是假？”许莹这才合上嘴巴，叹了口气，说：“这还有假？你瞧瞧。”她又将手机递到我跟前说：“上面是你和爸妈的照片，新闻里留下的求助联系电话都是咱爸的手机号。”这回，受震惊的是我。

我一头栽倒在枕头上，脑子里刹时间如被塞进团团乱麻，怎么也理不出个头绪。震惊之余，我忽然意识到必须给我母亲打个电话……

林书琴

儿子刘星打我手机的时候，我正在常德市第一人民医院附近的一个派出所等候深圳警方的协查结果。那边的结果还没传来呢，儿子的电话先吓了我一跳，儿子说："妈，你是不是接受了记者采访，在报纸发捐肝救子的消息了？我怎么会不是你的亲生儿子？太荒唐了吧！是不是我生病了，你和我爸不要我了？"儿子在电话那头大声嚷嚷，带着愤怒和质问。

我脑袋"嗡——"的一声，眼前刹时金星四射，让我差点摔倒。待定下神来，我冲电话那头的儿子说："儿子你别瞎想，你就是我的亲生儿子，你得了病我急得都直想撞墙，哪怕砸锅卖铁也要给你治病，我和你爸都抢着要捐肝救你，你还能不是我们的儿子吗？可医院的检查结果说我和你爸的血型与你都不匹配，肯定是他们的检测出问题了，我才不信呢。可出问题又怎样？不信又怎样？我们不还得想办法救你吗？我接受记者采访发布消息向社会求救，还不是被逼得没办法？所以儿子，我跟你说，你千万别瞎想，现在治病要紧，只要能治好你的病，哪怕把我这条老命豁出去我也在所不辞，你懂吗儿子？呜呜呜呜……"

许 莹

刘星和他母亲通电话的时候，我刚好守在他病床旁。因为刘星按了扬声键，他们母子的通话我听得一清二楚，尤其是他母亲一口气说出的那番话，简直如汹涌的水流从她的口中奔涌而出，滔滔不绝。那种急切、诚恳，简直就是在掏心掏肺，说到最后抑制不住悲伤，话筒里传来呜呜的哭声，听着都让人心碎。

我一把夺过刘星的手机，一个劲安慰道："妈您别急，都是刘星不好，是他乱说，您千万别往心里去啊。"这时候手机却传出"嘟嘟"的声响，显然对方已经挂机了。我只好赶紧安慰刘星。我说："刘星，刚才妈说的话那么恳切，你是你家的独生子，妈和爸怎么可能不爱你？不说别的，自打你生病以来，我亲眼看到爸妈急得吃不好饭，睡不好觉，都千方百计地想着怎么帮助你治好病。他们俩甚至争着要捐献肝脏救你，我看在眼里，暖在心头。有这样好的父母，有这样的家庭，我觉得你简直是掉到蜜罐里了，我为你有这样好的父母和家庭感到动容。我敢肯定，爸妈都爱你，而且都是百分之百地爱你，这是不容置疑的。如果你还要怀疑他们不爱你，这太伤他们的心了，你千万别这样啊！医院给他们验血的结果也都是真的，他们两人的血型确实都与你的不匹配，验血的过程我也都看得真真切切，谁知道到底出了什么幺蛾子呢！但不管什么原因，眼下治病要紧，爸妈都在想办法帮助你，哪怕是接受记者采访在报纸上发布求救消息，那也是被逼无奈，也都是真心实意、全力以赴地要救治你，你就别再胡思乱想了，安心等待、安心治疗吧。"刘星听完我这番话，才渐渐平静下来。但他此刻躺在病床上，神情呆滞，任凭眼角涌出的泪汨汨地从两边往下淌。看着他无助的样子，我的心都乱了。

我同刘星在市职工业余歌咏比赛上相识并相爱，结婚才刚刚半年，幸福的日子才刚开始呢，怎么就将进入尾声了？刘星与我一样，平时爱好唱歌、健身、旅游。他性格开朗，兴趣广泛，身高一米七五，不高不矮、不胖不瘦，体型匀称，身体健康，平时可啥毛病都没有，甚至没见过他感冒发烧，怎么突然间就患了癌症？我俩怎么就这么倒霉啊！谁都知道，癌症难以治愈，何况刘星的癌症已经进入晚期，这不等于宣判他死刑吗？他才刚刚三十岁呀！老天真是瞎了眼，太不公平了！刚获悉刘星确诊癌症的时候，我浑身发凉，身体发抖，仿佛天瞬间塌下来，看到世界末日的来临。我俩共筑的爱巢眼看着就要倾覆坍塌，晚上我俩相拥而泣，刘星大概是因为哭累了，很快睡着了。可我无论如何都睡不着了，看着他苍白疲惫的脸，我不停地流泪，眼睛都哭肿了。第二天早晨醒来时，刘星见我眼眶红肿，反倒是摸着我的脸安慰起我来："莹，别怕，我不会轻易死的，再说我舍不得你，我不想死，我要全力配合医生，好好治疗，挺过这个难关。我要好好活下去，我还想与你一起迎接爱情的结晶——咱们的孩子，好吗？"真是傻得可爱，他都这样了，还能哄我，真是乐观且天真啊！他不说还好，这么一说，我的眼泪又禁不住扑簌簌地往下掉。

刘星得癌症这事，我都不敢同我的娘家人说。刘星竟然还那么天真地说要孩子呢，癌症患者还能要孩子吗？即便真的生了孩子，这孩子能健康吗？我父母要是知道了，肯定打死也不会让我生。可站在我的角度，我眼下该怎么办呢？老话说，夫妻本是同林鸟，大难临头各自飞。我可不是那样的人，要那样我未免太没良心了。不能，我绝不能，我只能与他在一起，照顾他、体贴他，与他共渡难关，不求别的，只求良心不受谴责……

林书琴

常德某派出所的警察告诉我，深圳警方终于传来消息：已经查到当初与我同在常德市母婴平安妇产医院的产妇王桂香，以及丈夫牛同发和儿子牛自强，还安排他们做了血型检测和DNA鉴定，结果显示：王桂香和牛同发的血型都是AB型，儿子牛自强的血型是A型。也就是说，DNA鉴定结果不仅"不支持牛自强是王桂香的生物学母亲"，而且牛自强的DNA信息与我和丈夫刘大山的DNA信息相匹配，他们的儿子牛自强毫无疑问是我的亲生儿子——天呐，没想到我辛辛苦苦养育了三十年的刘星竟然不是我的亲生儿子，而我的亲生儿子一生下来就成了别人家的孩子！这也太离奇、太离谱了吧，是谁造成了这样的错误？谁应该为这荒唐的事情负责？

深圳的警方还提供了其他信息：王桂香当初是因为孕期回湖南常德娘家养胎待产，临盆时到常德市母婴平安妇产医院准备分娩的。王桂香早年到深圳打工，在那里结婚生子，丈夫也是湖南常德人，他们早已经在深圳置业扎根。但王桂香一直是乙肝病毒携带者，目前也身患肝癌，幸好尚属于早期，目前在治疗之中……

深圳警方传来的这一连串信息，像一阵电闪雷鸣、狂风暴雨，劈头盖脸地砸向我，让我惊心动魄，既心潮澎湃，又浑身发凉，内心且忧且喜。忧的是先前发生的一切得到了进一步的验证与证明，我辛辛苦苦养育了三十年的儿子刘星竟然不是我的亲生儿子；喜的是我终于知道我亲生儿子的下落了，而刘星也终于找到了他自己的亲生父母，肝脏移植的事是否也有希望了？他的亲生父母愿意为刘星捐献肝脏吗？所有这一切都让我忐忑不安，一时间心乱如麻，不知该如何是好。

回想起来，在常德市母婴平安妇产医院生孩子那天晚上，孩子一出生就让护士抱走了，据说是给婴儿洗澡，两个几乎同时出生的男孩前后脚抱去洗澡再抱回婴儿室，岂不是很容易混淆、抱错吗？那么造成这个错的责任方，显然是医院，当初医院的那些护士怎么就那么糊涂？这可事关孩子的人生和命运呀！

刘大山

林书琴中午回到家的时候，一副失魂落魄的样子，撞进家门的时候差点摔倒，好在我一把将她搂住了。我一边安抚她一边问："你怎么啦？出了什么事，怎么成了这个样子？"她倒在我的怀里不停喘气，过了一会才从我的怀抱里挣脱出来，上气不接下气地告诉了我深圳警方传来的消息。听完她这番话，我惊讶得目瞪口呆，跌坐到沙发上，掏出烟点燃，发着狠一口接一口地吸烟，像跟烟有仇似的。吸完烟，我狠狠地掐灭烟蒂，总算将事情的来龙去脉理出了个头绪。我说："老婆，接受现实吧，眼下要紧的事是救治刘星。我想好了，尽管他不是咱俩的亲生儿子，但咱俩辛辛苦苦养育了整整三十年，不说养了个人，就是养个宠物都会有感情，你说是吧？咱俩与刘星的感情摆在那里，反正是与亲生儿子没什么两样。依我说，眼下我们要尽快联系刘星在深圳的父母，看他们是否愿意捐献肝脏救治刘星，同时我们也要尽快到深圳认亲，看看我们的亲生儿子。再有，咱们与他们两家人换错孩子的事，绝对是常德市母婴平安妇产医院的责任，接下来我们要联合刘星的亲生父母，起诉医院，向医院追责！"

我这么一说，林书琴像被打了一剂清醒剂，淡定了许多，清醒了许多。她甚至破涕为笑，对我说："你不愧是当干部的，一下就能理出头绪、拿出主意，分析得也有道理。"我说："老婆，我不仅是当干部的，还是军人出身呢，危难之际，大是大非面前，岂能乱了方寸？必须有定力。再说了，我是家里的男人，眼下咱家遇到难题，我要是理不出头绪拿不出主意，我还算什么男人，你说对吧？"

林书琴朝我深情一瞥，满意地说："还行，像当初谈恋爱时对我承诺的那样。"她这话像撒进我心窝里的一抹蜜，我听着很受用。关键是，她脸上浮现出多日不见的笑容，如梅雨天闪出的一抹阳光，一时间让我感觉到生活虽然多艰，但人生毕竟还有希望。只是她脸上的那抹阳光，昙花一现，稍纵即逝，很快又阴云密布。

她忧心忡忡地问我："这事，该怎么同刘星说？"

我说："生死关头，只能如实说了，毕竟刘星需要亲生父母给他捐献肝脏，他自己又是学医的，再怎么瞒也不可能瞒住他。再说他也不是孩子了，我想他是能够接受现实的。"

林书琴说："可我……我实在是开不了口，我真是舍不得他呀，呜呜……"

我搂住她，轻轻摩挲着她的肩膀，安慰说："这事你甭管了，我去告诉刘星。另外，我们得赶紧联系刘星的亲生父母——噢对了，你有没有向派出所要刘星父母的电话号码？"

林书琴说有，可"有"字刚一出口，她又低头哽咽、抹泪。我问："你这又是怎么啦？快把电话号码给我呀。"我很着急，可林书琴仍磨磨蹭蹭、抽抽噎噎，说："我听你那么一说，怎么那么刺耳、别扭！"我"哧"的一声，稍用力地摇她肩膀，说："我说什么啦？我没说什么呀！"她抬手挡住我的手，责怪我说："你还说你没说什么？你不是说'赶紧联系刘星的亲生父母'吗！"

"我以为我说什么了呢，原来你是在意这个，可这是事实呀！"

林书琴说："可我听着就是刺耳，别扭！"

我哭笑不得，只好边安慰她边继续向她要刘星亲生父母的电话。

王桂香

真是活见鬼了，怎么会有这等事？前几天应警方要求，我们一家三口到指定医院做了血型检测和DNA鉴定，结果我辛辛苦苦养了三十年的儿子牛自强竟然不是我的亲生儿子，我自己的亲生儿子竟然是在我的老家湖南常德的另一户人家家里？这怎么可能？这怎么可能？！那天我丈夫下班回家，说起警方要求我们一家必须协助调查，他内心强烈抗拒，可又迫于警方压力不得不配合，虽然我同丈夫一样一百个不愿意，平白无故生出这么档事谁不闹心啊？可转而一想既然配合警方调查是宪法规定的公民义务，那就配合呗，再说没做亏心事，不怕鬼敲门，非得检查就检查吧，我怕什么呀！所以一家人去医院做鉴定时，我内心还是挺坦然的，回来的路上一家人还有说有笑。谁料第二天警方告知经医院鉴定证明，不支持我是牛自强的生物学母亲，也就是说牛自强不是我的亲生儿子。不仅如此，警方还同时告知，湖南常德要求深圳警方协助调查的那家人，他们那个叫刘星的儿子的DNA信息与我匹配，是我的亲生儿子，而我的儿子牛自强才是他们的儿子——这也太出乎意料、太离谱了吧？打死我也不信啊！可现在的科学这么发达，医院的鉴定结果又如此言之凿凿，我纵有十个嘴巴也无法反驳呀！事已至此，我只能接受现实了。

回想起来，当初我怀孕六个月的时候，因为妊娠反应强烈，丈夫送我回湖南常德的娘家养胎，由我母亲照顾，直到儿子出生。我确实是在常德市母婴平安妇产医院生孩子的，那天同时被护士推入分娩室的确实也只有我和另一个孕妇。生孩子的时候我疼得喊爹叫娘，隐约也听到另一个孕妇时不时大呼小叫。待到孩子生下来时，我才如释重负，刚刚经历了一场肉体劫难，我感觉自己像被抽去了全部筋血，浑身大汗淋漓、四肢乏力，耳旁却回响着婴儿呱呱坠地的哭声。只听护士说了声"王桂香，祝贺你，你生的是儿子"，我听罢有一丝兴奋，挣扎着想抬头看一眼我的孩子，不料却让护士按住了。护士说我不能动，伤口还在滴血呢，孩子被抱去洗澡了。听护士这么一说，我只好作罢，这时候困意也如潮水一样一阵阵袭来，我昏昏沉沉只想睡觉。直到护士唤醒我时，我发现孩子已经被裹得严严实实的，依偎在我的身边、躺在我的臂弯里，那一刻我困意全消，一波又一波的幸福感像潮水般袭来，令我陶醉。很快，我被护士推出分娩室……莫非就是在那个时候，我的儿子和对方的儿子被护士错换了，这么大的事，不应该呀！真要是这样，那些不负责任的护士也太可恶了！不过这事都过去整整三十年了，常德那家人是因为什么原因、怎么发现的？眼下对方都通过警方协查，找上门来了，他们想干什么？所有这一切如一团乱麻塞进我的脑子里，我感觉脑袋发胀，脑子一时乱成了一团糨糊，不知如何是好。

牛同发

自从出了血液检测和DNA鉴定结果，我感觉一块大石突然压到我心头了，眼前也仿佛冒出一座大山挡住了我们一家的去路。这么多年来，我们一家在深圳生活得平静安稳，虽不像许多大老板那样大富大贵、一掷千金，却也衣食无忧。我们早已经有房有车，我在一家贸易公司做销售，效益不错。妻子王桂香原先在一家商场上班，虽然近年因身体原因提前内退，但每月也领着四五千元的工资。儿子牛自强计算机专业硕士毕业，在一家网络科技公司当技术员，月工资两万元，眼下已经处了一个女朋友，正如胶似漆地恋爱，打算年底结婚呢。总之，我们一家人的日子正像深圳这座城市一样蒸蒸日上，怎么冷不丁地就冒出这么档子闹心事，儿子牛自强怎么可能是别人的孩子呢？要不是被警方要求做亲子鉴定，打死我也不信！可这么一档子鉴定，却像是一根搅屎棍，把我们一家平静的生活全搅乱了。我妻子原本就有病，她患乙型慢性肝炎，最近还被查出早期肝癌。自打出了这档子事，她整天吃不好饭睡不好觉，眼看着没几天就瘦了一圈，真闹心啊。幸好我儿子牛自强倒不把这当回事，那天晚上他回到家里，我和妻子诚惶诚恐地将结果告诉儿子，担心他受不了打击，不料他听了却若无其事，说了声："爸，妈，我从记事的那天起就一直跟着你们，是你们辛辛苦苦将我养大的，我怎么可能是别人的儿子？别说只做了一次DNA鉴定，就是做一百次，这辈子我也认定了，我就是你们实打实的亲生儿子，别人是抢不走的，老爸老妈你们尽可以放心。"说完这番话，儿子就径直进了自己的屋，像往日一样捣鼓他的电脑去了。听完这番话，我和妻子都如释重负，甚至暗自庆幸，暗自欣喜。

本以为只要儿子认定我和桂香是他的亲生父母，这事也就不了了之了。不料第二天一早，还没出门上班呢，我便接到一个陌生电话，手机屏幕上的来电归属地显示电话来自湖南常德。我稍微犹豫，想了想还是接通了电话，问谁呀？对方客客气气说："请问您是牛同发先生吗？"我说："你是谁呀，找他有什么事？"对方自报家门，说："我叫刘大山，在湖南常德，我有重要事情要找牛同发先生本人。"我犹豫了一会，胡诌道："他这会儿正忙呢，你有什么事，直接同我说吧，我是他的秘书。"对方沉吟了一会，说："对不起，这事太过重要，我必须直接同牛同发本人说。"我追问道："什么事这么重要啊？"对方说："非常非常重要，可以说是人命关天，事关他亲生儿子的生命。"对方这句话像一根无形的丝线，将我的心扯紧了。可我转而想，没准是对方设下的圈套吧，为达到目的故意夸大事态。这么一想，我随口说了声"对不起，你可能打错电话了"就关了手机。

没想到这时候妻子却责怪起我，说："哎呀，你怎么不听一听对方到底发生了什么事？"我说："老婆，你怎么了？多一事不如少一事，人家原本就想找上门来，你要是招惹上了，没准就是非一大堆，麻烦一箩筐，你不嫌麻烦我还嫌麻烦呢。再说了，我本来就忙得像头驴，哪有时间去应付这些节外生枝的事？"我这么一说，一下子将妻子的嘴给堵住了。看她犹犹豫豫、欲言又止的样子，我也不理她，拎起提包出门上班去了。

王桂香

这该死的牛同发，一辈子都是这么个脾性，无论做什么事都急，刚才耐心一点听对方说完话怎么了？对方说人命关天，到底发生什么事了，会不会是我生的那个儿子——尽管内心上我不能接受他是我的儿子、而牛自强反而不是我亲生儿子的现实——但毕竟医院的DNA鉴定都那么说了，万一真的是当初在产房里与对方错换了儿子，我自己的亲生骨肉真的在对方家里可怎么办？没准冥冥之中我那亲生儿子有什么感应，迫切地渴望着寻找他的亲生母亲、希望见到他的亲生母亲呐！俗话说，儿女就是父母的心头肉，是父母的心肝宝贝，以前不知道也就罢了，自从做了DNA鉴定，听医院的医生那么一说，我的心就像闯进一只兔子，从最初的将信将疑到后来的心事重重，反正是吃不好饭睡不好觉，终日不得安宁。我时常想，DNA鉴定早就在世界范围广泛使用，警察破案、婚姻出轨、家庭遗产纠纷什么的，时常听说法院要用DNA鉴定断案判别是非，眼下我们也做了DNA

鉴定，难道会出错？想想也不大可能。假如是真的，我自己身上掉下的那块心头肉、那个心肝宝贝，这三十年都生活在别人家里，他生活得好吗？那家人对他到底怎么样？假如他在别人家里缺衣少吃，甚至遭受虐待，喊天天不应，叫地地不灵，我们做亲生父母的却不理不睬，那不是作孽吗？这么一想，我就越觉得不是滋味。冥冥之中，我似乎听到了亲生儿子的呼救声，甚至眼前恍恍惚惚、时常闪现亲生儿子那双哀怨绝望求救的眼睛。看着丈夫忙忙碌碌，对此事爱理不理、毫不在乎的样子，我感觉男人真是铁石心肠。可我是女人，我是母亲，我不能跟丈夫一样无动于衷。尽管我爱牛自强，爱我养育了这么久的儿子，可我也想知道我那个亲生儿子的情况，我甚至恨丈夫把那个电话草率地挂了。眼下我该怎么办？我多么想见到我的亲生儿子啊！

刘　星

父母来医院看我的时候，我发现他们的表情有些异样。父亲有些热情，母亲却心事重重。父亲嘘寒问暖，像到医院来看望住院职工的领导。母亲则小心翼翼地跟在父亲身后，时不时看父亲的脸色，举手投足比平素少了些自如。只有劝我吃这一点，父母与以往是一样的，他们刚刚带来了酸奶和草莓、香蕉等水果，只是我刚刚做完化疗，浑身疼痛不堪，没半点胃口，根本就不想吃。

待护士离去，病房里安静下来的时候，父亲对许莹说：“许莹你累了，去外面休息一下，散散心，我同你妈替换你，陪刘星说说话。”一开始我有些不愿意，希望许莹能继续陪我，这两天她是利用周末休息时间接替我母亲的，平日都是我母亲在医院里陪伴我、照顾我，也挺累的。自打我得了癌症，许莹平日里除了要上班，晚上下了班或周末休息就跑到医院来照顾我，这一点很令我感动。俗话说，夫妻本是同林鸟，大难临头各自飞。可我亲爱的许莹至今对我不离不弃，我多么庆幸此生能娶许莹为妻，也发自内心更加爱她。我想，假如此生对许莹无以为报，来生一定百倍偿还。眼下，父亲提醒了我，确实应该让许莹好好休息，可千万别让她累垮了。好在这时候的许莹也很听话，她伏下身抚了抚我的脸庞，深情地望了望我，对我说："刘星，那我歇会儿，到外面透透气。"我说："你快去吧。"

许莹离开后，父母双双靠近我的床前，母亲挨着我坐到床沿上，父亲则将一只木凳搬到我床前，一副郑重其事的样子。我预感到他们有什么重要的事要对我说，于是挣扎着掀开被窝的一角，试图坐起来靠到床头，不料母亲却一下按住了我，说："儿子你别动，你就躺着，你爸有话要对你说。"我遂将目光转向父亲。

父亲伏下身子，他厚实的手伸了过来，在我的脸上不停抚摸，眼睛紧紧地盯着我，像要将我装进他眼睛里。他的手掌是那么的厚实、温暖，他的眼神又是那么的慈祥、温柔，长这么大，我从未见过这种阵势，更从未被他这么对待过。一股暖流忽然间从我的心里涌出，很快传遍全身，我感觉到父亲手里的温暖，都快要将我整个儿融化了，弄得我都有些不好意思。我不得不开口说："爸，你不是有话要对我说，你快说吧。"

父亲终于说话了："刘星，自你生病以来，我和你妈操碎了心，尤其是你妈，可以说是全力以赴、夜以继日地照顾你。我们唯一的想法，就是要尽最大的努力治好你的病，哪怕家里要砸锅卖铁、倾尽全力，我们也会在所不惜，毕竟你是我们辛辛苦苦、一手养育大的孩子。但目前棘手的问题是，你这病到底怎么治疗？医生都说了，最好是做肝脏移植手术，这没问题，我和你妈都毫不犹豫地抢着捐献，按规定血都验了，DNA鉴定也做了，谁曾想会节外生枝，医学鉴定结果硬是说不认同你是我和你妈生物学上的儿子。这样的结果，对咱们家来说简直就是晴天霹雳，我和你妈一开始都不相信，也不承认，可医院的医学鉴定白纸黑字，无可辩驳。尽管结果如此，我和你妈都认定你就是我们的亲生儿子，你是我们辛辛苦苦养大的，你怎么能不是我们的儿子？即便医学鉴定不承认，我和你妈也会认定你就是我们的儿子，我们爱你，舍不得你，并且肯定会尽最大的努力为你治病，你尽可以放心……"

听着父亲的这番话，我像站在冰冷的原野上沐浴春日的暖阳，内心深处的坚冰在渐渐消解、融化，情感的暖流由小变大、由缓变急，越来越强烈地冲击着我的内心。当父亲说到"你尽可以放心……"时，我终于抑制不住内心汹涌的情感，滚烫的热泪夺眶而出，我禁不住脱口大喊："爸，你别说了，我就是你和我妈的亲生儿子！"我喊出的这句话几乎是歇斯底里的，一出口便如春雷滚地，将父母都吓着了，就连门外的护士也惊诧地推门进来，连问："怎么啦？刘星你哪儿不舒服了？"父亲连忙对护士摆手，说没事没事。母亲此刻却紧紧地拉着我的手，另一只手抚摸着我的脸连声说："是的刘星，你就是我们的亲生儿子。"我发现，母亲此时已经是泪流满面。

父亲说："没错没错，你就是我们的亲生儿子！我和你妈真的爱你，舍不得你，正因如此，我们都在千方百计想着如何为你治疗。可眼下，我和你妈想为你捐献肝脏的路却被堵住了，所以咱们得想想其他办法。用什么办法呢？依我看，咱们首先得相信科学，接受现实，也就是说，虽然我和你妈都认定你是我们的亲生儿子，但我们还得设法找到你有血缘关系的亲生父母，看看他们能否同意为你捐献并移植肝脏……"

我立马打断父亲的话质问："爸，妈——这到底是怎么回事？我生下来就一直由你们抚养，怎么到头来就不是你们的亲生儿子，这太荒唐了吧？这到底是怎么回事啊，我都犯糊涂了，这么说我是你们从别人家抱养或者是从垃圾堆捡回来的啊！"

看我这么急，母亲抢着说："不是的，不是的，刘星，你听我慢慢说……"我极力控制住自己，紧紧地盯住母亲，唯恐错失她即将说出的每个字。我说："那好，妈，你说吧，我到底是从哪儿来的？"

母亲终于一五一十地讲述了当初的生育过程，并说："根据目前警方协查情况，当初两个孩子一出生就被护士不小心错换了。也就是说，我自己生的孩子被错换到你的亲生父母那儿，而你又被错换到我们家里。"

我听罢大喊："这也太荒唐了吧?!"我猜想此时的我就像一头受惊的狮子，将我父母吓得不轻。可我顾不上这些了："这惊天的错误到底是谁造成的呀？肯定是那个妇产医院，是那些马大哈护士，要追责、追责、追责！"

父亲说："儿子你说得对，肯定要追责，但眼下要紧的是要联系你的亲生父母，看他们能否同意前来认亲，再征求你亲生父母的意见，看他们是否同意为你捐献肝脏。"

听父亲这么一说，我反倒冷静下来。我喃喃自语：我的亲生父母，他们在哪儿，他们会同意认亲吗？捐肝，他们能同意吗？

母亲说："谋事在人，成事在天。成不成，就看对方了。儿子，实话同你说，我和你爸已经给你在深圳的生父打过电话，手机号是警方给我们的，但接电话的人说是你生父的秘书，我们说事情太过重要，人命关天，让秘书找你生父接电话，但对方推托说你生父忙，没时间接电话，说完就挂了电话。我们再打，就怎么都打不通了。"

听罢，我内心咯噔一跳，心想果不其然，纵然是生父，人家还不一定愿意认亲呢，何况是捐献肝脏？

林书琴

刘星总算接受了自己不是我亲生儿子的现实，可他那远在深圳的亲生父母对他来说完全是陌生的，他当然希望能联系上他的亲生父母，哪怕仅仅是认亲或见上一面，至于他的亲生父母是否愿意为刘星捐献肝脏，真的很难说。虽然儿子是他们生的，但毕竟一生下来就没在他们身边，何况都整整三十年过去了，他们之间除了有血缘关系之外形同陌路，谈不上有任何感情。这个世界上有几个人愿意为形同路人的人做出牺牲、捐献肝脏呢？纵然刘星是对方的亲生儿子，可即便一生下来就在一起生活的家人又怎样，就肯定愿意捐肝救子吗？我看也未必。这么一想，我也有些绝望。可绝望就放弃，就让刘星等死吗？当然不能，我绝不能眼看着自己辛辛苦苦养育了三十年的儿子就这么白白等死，哪怕只有一丝丝的希望，我也决不放弃。人是讲感情的，我家对面的邻居数年前养只宠物狗，狗死了邻居都哭得呼天抢地、死去活来呢，何况我养的是个大活人？自打刘星患病，我家全部积蓄已经快花完了，算起来有五六十万元，可花的时候我从不含糊，孩子他爸更是为此戒了酒，也戒了烟。孩子他爸还说，钱是身外之物，可儿子是我们自己的儿子，只要我们还有一口饭吃，就不能停止给刘星治病，即便是卖车、卖房，我们也在所不惜！那天听到丈夫说这番话的时候，我的心暖融融的，既温暖又柔软，感觉都快化了，眼泪禁不住扑簌簌地往下掉。我又一次被丈夫感动了，内心一千次一万次庆幸这辈子嫁给了他。人呐，甭管有钱没钱，职务高低，在社会上地位是高是低，有情有义最重要。尤其是女人，找个有情有义的男人，只要能相亲相爱厮守一辈子，我觉得天天喝稀粥啃干馒头，心里也会是甜的。不过说一千道一万，眼下最要紧的，还是要设法联系到刘星的亲生父母。再说了，我也惦记着那个一出生就被错换了的亲生儿子呢，他到底长得啥模样，工作了吗？生活过得好吗？

王桂香

正当我埋怨丈夫那天的草率，身不由己地思念着我那个生下来就几乎未曾谋面的亲生儿子时，一个陌生电话打进了我的手机，电话显示来自湖南常德，看号码也从未见过，这显然不是我娘家人或朋友的电话。铃声像急促的警铃一阵急似一阵，我的心被催得怦怦直跳，心想莫非就是那个前来寻亲的电话，我到底接还是不接？不接，会不会从此错失机会？接，是否会像丈夫担心的那样，从此惹出一大堆麻烦？正在我左右为难、犹豫不决之时，那个我连续几天日思夜想的儿子的声音仿佛在一声声呼唤着我，那张哀怨绝望求救的无辜脸庞同时飘到了我的眼前。那一刻我的心像被什么猛然扯了一下，疼痛难忍，心一软，滚烫的泪水止不住夺眶而出。一股巨大的勇气促使我痛下了决心，我唯恐对方挂断电话似的，迅速按下了通话键。"喂——哪位？"

话筒里传出的是一个女声，声音怯怯的："请问，你是王桂香女士吗？"我说："我是。"

那边说："噢，王女士你好！太好啦，我可算找到你啦。是这样，我是湖南常德汉寿县的林书琴，三十年前咱俩在常德市母婴平安妇产医院生孩子，咱俩是同一天也差不多同一时间生的孩子，而且被安排在同一个产房。那天的那个时间的那间产房，偏巧生孩子就只有我们两人，出院时按护士安排咱俩各自带走了孩子，但孩子可能被当班的护士不小心换错了，因为前些天医院的 DNA 鉴定结果证明，我辛辛苦苦养了三十年的儿子是你的儿子，而你也辛辛苦苦养了三十年的儿子其实是我的亲生儿子。这样的结果太惊人、太难以置信了，听起来就像天方夜谭，开始时我根本不敢相信，我估计你也不敢相信。可鉴定结果白纸黑字，证据确凿，想必深圳警方也已经告诉你结果和事实。这个天大的错误，到底是怎么造成的，现在我说不清楚，估计你也说不清楚，但妇产医院无论如何肯定是有责任的，这个等咱们以后再慢慢搞清楚。现在我给你打电话，是想听听你的意见，你想不想认你的亲生儿子，哪怕是咱俩之间只是相互认个亲，相互之间都见见自己的亲生儿子，你看行吗？"

对方说这番话的时候，就像有人在向我揭开一桩令人担心却不能不揭开又不得不接受的秘密，我听得忐忑不安、心惊肉跳。虽然我能够感觉到对方说的时候，语气小心翼翼，似乎生怕我随时拒绝或挂断电话，可她并不知道，我其实也听得诚惶诚恐、惴惴不安。以至于对方说完后，我还有些不知所措。我怯怯地问："你好，你是常德的林书琴女士？"对方说："是呀！"我咽了口唾液，极力镇定下来，然后问："你真的当初同我一起在同一所医院、同一个产房、同一个时间生的孩子？"对方说："是啊，这几天我一直急着找你，不知道你想不想认你的亲生儿子。同时，我也很想看看我的亲生儿子到底长得啥模样。"她似乎说到我心坎里去了，我想毕竟都是女人，都是做母亲的，也都惦记着自己的亲生儿子。我当即说："行啊行啊，我也想看看我儿子到底长得啥模样，他现在工作了吗，过得好不好。"对方说："你儿子工作了，过得挺好，不过最近他生病了，不大好，急需亲生父母帮忙。"

我心一咯噔，立马问："儿子他到底怎么了，生了什么病？"对方支吾了一下，欲言又止。我催问她："你倒是说话呀，我儿子到底怎么了？"话一出口，我自己都吓了一跳，没想到自己内心已经认同了陌生的亲生儿子。对方还是支吾了一下，说："反正是不大好，目前还在住院，医生说这病若想治好，最好的治疗方案是进行肝脏移植，但肝脏移植需要血型匹配，我和我丈夫都是 A 型血，可你儿子是 AB 型血，我们无法给他进行肝脏移植。你们深圳警方说了，你和你老公都是 AB 型血，若要进行肝脏移植，只好靠你和你丈夫了。"对方说出的这番话像极了大冬天突然打到我心头上的一层冰凌，我内心一紧，赶紧追问："这么严重吗？快告诉我，我儿子到底得的是啥病啊？"对方还是支支吾吾，欲言又止。我急了，我说："你要不是说实话，咱俩就没法再交流了。"对方忙说："既然是这样，我只好告诉你了，刘星——也就是你亲生儿子的名字——他得的是肝癌。"

我一听，脑子"嗡"的一声，顿时感觉到浑身的血直往上涌，瞬间仿佛有无数的蚊蝇在我眼前四处乱窜。我脱口大喊："怎么有这等事，我儿子他才多大啊，他才三十岁，怎么就得这个病啦?!"对方说："是啊，刚开始我也不敢相信，他这么年轻，我和我丈夫甚至我们双方的父母，一向健健康康的，没有得过什么疾病，更没有患过肝病，刘星怎么会莫名其妙得了这种病？我也不相信，可事实是他就是得了。既然这一切都已成事实，眼下说啥也都没用了，最要紧的是为他治病。之前为了给他治病，我们家前后已经花了五六十万元，我们想虽然刘星不是我们亲生的，但毕竟是我和我丈夫辛辛苦苦养育了三十年的儿子，人家养个宠物都喜欢得死去活来的呢，何况刘星是个原本生龙活虎的大小伙子，你说是不是？可眼下我们遇到的，还不仅仅是花钱的问题，如果治疗不得法，花再多的钱也只能是冤枉钱。所以，我给你打电话，就是想和你商量一下，如果你和你丈夫愿意认自己这个亲生儿子，就和我们一起想办法全力救治他，不然他太可怜了。"

对方说出的这番话就像射向我的飞镖，镖镖直插我的心头，我心惊肉跳，疼痛难忍，脑海里冒出串串问号：怎么有这等事？怎么有这等事？怎么有这等事？……与此同时，我脑子也在高速运转，寻思着怎么回答对方。这回轮到我在电话这边磨磨蹭蹭、支支吾吾了。因为没有马上回答对方，对方不断在电话那头催我："王桂香女士，你倒是说话呀，你到底认不认自己的亲生儿子？到底帮不帮忙救治自己的儿子？"对方的催问像擂在我心头上的鼓槌，擂得我心惊肉跳。我仿佛被逼到了墙角，只好匆忙应答。我说："对不起，林书琴女士，你说的这一切太过突然了，我没有半点思想准备，你得容我想想，何况这事太大了，非同小可，你得容我回家和我老公商量商量。"其实，当听到对方说自己和丈夫甚至双方父母都没有患过肝病的时候，我差点告诉对方我一直患有肝病，已经好几十年了，我一直是乙肝患者，而且前不久也诊断出了早期肝癌，我当初怀孩子的时候就已经是乙肝病毒携带者了，幸亏我一闪念控制住了自己，将快要脱口的话给咽了回去。

牛同发

傍晚我下班刚刚回到家，妻子王桂香就从厨房里迎了出来，双手还不停地在她胸前的围裙上反复擦拭。没等我放下手中的提包，她就开口说："同发你总算回来了！"我看她心事重重、欲言又止的样子，连忙追问："有事吗？"她苦着脸说："今天常德那个想认亲的人给我打电话了。"我问："你接电话了？"她瞟我一眼，嘟囔着说："是啊，我忍不住接了。"我追问："结果呢？"她说："结果我俩就聊了起来，她说她叫林书琴，当初在医院生孩子时就和我在同一个产房，也几乎是在同一时间生的孩子，出院时两个孩子让护士不小心换错了。她问我是否愿意互相认个亲，让我们与他们彼此都看看自己的亲生儿子。"我问："你怎么说？"她说："我当即说行啊行啊，我也想看看我儿子到底长得啥模样，他现在工作了吗，过得好不好。"对方说："你儿子工作了，过得挺好，不过……"妻子停下来，用忧虑的目光看着我。

我追问道："你倒是说话呀！"妻子只好继续说："对方说儿子生病了，病得很重，急需亲生父母帮忙。"我一听浑身毛孔紧缩，警觉起来，瞪着眼问："到底得的什么病啊？"妻子怯怯地望着我，嗫嚅着，最终说出我最不想听的两个字——肝癌。我一听，脑袋都快炸裂了，我大喊："肝癌？绝症——是想让咱们出钱医治吗？"王桂香道："钱倒是没说，但对方说要做肝脏移植，因为他们夫妻血型不匹配，不能移植，必须是亲生父母才能移植。"我一听浑身像被火点着一样，一股烈焰喷发了："你这个臭婆娘，你看看你惹的祸，你这不是没事找事、引火烧身么?!"妻子被我骂哭了，一边抹泪一边抽抽噎噎地哭诉："我……我这不是惦记……惦记我们的亲生骨肉吗？虽然……呜……虽然从一生下来我们就几乎从未见过，但毕竟……呜……毕竟是我自己身上掉下的肉，哪里……呜……我哪里像你们男人这样铁石心肠……呜呜……"她竟然以退为进，反倒责怪起我来，我一听更是火冒三丈！我责骂道："你这臭婆娘，你倒是心软、倒是好心，你倒是逞能！那好，你逞能你自己去捐献肝脏吧，反正我不捐！"

妻子问："那你不认亲生儿子？"我气不打一处来："谁说我要认了？我一开始就没想认，也不想让你认，可你就是不听。再说了，亲生不亲生，反正打一生下来我们就没养育过他，谈得上什么感情？我们自小养的是自强，虽然自强不是我们的亲生儿子，可我们都辛辛苦苦养了三十年了呀，你能说你对自强没有感情？这么说吧，反正我喜欢自强，我认定自强就是我的亲生儿子。再说都过去三十年了，将错就错有什么不好？我们与对方互相认亲了有啥用，莫非我们用辛辛苦苦养大的自强去换对方那个得了癌症的儿子？难道你脑子进水啊？"我这一连串的话像机关枪一样，冲王桂香"哒哒哒"的就是一梭子，打得她晕头转向只顾干瞪着眼，似乎都快要透不过气来，只见她眼泪直往下掉。待透过气之后，她仍心存不甘，反驳说："你知道……我一直有乙肝病毒，况且又得了癌症，不适合肝移植，要不然我就捐了，不是说救人一命，胜造七级浮屠吗？何况那孩子还是我自己身上掉下的肉。我们都不救，那孩子肯定死定了，那不是很可怜吗？想想都让人心碎！眼下他没准日日夜夜眼泪巴拉地盼着我们去救他呢，作为孩子的亲生父母，我们难道就这么铁石心肠，这样袖手旁观、见死不救吗？呜呜……"妻子振振有词，边说边抹泪，那样子可气又可恨。我心想，她怎么就这么死心眼啊！明摆着的是如果与对方互相认亲，甚至是换回孩子，我们肯定是吃亏的，毕竟那孩子已经得了绝症，干吗要去自找麻烦？我冲她嚷起来："你这个臭婆娘，脑子果真是进水了。你怎么就不想想，即便你不患乙肝，也不得癌症，你要是将肝脏移植给那孩子，你以为你还能健康地活呀？你自己的生活都不要了？再说了，即便我同意给那孩子捐献肝脏，你就支持了？我的死活你也不管了？我倒要问你，在你的眼里，到底是我的命重要，还是那个从未谋面也谈不上什么感情的孩子的命重要？"

我说出的这番话像一块突然堵到王桂香嘴上的破布，总算将她的嘴给堵住了，此刻她像一只被手电筒光柱照懵了的青蛙，鼓着眼睛呆呆地望着我，半天都说不出话。过了好一会儿，她才又张了张嘴，像想起了什么，哭丧着脸喃喃自语："唉，这孩子真是太可怜了，当初要不是抱错，一生下来及时打乙肝免疫球蛋白，岂不是就不会得这种病？相反，我们自强出生时原本不用打乙肝疫苗的，反倒给打了。这事你应该也记得吧？当初我入院要生孩子时，医生查出我是乙肝病毒携带者，说孩子出生后必须打乙肝免疫球蛋白的。你看这事给闹的，因为出生时换错没打乙肝免疫球蛋白，生生把咱们那亲生儿子给毁了，那家妇产医院也真是造孽，呜呜……呜呜呜……"说完王桂香又哭起来，越哭越伤心，痛不欲生的样子，哭声让人心慌意乱。

我忽然意识到，女人毕竟是女人，自己生的孩子真的是身上掉下的肉，心疼得不行，不像我们男人想得开，真拿她没办法。不过，她的这番话倒是提醒了我：当初那家妇产医院的护士怎么就那么马大哈，生生将孩子给换错了呢？这可是事关两个孩子的一生呀！这也不仅仅是造孽不造孽的问题，简直就是犯罪——对，犯罪——应该告当初那些值班护士和妇产医院渎职罪，找他们索赔！这么一想，我头脑反倒是清醒起来，也冷静下来，觉得这事还是应该管一管，不能就这么不了了之，毕竟那孩子是我们的血脉。我对王桂香说："臭婆娘，你就知道哭，哭有何用，哭就能治那好那孩子的病了？"听我这么一嚷，她果真停住了哭，抹了抹眼泪看着我，像不认识似的。我说："让咱俩捐肝救那孩子，那都是瞎扯，除非咱俩都不想活了，命都不要了。依我说，真想救，还可以想想别的办法。"王桂香的眼睛亮了起来，手擦擦眼睛问："你有啥办法？快说呀！"

我说："当初妇产医院的护士错换了孩子，造成该打乙肝免疫球蛋白的孩子没打，不该打的孩子反而打了，这都是医院和护士的错。严重的是，那个孩子因为没打乙肝免疫球蛋白，身体埋下了祸根，他肯定是因为后来感染乙肝病毒最终发展到肝癌的，必须追责，打官司，找医院索赔！"

王桂香听罢，眼睛放出光来："对呀！至少我们应该与常德那家人联合起来，一块起诉当初那家妇产医院，让他们赔偿，为孩子讨回公道。"

我点头说："我说的就是这个意思。不过我可丑话说在前，我忙着呢，我可没那么多闲工夫去掺和这事。"

王桂香说："这你甭管，你不反对我就谢天谢地了，我自个儿与他们联系。"

林书琴

度日如年。

与王桂香通完电话之后，我忐忑不安、焦躁万分地等待着对方的回复。刘星原本是他们的亲生儿子，眼下又人命关天，等待救治，可他们竟然说要商量，这是我万万没有想到的！时间一分一秒过去，每过一秒，无论对刘星还是对我和我丈夫，几乎都增加一层无形的煎熬。看着病床上刘星清瘦的样子，那蜡黄的脸庞，那悲苦绝望的眼神，我仿佛看到他身体里的癌细胞如一群凶神恶煞的白蚁，正一分一秒、一点一滴疯狂地蚕食着他的身体。刘星才三十岁啊，风华正茂的年纪，老天爷怎么就这么不长眼，非要同我们过不去，这到底是谁造的孽呀！

已经过了晚上十点，刘星刚打完针服完药，正昏昏沉沉睡着的时候，我的手机响了，正是王桂香打来的。我像热天里忽然洗了一把凉水脸，精神为之一振，顿时抖擞起来。我生怕吵醒刘星，赶紧按下通话键，一串碎步走出病房到楼道里与对方说话。我的声音多少有几分激动，我说："王女士你好！救治你儿子刘星的事您到底考虑得怎么样？"王桂香说："这事我同老公商量了，刘星毕竟是我们的血脉，我们不能不管，肯定要尽力救。"我一听，心像一只受惊的兔子怦怦直跳，几乎要蹦出胸腔。没等她说完我就激动得千恩万谢："太好啦太好啦，刘星这回有救啦！"我惊呼着，眼眶一热，眼泪就激动得要往外涌。电话那头的王桂香却打断我，说："你先甭激动，我是说我同丈夫商量了，是同意与你们合力救治孩子，不过可不是你想的和说的那种救法。"我愣了一下，急忙追问："那你快说，你们有什么办法？"对方沉吟了片刻，说："不瞒你说，我和我丈夫虽然与刘星血型匹配，但我生孩子之前就得了乙肝，长期服药，前不久还被诊断出患了肝癌；我丈夫几年前患了肾炎，我们俩都是病人，根本就不适合给刘星移植肝脏。"

我一听，心里顿时就凉了半截。对方却在电话那头接着说："不过，刘星既然是我们的亲生儿子，我们也不可能袖手旁观、见死不救。想想吧，当初两个孩子要不是被那些马大哈护士糊里糊涂换错，刘星就不至于忘记打乙肝免疫球蛋白。如果刘星当初打了乙肝免疫球蛋白，就不太可能得如今这种病。"对方这么一说，倒是令我醍醐灌顶，我想起来了——患乙肝的孕妇生下的孩子，按规定医院一律都会给打乙肝免疫球蛋白。我是学医的，这一点常识当然懂。关键是对方这一说让我恍然大悟，刘星的病因原来在于此！之前我和丈夫想破脑壳都想不明白刘星为何莫名其妙会得这种病，毕竟他这么年轻，我和丈夫及双方家族都没人患过肝病，更没人得肝癌，刘星偏偏一患就是肝病中的重症。

我马上接着对方的话说："对啊，当初医院和护士肯定有责任，必须追责。"对方说："是呀，我们要联合起来告妇产医院，让他们赔偿，赔偿款可用于救治刘星。"对方这么一说，我倒是开阔了思路，可也忧喜参半，忧的是刘星进行肝脏移植的希望宣告破灭，喜的是刘星的亲生父母终于和我们站在一起，成为我们的"同盟军"，接下来将与我们一起向医院索赔。自从刘星患病，我们家已经几乎花光积蓄，再往下恐怕就要卖车卖房了。找医院索赔，迫在眉睫。

对方话都已经说到这个份上，我赶忙说："王桂香女士，你这个主意好，人多力量大，我们是应当联合起来，一起状告医院，向医院索赔，而且越早越好、越快越好。不然，我们家就快要倾家荡产，再也没钱救治刘星了。"说完，我又试探着问："王桂香女士，那接下来，你们怎么打算，想不想见见刘星？"对方毫不犹豫答："想啊，我特别想，恨不得现在就动身赶到常德看望儿子。对了，刘星目前的精神状况和身体状况，到底怎么样啊？"这话像一把刀，一下戳到我的痛处。我咬了咬牙，说："不好，他一直等待救治呢。"对方追问："不好？怎么个不好法，你能不能说得具体些？"我说："一言难尽，你们不是要到常德来看吗？来了就知道了。"对方沉吟了一会儿，似乎欲言又止。我却继续追问："你们打算什么时候来啊？我也想看看我那亲生儿子到底长什么样，他能不能跟你们一起来呀？"对方又是犹豫，最后回答说："这个我还说不好，我得跟家里人商量商量。"

刘大山

林书琴从医院回来，一进家门就迫不及待讲她与深圳那边通电话的事，有忧有喜。忧的是刘星的亲生父母一个是乙肝患者，另一个患了肾炎，他们的身体都不适合为刘星捐献肝脏。喜的是我们毕竟已经与刘星的亲生父母联系上了，对方也愿意认亲，并提出与我们一起共同向当初的妇产医院追责索赔。说到索赔，这也是我最近时常考虑的事情，可以说对方是同我想到一块去了。想当初，要不是常德市母婴平安妇产医院的护士马虎，错换了孩子，怎么会有如今的这种闹心事？如果不是因为刘星患了癌症，孩子错换也就罢了，反正孩子是我们自小养大的，既然养了就会有感情，何况刘星又不呆不傻。刘星不仅不呆不傻，还挺聪明能干，而且已经成家立业，工作还顺风顺水。谁会想到一场大病却撬开了原本可能永远被时光和岁月遮蔽的人生秘密呢？眼下，总算真相大白，我们有理由与刘星的亲生父母一起面对现实，想方设法救治刘星，同时看看自己亲生的儿子。

说到我自己的亲生儿子，我脑子里是一片空白，他叫什么名字？长得什么样？眼下过得好吗？结婚成家了没有？儿子认不认我们这对亲生父母？这一切对我和林书琴来说，还都是一个谜。但从内心讲，我们是多么希望早点见到生下来就未曾谋面的亲生儿子啊！不过，眼下最要紧的，还是要尽早找到合适的律师，再联合刘星的亲生父母，一起起诉常德市母婴平安妇产医院，毕竟这家医院造成的错太大了，大到给我们造成了巨大的痛苦和损失，简直就是弥天大罪，不可饶恕，必须尽快追责，必须尽早给我们弥补经济损失。不说别的，单就刘星的医疗费，我们可以说已经是倾尽所有了……

王桂香

丈夫牛同发一向强势、固执还自私，这是他与我结婚之后才逐渐暴露出来的性格特点。我同他自小生活在常德，是中学同学。想当初恋爱的时候，为了追求我，他对我总是甜言蜜语、言听计从，干什么都顺着我，将自己装扮得像一只温顺的公猫。比方，放学之后我们偷偷摸摸约好了去看电影，看什么片他从来都不挑剔，全都是顺着我；周末去哪儿玩，也全都是听我的，我说去哪里他就陪着我去哪里，一副"我随你"的做派。他说了，他不在乎看电影到底看的是什么，也不在乎到哪里玩有些什么可以玩、能玩到什么，他只要能够与我厮守在一起就行。包括毕业后我俩双双没能考上大学，我感到无脸见人，想躲避熟人到一个陌生的地方去。他问我想去哪里，我说去珠三角一带，他二话没说到家里拎了一个背包就来找我，说我当你的保镖，你走到哪里我就跟到哪里。如果说我以前与他在一起只是因为彼此间都有一些好感，这回可是被他的"侠肝义胆"深深地感动了，并且暗自下决心这辈子非他不嫁。他倒是信守诺言跟着我南下了，数年间从顺德、中山、东莞一路辗转，不时变换工作单位一路到了深圳，总算在深圳找到了比较合意的工作。他在深圳的一家外贸公司做销售，我则在深圳的一家百货商场当售货员，薪水也都比以前高出近一倍。因为到深圳到得早，没几年我俩的户口也都在深圳落下了，我随之也与他结了婚。不料结婚没多久，尤其是生下儿子牛自强之后，他的性格就完全变了，他变得暴躁、固执、自私、我行我素，有时候还蛮不讲理，甚至习惯了暴粗口，动不动骂我"臭婆娘"。我惊异于他婚前婚后的这种变化，心里直骂他是个变色龙，对他也极其不满。但为家庭和儿子着想，我每每都咬着牙忍住了，到后来慢慢也就习惯了。家里的许多事我一般都是迁就他，睁一只眼闭一只眼的，能忍让就尽可能忍让。即便如此，我没料到在对待自己亲生骨肉这件事上，他竟然是如此铁石心肠，如此固执，如此自私，幸好他良心未泯，主张向当初造成孩子抱错的常德市母婴平安妇产医院讨说法、打官司，向对方索赔。尽管他工作确实太忙，已经明确表示自己没时间参与此事，但我觉得他只要不反对我已经是谢天谢地了。

既然牛同发明确表示不掺和这事，我只能靠自己了。其实我自己有病在身，多少有些力不从心，幸好肝炎是慢性病，刚发现的早期肝癌也用靶向药控制着，病情目前基本还算稳定。自打知道自己十月怀胎、辛辛苦苦生下来的骨肉竟然一直与我分离，而且已经长达三十年，更揪心的是那骨肉目前还在遭受病魔劫难、折磨，我的心就在哭泣、就在流血。冥冥之中，我感觉那分离的血肉、血脉和神经都是连着我的，他痛我跟着痛，他疼我跟着疼，他麻我跟着麻，反正他身体的一切感觉仿佛都时不时传导给我，让我一直坐卧不宁、寝食难安，恨不得立即能飞到常德那边，看看自己的亲生儿子到底怎么样了。可看着牛同发每天忙忙碌碌、若无其事的样子，我更是感到孤立无助，情急之中，我想到了儿子牛自强——他也无辜被卷进来了，我辛辛苦苦养育了三十年的他怎么突然变成了养子？生活真的是太荒唐了，简直就是奇幻大片——我儿子牛自强，他真的会对他的亲生父母无动于衷吗？他会死心塌地一辈子守着我们这对养父养母吗？

所有这些问号，都需要牛自强本人做出回答。虽然那天当着我和牛同发的面，牛自强已经说过"这辈子我也认定了，我就是你们实打实的亲生儿子，别人是抢不走的"，但他是否能够做到，我心里真是没底。我得找时间同儿子好好聊聊，包括我打算到常德去看望亲生儿子的事，我得事先征求牛自强的意见。万一他反对，我该怎么办？此刻我的内心像一锅刚煮沸的开水，上上下下不停翻滚，怎么也平静不下来……

牛自强

下班回到家，父亲不在，我发现母亲一副心事重重的样子。见我进门，母亲便迎了上来，问我吃了没有。我说："我每天晚上都加班，都是这个时候回到家的，都快到晚上十点了，怎么能还没有吃？"母亲又问："你吃什么？吃饱了没有？要不要我再给你去弄点吃的？"她一连串的问号与关心，与平日不大一样，让我心生诧异。我忽然意识到她肯定心里有话，想对我说却又不知从何说起，索性主动问她："妈，你是不是有什么话要对我说？"母亲望着我，眉头紧皱，欲言又止。我干脆将话挑明了："妈，你肯定又在想我是不是你儿子这件事吧？我都明确告诉过你和我爸了，这辈子我也认定了，我就是你们实打实的亲生儿子，别人是抢不走的，这你还不放心吗？除非你和我爸不认我这个儿子了，否则我不会离开这个家，更不会离开深圳。你也不想想，你们在深圳，我们家在深圳，我工作在深圳，我女朋友也在深圳，我怎么可能离开深圳，除非我脑子进水了啊！"我连珠炮般的一番话瞬间将母亲惊着了——不，她是又惊又喜。她眉毛一扬，双眼放出光来："儿子，你都有女朋友了？"我说："是啊，我不小心都将秘密告诉你了，这下你老人家该放心了吧？哈哈……"母亲的眉毛这回终于舒展开来，脸上绽开了花一样的笑脸，嗔怪道："你这家伙！你都有女朋友了怎么不早点说？"我说："哈哈，那不是时机没成熟嘛，我要是早告诉你，到头来女朋友吹了，我的脸可往哪儿搁？"母亲笑着，但很快收敛了笑容，转移了话题。

她让我坐到沙发上，郑重其事地问我："儿子，你上次当着你爸和我的面，以及今天对我说的这番话，让我很感动，我也相信你说的是心里话。尽管科学检测证明了你并非我们的亲骨肉、亲血脉，但我和你爸毕竟养育了你三十年，无论是我们对你、还是你对我们，咱们之间的感情已经无法割舍，你说对吧？"我回答："那当然。"母亲满意地点了点头，却又问："那自你知道自己的身世，你难道一点都不惦记自己的亲生父母吗？"她这一问，倒把我问住了，我禁不住低下头，回避着她的目光。不知怎么了，忽然间似有什么东西触碰到我内心的柔软之处，只感觉我的内心的郁结处瞬间也像遇热的冰块一样融化了，一股温热的暖流瞬间从内心迸发出来，很快传导到全身，我感觉自己的眼眶转瞬间湿润了。母亲见我这个样子，也没说话，只是用双手搭住我的双肩，紧紧地捏着。我抬起头来，发现母亲的眼睛此时也是潮湿的，而且已经闪着泪光。

我忽然鼓起勇气说："妈，说实话吧，那天知道我的身世，我内心的震惊不亚于雷击，但为了不惊动你和我爸，我极力控制自己，对你们说出了那番安慰的话，目的是要让你们放心，毕竟你们辛辛苦苦将我养大成人，辛辛苦苦培养我上大学，还读了研究生，让我毕业在深圳找到了满意的工作。我不可能忘记你和我爸的养育之恩，也发誓要更加努力工作回报你和我爸，将来为你和我爸养老送终。尽管如此，当天晚上我还是睡不着觉，翻烙饼一样在床上翻来覆去，久久无法入睡。内心不断纠结着这突如其来的惊人消息，无论如何想象不出为何生活会如此荒唐、人生会如此荒诞，两个刚刚出生呱呱坠地的孩子，怎么就那么阴差阳错让医院的护士给搞错了，错换到跟自己没有一丝关系的家庭，以致让各自的父母一直都蒙在鼓里？这确实是太狗血了！可话又说回来，我被错抱到咱们家，由你和我爸抚养，我一点儿也不亏，甚至很幸运。不幸的倒是我那位陌生的弟兄、你们的亲生儿子，他被错抱到我的亲生父母那边，耽误了打乙肝免疫球蛋白，以致年纪轻轻的就染上了重病，这也太惨了吧？我替他感到悲哀、憋屈，并为他打抱不平。还有，我远在湖南常德的那对亲生父母，因此也无辜受累，他们和我那位陌生弟兄、也就是你们的亲生儿子一样悲哀，我同样为他们感到心痛并深深打抱不平。不瞒你说，这些天我除了忙工作，脑子里时常惦记着我那未曾谋面的亲生父母和我那位陌生弟兄、你和我爸的亲生儿子，甚至琢磨着该为他们做些什么、分担点什么。只是这些话，我一直都是憋在我的心里，没有时间同你和我爸说呢！"

说到这里，我发现母亲此刻已经泪流满面，她那只捏着我肩膀的手将我抓得更紧了。她的另一只手边抹着泪边哽咽着说："儿子……你能这么说……妈就放心了。妈……妈原本一直担心你，担心你受不了这次突如其来的打击，没想到你和妈想到一起去了，真不愧是妈的好儿子！眼下，我想尽快联系你的亲生父母，一是协同他们一起与当初你们出生的常德市母婴平安妇产医院打官司，让医院赔偿损失；二是尽快到常德去看看我那可怜的亲生儿子。只是我不知道你是否愿意同我一块起去常德认亲、看看你的亲生父母，也看看你那位未曾谋面的弟兄？"

母亲这番话说到我心里去了！我有些激动，我当即抓紧母亲的胳膊，差点叫起来："妈，太好了，你和我想到了一块！不瞒你说，刚刚知道我身世的时候，我就想到了要找机会去看看我的亲生父母，毕竟我是他们所生，与他们血脉相连。虽然我刚生下来就离开了他们，不知道他们长得啥模样，也不知道他们的境况如何，但我想无论如何是他们带我来到这个世上。人要讲良心，要知恩图报，作为他们的亲生儿子，我总不能对此无动于衷吧？可是，我内心又很纠结，担心我要是提出来去认我的亲生父母，你和我爸会不会有顾虑，对我会不会有看法和担心？现在看来，我的这种担心是多余的，因为老妈你和我一样想到了一起，可谓人同此心，心同此理，这真是太好了！老妈，我当然是想跟你和我爸一起去常德，咱们什么时候去啊？"

母亲说："我随时都可以，这得看你的时间。不过你爸大概不会去，就咱俩去。"

我问："我爸怎么了，他为什么不会去？他不去看看他的亲生儿子吗？"

母亲说："谁知道他是咋想的。不管他，不过他支持咱们联合你的亲生父母起诉那家妇产医院，找他们索赔。"

我说："好吧老妈，咱俩一起去也够了。明天刚好是周六，我马上订高铁票，我也打电话问下我爸，我爸要是真不去，咱俩一起去。"

母亲满意地点点头。

刘　星

度日如年。

癌细胞像千万只疯狂的蚂蚁，日日夜夜、时时刻刻地向我的肌体发起攻击，时常让我疼痛难忍，以至于我吃不下饭，睡不好觉。为了击退癌细胞的攻击，医生又安排我做化疗、吃靶向药，敌我双方在我体内的激烈交锋，让我的身体更加痛苦不堪，难以承受。我时常被它们折腾得痛不欲生、大汗淋漓，仿佛是一幢房子突遭地震，地动山摇、山崩地裂，眼看着房子将摇摇欲坠、土崩瓦解。地震结束，我这幢房子已经变成一摊烂泥，晕乎乎软塌塌的，浑身乏力、疲惫不堪，似乎即便吹来一阵微风或哪怕被一只飞行的蜻蜓撞上，也将无力招架、彻底倾覆……

不知不觉，我很快昏睡过去。周围陷入了无边的黑暗，世界与我彻底隔绝，眼前似乎有无数双眼睛闪着幽深的蓝光，仿佛无数的幽灵在我的身边游荡，似乎热切地招呼着我，希望我尽早告别人世来到阴间。

迷迷糊糊之际，有人在大声叫我。仿佛是有人将我使劲从泥淖中拉了出来，我气喘吁吁，精神恍恍惚惚，竭尽全力睁开了眼睛，发现眼前是我的母亲林书琴。此刻的母亲正面带微笑，关切地注视着我，并大声说："刘星，你快醒醒，快看看是谁来了?"话音刚落，母亲就让出了位置，一个与母亲年龄相仿的陌生女人的面孔进入了我的视野，那女人也面带微笑，却也夹杂着明显的忧伤和泪痕。她大声叫着我的名字，并对我说：

"刘星你好，我是你的亲生母亲，当初你在妇产医院出生后被护士抱错了，导致我们母子俩骨肉分离，而且长达三十年。作为母亲，我太对不起你了……"她哽咽起来，还抹了抹泪，而后继续说："现在，我可算找到你了，你现在身体感觉怎么样？你能相信我，愿意认我这个亲妈吗？"

这么突然的场面，仿佛一场不曾预料却突如其来的梦境，让我的神经备受刺激，我忽然感到浑身不自在，有些手足无措。此刻我的内心像受惊的兔子，游移不定，我既想看看眼前这个自称是我亲生母亲的女人，又不敢长时间正视她。可她的双眼却像亮灼灼的探照灯，逮住了我，久久地凝视着我，我只好鼓足勇气，慢慢地接住了她的目光。这是一张饱满的中年妇女面孔，头发已掺着几根银丝，浓浓的眉毛，慈爱的眼神，脸部已出现皱纹。她就是怀胎十月、历尽千辛万苦将我带到人世的亲生母亲吗？骨肉分离，这三十年她过得可好？她知道我的境况并且想念我吗？如今我已经身患绝症，她真的愿意认我这个重症的儿子吗？……一连串的疑问此刻像吹出的肥皂泡一样从我的眼前冒了出来，五彩缤纷，眼花缭乱，令我犹豫不决，我似乎忽然间失去了应有的判断力。眼前这张陌生中年女人的脸却依然罩住了我，双目久久地凝视着我，焦灼地在等待着我的反应与回答。她的眼神里此刻有疑虑，有慈爱，有忧伤，有友善，有惶惑，有焦灼，更有呼之欲出的满满期待。我忽然感觉自己快要被她灼热的目光融化了，内心此刻也风起云涌、电闪雷鸣，仿佛有雷在我的脑际炸响。我慌乱地盯着眼前这张陌生女人的脸，喃喃地问："哦，你……你真的是我的亲生母亲？"

不问还好，这一问，仿佛黑云压城，女人的脸此刻就像大雨将降的天穹。听了我的疑问，她悲伤的脸扭曲着，紧咬着唇望着我，使劲点了点头说："刘星，是的，我就是你的亲生母亲，你就是我日思夜想的亲生儿子!"

听她这么说,我将脸侧向一旁的母亲——我的养母林书琴,此刻她表情复杂,又喜又忧,但她接住我征询的目光,朝着我使劲地点了点头,并且坦诚地告诉了我:"刘星,是的,她就是你的亲生母亲,我只是你的养母。你的亲生母亲特意从深圳赶来看望你了,你还不赶快叫你的亲妈!"

这句话,让我一下子吃下了一颗定心丸,同时也像打开了我情感的闸门。我望着眼前这张已经罩了我好久的中年妇女的脸,终于抑制不住内心的激动,轻轻地对着她喊了一声"妈"。虽然只是轻轻的一声叫喊,我的生母此刻却像被撬动的堤坝,她"唉——"的一声,激动得掩面而泣,情感之水迅即决堤而出,她忽然扑在我的身上紧紧地搂住了我,一时间泪如雨下。我们母子俩紧紧地搂在了一起。生母落下的泪水,掉到我的脸上,又淌到我的脖颈里,我内心感到一阵阵无与伦比的温暖与温馨……

林书琴

这是一个多么让人肝肠寸断、撕心裂肺的场面啊!

我辛辛苦苦养育了三十年的儿子刘星,此刻称另一个女人为"妈",而且同那个三十年未曾见面的女人紧紧地拥抱在一起,这让我情以何堪?那轻轻的一声"妈",却像一枚飞刀一样击中了我,让我心如刀割,血往外流,心仿佛瞬间被掏空了。尽管我也已见到了自己的亲生儿子牛自强,但在情感方面,人也许都是自私的,何况是多年培养的母子之情。我是个有情有义的母亲,无论是亲生儿子还是养子,都是我的儿子,我都舍不得,即便刘星如今身患重症,我都不曾放弃,也不愿意放弃,两个儿子我都想要。

可冷静下来，我又想，人家王桂香也是女人，也同样是两个儿子的母亲，我怎么可能、又怎么可以两个都独占呢？无论对她还是对我，彼此都应该是平等的，独占既不现实，也是非分的想法。

事到如今，我想最好的办法，还是彼此认亲，我和她既有养子，也有亲生儿子，这样岂不两全其美？我把这个想法，同王桂香说了，她使劲点头，表示完全赞同。她说她早就这样想了，从深圳来常德的路上原本还忐忑不安，担心我不同意、会抢走她辛辛苦苦养大的儿子牛自强呢，没想到我们都想到一块去了。听她这么说，我的心也暖暖的。不愧是女人和母亲，天下的母亲都一样，在子女面前，心都是肉长的，除了爱还是爱，哪怕需要付出自己的一切，都在所不惜。王桂香愿意从深圳前来认刘星这个身患重症的亲生儿子，本身不正说明了这一点吗？这不，刚才她让儿子牛自强通过手机银行，将十万块钱转到了我的手机银行里，说是帮助刘星治病的医疗费。她说要转钱给我的那一刻，我像长时间孤军作战的士兵忽然间遇到援军，瞬间激动得哭了。人都说人心齐、泰山移，我看刘星有希望了。尽管王桂香说过她和丈夫都身体有病不能给刘星做肝脏移植手术，但毕竟在其他方面还能帮助一点，人多力量大！让我略感奇怪的是，刘星的生父、王桂香的丈夫为什么不与妻儿一块儿来常德认亲呢？关于这一点，虽然刚一见面我就询问，王桂香也说了，她老公工作忙，领导不让他请假，可我还是有些疑惑：这么大的事，他的领导怎么能不通融，这也太过分、太不近人情了吧？

让我最高兴的是，我终于也见到自己的亲生儿子牛自强了。牛自强长得人高马大、文质彬彬，一看就像他的亲生父亲。与刘星见她生母时的扭扭捏捏不同，一见面他就落落大方地叫了我一声"妈"。这一声"妈"，洪亮、爽利、清脆，像沁入我心田的一股暖流，瞬间将我内心长久以来的郁结彻底融化了。我"唉——"了一声，激动得泪眼蒙眬，一手握着他的手，语无伦次地说："儿子，我可总算见到你了，我好想你啊！你一切都好吗，你也工作了吧？你现在在做什么工作？单位效益好不好……"反正我打开的话匣子滔滔不绝，像涓涓不息的溪流。

牛自强也紧紧握着我的手，憨憨地笑着，一一回答了我的提问。毕竟是深圳这样的一线城市长大、见过世面的，他一举一动都很得体，虽然多少还是有一些生分，但他眼里是满满的善意，看得出他是真心实意要认我这个生母的。这不，回答完我的提问，他反过来开始询问我和我丈夫、他的父亲刘大山，问我们现在生活怎么样，家住在哪儿，身体好不好。还安慰我们："这段时间为了照顾刘星，爸妈你们都受累了，一定要注意休息、保重身体。"他还说，"刘星病成这样，这是没有办法的事情，悲伤抱怨都无济于事，还不如我们一起面对现实，尽力而为，一起努力，共同救治刘星。"牛自强的话，句句入心，字字入理，听得我们一时间如释重负，内心像一下子抹了蜜，频频点头，不由地相视而笑。

他的养母王桂香也站一旁看着我们，一脸慈爱，笑脸盈盈，显然是对牛自强的回答感到满意。

牛自强

见到生父生母之前，我多少有些忐忑，生怕自己内心不能接受。尽管我是他们的亲生血脉，但毕竟生下来就离开了他们，一天都没有在他们身边生活过。要说感情，当然是养父养母更深些，毕竟他们对我有三十年的养育之恩。而对生父生母，迄今为止还只有血脉之恩吧。即使如此，对生父生母我还是心怀感恩的，所以这次也抱着好奇的心情前来常德寻亲。人非草木，孰能无情，何况我是他们的亲生儿子呀！所以，我希望看看将我带到人世间的亲生父母到底长得怎么样，他们的生活境况到底如何。

没想到真正见到生父生母的那一刻，我竟一见如故，原本的忐忑和生分瞬间便抛到了九霄云外，仿佛冥冥之中亲生血脉之间就如铁屑遇到磁铁一样，他们对我来说有一种与生俱来的亲和力。与养母王桂香相比，我的生母林书琴长得比较瘦小，但身材相对苗条，皮肤比我养母白皙，眼睛也更有神韵，只是隐约飘出一丝忧郁。反正见到我时，生母那双眼睛亮闪闪的，说不清是泪光还是亮光，看上去深不见底，忧郁中透着无边的慈爱和眷恋，仿佛是灵魂的窗户要将我摄入她的心底、留在她的身边。生父刘大山与我的养父相比则高大了许多，他起码有一米七八的样子，壮实魁梧。难怪以往常有亲戚朋友见到我时都会对我的养父开玩笑，说你这么个矮父亲怎么生出个高儿子了，当时我们都没往心里去，以为是基因优化了呢。此刻生父就站在我面前，开始的时候他不像我生母那样没有距离感。虽然他一直笑吟吟地看着我，眼里也溢出慈爱，但多少还有一丝丝审视和期待的意思。见我大大方方叫了他一声"爸"，他这才顾虑全消，一声"儿子——"的叫喊脱口而出，继而一个跨步上前一把搂住我，搂得好紧好紧，让我感觉到他浑身都是力气。虽然沉默不语，但我能感觉到，他的千言万语都已经汇聚到对我紧紧的搂抱之中了，因为松开的那一刻，我发现他的泪水已经溢出眼眶。

此刻的我内心也翻江倒海，感觉口干舌燥，一时都不知道该说些什么。待彼此心情慢慢平复，我们的话语才逐渐多了起来，开始嘘寒问暖。我左看看生父，右望望生母，压抑住自己内心汹涌的潮水，安慰说："爸、妈，你们放心，深圳距离常德不远，往后我会经常来看望你们，你们千万要保重身体。"话虽然这么说，但看得出他们还是开心不起来，眼神和脸上依然笼罩着一层难以摆脱的淡淡忧伤。我知道，这忧伤，来自眼下病重的养子刘星。

说到刘星，我内心更是五味杂陈。想当初，我出生时如果不是阴差阳错被妇产医院的护士错换，留在常德长大、生活甚至工作的应该是我，而从小在深圳长大、生活和工作的应该是刘星。深圳和常德，一个目前是国内屈指可数的一线城市，甚至是全球瞩目的最具活力的城市之一，而常德在国内至多是三线城市，生活环境、工资待遇等各方面与深圳的差距显而易见。如此说来，我也算是塞翁失马、焉知非福了。可怜的倒是刘星，且不说他生活在常德比起深圳各方面都存在差距，单说如今他身患绝症，对他来说太不公平了！那些可恶的护士啊，人命关天呢，怎么可以如此大意？这简直是草菅人命呀！起诉、追责，找当时的妇产医院索赔，肯定是免不了的，也是我和养母此行到常德来的另一项重要任务。

可话又说回来，即便如此，也即便最终索赔成功了，对可怜的刘星来说又有何意义呢？毕竟木已成舟，索赔来的钱至多也就用于分担刘星所需的医疗费罢了，至于刘星最终能否治好，大家彼此都心照不宣，只能是尽力而为、不愧良心罢了。

那天，我在医院的病房里见到刘星的时候，刘星躺在病床上，整个人看上去像被一场特大霜雪打蔫了的瓜苗，没精打采、有气无力，他同我一样三十岁的年龄本应该有的精气神，都让可恶的病魔无情地抽走了，看着都让人心疼。听长辈们介绍说，我当初是与他同时出生的，长辈们肯定也早已经向他介绍了我的情况。知道我远道从深圳前来看他，此刻的他眼睛望向我，挣扎着想钻出被窝坐起来，我抢先一步上前，按住了他。我紧紧地握着他的手，安慰他："刘星，我的好弟兄，我们可是同一个产房、同一天出生的，这可是天大的缘分！虽然我们阴差阳错地换了父母和家庭，而且三十年时间中一直都蒙在鼓里，既成的事实已经无法更改，但咱们可以成为弟兄呀，我们双方的父母也可以成为彼此之间共同的父母，往后我们可以互相走动，互相照应，互相帮衬，你说是不是？"

听我这么一说，刘星不停地点头，眼里瞬间噙满泪水，双手紧紧地握住我，千言万语此刻已经尽显在他的表情之中了……

刘大山

真没有想到，我同妻子与亲生儿子牛自强的见面，比我们原本想象的要顺畅得多，包括他的养母，大家感觉都一见如故。尽管刘星的生父未能前来，这点让我们多少有些意外、也不免遗憾，尤其是刘星，在病重的时候却未能见到期望中的生父，肯定不免失望。但仅就王桂香和牛自强的到来而言，这已经让我们喜出望外，仿佛被困战场多日之后终于见到了援军，内心的希望之灯又被骤然点亮，浑身的力量陡然倍增。虽然还只是短暂的交谈和接触，但王桂香对亲生儿子刘星的认可和关爱，牛自强对我们这对生父生母的承认、抚慰，以及对病中的刘星的体恤与安抚，无不让人觉得他们都是朴实善良、有情有义的人。特别是我和书琴的亲生儿子牛自强，言谈举止都很得体，关键是与我们没有陌生感，看来从小到大是接受过良好教育的，毕竟他是在深圳这样的大城市长大的孩子。牛自强这样的孩子，虽然自生下来就远离我们，但他能有这样的身体和德行，目前又能在深圳的高科技公司工作，让我和林书琴都心生安慰。即便他如今成了别人家的孩子，可他毕竟也承认我们这对生父生母了，还表示往后会时常来常德看望我们，这就够了。我同林书琴说了，就权当咱们的亲生儿子大学毕业后到深圳工作吧。我这么一说，林书琴也就想通了，毕竟让牛自强放弃养父养母和如今在深圳的工作回常德来,是不可能、也是不现实的。

眼下最棘手、让我们操心的还是刘星,他身患绝症,他的病到底能否治好?即使有一线希望,又该需要多少钱?谁能说得清呢?反正我和林书琴都明白,这肯定是个无底洞。即便如此,对于刘星的治疗,我们也无法放弃,唯有不断花钱治疗,哪怕家里最终砸锅卖铁,弹尽粮绝,穷困潦倒,我们仍然不会舍弃,不为别的,就为求得心安,就为能够对得起刘星这个我们辛辛苦苦养育了三十年的孩子,我们总不能眼睁睁看着他在病中孤苦无助、在痛苦中离我们而去吧?若真是那样,我和林书琴恐怕一辈子都不得安生。

这次最让人遗憾的是,刘星的亲生父母虽然找到了,却也无法为刘星做肝脏移植手术。刘星的生母王桂香一直身患肝病,而且还有早期癌症,身体确实不具备做肝脏移植手术的条件。刘星的生父据说身患肾炎,身体同样不具备做肝脏移植手术的条件。但即使刘星的生父具备条件,他就一定会同意为刘星做肝脏移植手术吗?恐怕也未必。且不说他是否愿意为自己的亲生儿子捐献肝脏,他连到常德来看望自己的亲生儿子都没有做到呢——这么大的事他说他工作忙,请不了假,谁信呢?这事我私下同林书琴嘀咕过,都心生疑窦,都觉得不可理喻。

眼下迫切需要做的事,一是另想办法,比如看看能否通过媒体的呼吁,向社会寻找愿意并且能够匹配的肝脏捐献者;二是尽快找到律师,尽快起诉当初酿成大错并给我们两家人带来痛苦的常德市母婴平安妇产医院,找他们讨说法、赔偿损失。好在这个问题,我和林书琴、刘星、王桂香以及牛自强,都已经同仇敌忾,达成了共识。

王桂香

终于见到我的亲生儿子刘星了！来常德之前，我日思夜想，几乎肝肠寸断，人在深圳，心却早已飞到常德。内心也不停地想象着儿子的模样，纵然我知道儿子如今身患重病，可我还是竭力将儿子的模样往好处想。可真正见到的时候，我还是被儿子的模样惊着了，不敢相信这就是我身上掉下的亲骨肉——他脸色蜡黄，身材消瘦，有气无力，无精打采——这哪里是我那仅仅三十岁的儿子应有的模样啊！相比于壮实高大的牛自强，这反差也太大了，远远超出我的想象！见到他的那一刻，我瞬间心如刀绞……

稍让我感到庆幸和欣慰的是刘星的养父和养母，尽管刘星已经身患重病，尽管刘星只是他们的养子，但看得出他们像对待自己亲生儿子一样，竭尽全力，掏心掏肺，一点也没有要放弃的意思——好人呐！刘星虽然此生不幸，但能遇上他的养父母这样善良的好人家，也算是不幸中的万幸了。看着这对有情有义的养父母，我内心唯有庆幸与感激。眼下所要做的，唯有全力配合刘星的养父母，同心同德，同心协力，千方百计地救治刘星。可恨我自己的身体，多年来一直身患疾病，自身难保，想救刘星也是有心无力，要不然我将毫不犹豫地捐献自己的肝脏，让刘星重获新生，毕竟他是我的亲骨肉，自己不救亲骨肉还能靠谁救？可恨我那蛮不讲理、无情无义的丈夫，他虽然是刘星的亲生父亲，可从一开始他对刘星就爱理不理，虽然这可能与刘星已经身患重症有关，但不管怎么说刘星也是我同他的亲生骨肉啊，眼看着自己的亲生骨肉受苦却见死不救，甚至编造各种理由搪塞，这是人该干的事吗？不能啊，他这样子哪能算是刘星的亲生父亲？天底下哪儿有像他这样的父亲？这人真是太自私，太过狠心了，这辈子我怎么这么倒霉嫁了这么个男人，真是瞎了眼了！

可事到如今，到底该怎么办呢？只能是尽力而为，全力医治了。好在儿子牛自强通情达理，在对待刘星的问题上与我同心同德。尽管缺了丈夫的支持，我们母子俩能力有限，但毕竟两人同心，其利断金，办法总会有的，起码是比起他爸的不管不顾要强吧？不说别的，起码我们母子俩已经凑了十万元给刘星治病，起码我们母子俩已经与刘星和他的养父母达成一致，马上就将联合起来向法院起诉当初给我们造成伤害的常德市母婴平安妇产医院，我们希望尽快向他们讨回公道。

许　莹

世事莫测，人生真是太科幻了！

我丈夫刘星当初竟然一生下来就阴差阳错地与别人错换了父母和家庭，再有想象力的作家恐怕都没有想到吧？

这两天亲眼看着他们两家人彼此相互认亲，看着他们大喜大悲的样子，我像目睹了一出跌宕起伏的人间闹剧。虽然如今我也与眼前这两家人有着千丝万缕的联系，但相比于刘星和他们两家人，我至多只是个配角，而他们一个个都是这出人间闹剧的主角。

自打我与刘星恋爱、结婚，一直到他身患重症，我也备受煎熬、折磨与打击。从感情上说，毕竟与刘星志趣相投，我是爱他的。但从理智上讲，我知道随着他病情的日渐恶化，我与他的感情之路终将会走到尽头。每每想到这一点，我就心如刀绞，更要命的是孤苦无助，我没有谁可以诉说，刘星不能，他的父母不能，而我的父母亲戚也不能，如此苦涩的人生滋味，我还从未尝过。一想到总有一天刘星会离我而去，我的心就在滴血。夜深人静之时，我只能一个人独自哭泣。可在刘星面前，我却强忍痛苦，强颜作笑，不断安慰刘星、鼓励刘星，希望他勇敢坚强，力争战胜病魔。我还上网收集有关抗癌成功的例子，给他讲，给他看，希望树立他战胜病魔的信心。甚至我还言不由衷，时不时鼓励他，你好好治疗、安心治疗吧，等你治好了病，咱们还要生个白白胖胖、聪明乖巧的孩子呢。明知道这种希望是渺茫的，这辈子恐怕无法实现，但我还是给他表达这种美好的愿景，为的是让他尽可能乐观、坚强起来。每每这个时候，病床上的刘星就紧紧地抓住我的手，泪水涟涟。我发现，只要是我陪床，只要是与我单独在一起，他总是最开心和最快乐的，尽管他的眼睛里总抹不掉忧伤。

每次在医院陪床，只要他身体状况还好，我都会主动和他一起唱歌，什么《心雨》《懂你》《吻别》《知心爱人》《因为爱情》，但他最爱唱的，还是当初我与他一同参加市里歌咏比赛认识时，他唱的那首《天意》——

谁在乎我的心里有多苦
谁在意我的明天去何处
这条路究竟多少崎岖多少坎坷途
我和你早已没有回头路
我的爱藏不住
任凭世界无情地摆布
我不怕痛不怕输
只怕是再多努力也无助
如果说一切都是天意一切都是命运
终究已注定
是否能再多爱一天能再多看一眼

伤会少一点

如果说一切都是天意一切都是命运

谁也逃不离

……

每次唱这首歌的时候，刘星最投入，最动情。他是用心在唱，用情在唱，竭尽全力，低音如泣如诉，高音高亢嘹亮。只是他现在的身体已经缺少过去的那种气力，高音往往上不去，如强弩之末，明显已经力不从心，但这时候他的情感像汹涌的潮水，溢满全身，直至浑身颤抖、泪流满面。

而我也禁不住被深深感染，悲伤难抑，泪水禁不住扑簌簌往下掉……

尾 声

盛夏的深圳，天热得像个大蒸笼。

晚上十一点，王桂香和牛自强母子俩大汗淋漓，风尘仆仆地下了高铁，从嘈杂拥挤的人流中走出高铁站，乘坐出租车，半小时后终于回到家里。离开深圳到常德整整一周，他们母子俩经历了大喜大悲的情感折磨，身心已经极度疲惫，都满心渴望当晚回到家里能好好睡上一觉。可当母子俩打开门锁进入家门后，家里的景象让母子俩瞠目结舌：王桂香的丈夫、牛自强的养父牛同发，与一个陌生女人双双赤身裸体地躺在卧室的大床上。王桂香见状惨叫一声，当即昏倒在地。牛自强急忙打了120，救护车不到十分钟就赶到了他们家中，牛自强单枪匹马地跟着前来抢救的医生和护士下楼，陪着救护车将昏迷的母亲送到了附近医院。牛同发原本也要一块上救护车送王桂香去医院的，却被牛自强没好气地往后推了一把。牛同发一个趔趄，后退了几步，差点摔倒。

　　幸好王桂香身体并无大碍，经过急诊室医生一番紧张的抢救，她很快醒了过来，第二天她的身体便基本恢复正常，可以出院。当他们母子俩回到家里的时候，已经人去楼空。之后的好几天，牛同发都不见踪影，也没有给家里打过一次电话。

　　常德方面，刘大山和林书琴夫妇代表两家受害者家属委托的律师，已经正式将诉状提交至常德市人民法院，并且已经得到法院受理。他们在诉状中就常德市母婴平安妇产医院三十年前值班护士的渎职，向法院提出控告，提请被告方先期赔偿经济及精神损失费一百三十八万元，后续赔偿视刘星治疗费用的花销情况而定。

　　刘大山和林书琴夫妇同时还接受多家媒体的记者采访，将刘星的遭遇公之于众，呼吁全社会的好心人关注，希望征集到愿意向刘星捐献肝脏的好心人士。

　　就在刘大山和林书琴紧锣密鼓、千方百计地为刘星的治疗终日忙碌、奔走呼号之时，刘星的病情却急转直下。癌细胞对刘星连续数月的折磨，使得刘星已经元气尽丧，因血压和心率骤降，他已经连续两次被送进ICU抢救，万幸两次都死里逃生。但俗话说事不过三，第三次，幸运之神没能再次光顾刘星，当他再次因血压和心率骤降被送进ICU抢救时，医生所有的努力都无济于事，三月三十日晚上九时十三分，他的心脏最终停止了跳动。诡异的是，这一天偏巧是刘星满三十周岁的生日，在场的医生和刘星所有的亲人，包括养父刘大山、养母林书琴、妻子许莹及岳父岳母，看着刘星的离去，都为之唏嘘感慨、悲恸难抑。刘星的生母王桂香和他的同龄兄弟牛自强因远在深圳，没能见上刘星最后一面，但他们获悉丧讯，都匆匆赶到常德送别刘星。

　　刘星三十年短暂的人生及遭遇，就这样大幕闭合、宣告结束。他年轻的生命就如疾风吹落的树叶，飘到地上，汇进泥土里。他是否能像所有的生命传说的那样，浴火重生，凤凰涅槃，进入生命的下一个轮回？

　　谁知道呢。

教授的儿子

一

已经是晚上十点半了，按惯例我正准备洗漱睡觉，突然手机响了，一个陌生电话打了进来。寂静的夜里，这响声多少让人有些意外，甚至心惊肉跳。

我以为是人家打错了电话，要不就是骚扰电话，我毫不犹豫地掐断了。可这电话一而再再而三，不屈不挠，第三次我有些生气，干脆掐断电话，之后将号码加进了黑名单。不料我刚刷完牙，手机又响起来，妻子在床上叫喊起来："谁那么烦啊，这个时候还打电话！"末了，她不顾三七二十一地替我将电话掐断了。我胡乱地擦了擦嘴，晾好毛巾快步走进卧室查看手机，发现刚才的未接来电显示的名字是陈梦芸，陈梦芸是我的硕士生导师，我本科读新闻系时也是她给我上课，讲新闻写作。因为她到大学任教之前有多年的时政新闻杂志从业经历，所以相比于其他纯学院派的老师，她往往能结合实际案例进行讲解，既生动又更有针对性，尤其是如何捕捉新闻线索，如何策划新闻选题和深度报道，等等，每每都讲得深入浅出，引人入胜。我就是从听陈教授的课之后真正爱上新闻专业的，课余时间还时常向陈教授请教相关问题。陈教授对我这个勤奋好学的学生不仅不厌其烦，还赞赏有加，有时还给我开小灶，甚至还曾经在周末或节假日的时候请我和其他几名学习成绩优秀的同学到她家做客。正因如此,考研时我毫不犹豫地报考了陈教授的硕士研究生,也很顺利地考上了。不仅如此,硕士毕业时她建议我去就业而非继续攻读博士,她说干新闻更重要的是靠悟性和实践,课堂上的书读得再多如果没有实践,那是得不到真正的成长的。她甚至还将我推荐给了北京一家知名的社会文化类杂志,那家杂志也明确表示愿意接收我。可以说,当初是陈教授手把手教我、将我带进新闻出版行业的,她对我有栽培之恩。我在她推荐的那家杂志社已经干了近三十年,并且在十年前就当上了杂志社的副总编辑,而陈梦芸教授也早已经退休,如今她该有七八十岁的高龄了。我则因为工作异常忙碌,再则自己也家事缠身,与陈教授联系少了,只有前些年她因老伴张开平教授去世找我帮忙,之后的几年,我除了逢年过节发个问候短信,印象中只到她家看望过她一两次。

一看是陈梦芸教授的号码,我二话没说就拨了回去。接通后,手机里传来的声音却很陌生。一个中年女声怯生生地问:"您好,您是李英俊老师吗?"我没有正面回答,而是满腹狐疑:"请问您是……"对方有些焦急,不再跟我兜圈子,而是直截了当地说:"李老师,我是陈教授家的保姆小董,陈教授病了,肚子痛得厉害,她让我给您打电话,想请您现在过来帮忙。"我有些犹豫,也有些怀疑,因为我还无法判断事情的真假,眼下诈骗电话多,电视新闻常常报道骗子利用电话进行诈骗。可手机来电明确无误显示的名字是陈梦芸,莫非陈教授的手机丢了或被偷了,诈骗分子查到我的号码欲行诈骗?虽然有这种担心,但我不敢贸然断定。陈教授毕竟对我有恩,万一真是陈教授生病急着要找我帮忙呢?我得想办法尽快对事情的真假作出甄别。我问:"你是陈梦芸教授家的保姆,陈教授现在情况怎样,你能否让陈教授接下电话?"对方说:"哎呀她现在痛得倒在床上呢，恐怕接不了电话……"大概是怕我不相信，她又说："要不您等等……"电话那头一阵窸窸窣窣的声响，我硬着头皮耐心等着。不一会电话那头传来一个声音："喂……是……哎哟……哎哟……是李英俊吗？"对方气喘吁吁，说话艰难，仿佛是被压在地震的废墟里同我说话，不过这声音我很熟悉，确实是陈教授的声音。我大声问："陈教授您怎么了，病得很重吗？"陈教授依然气喘吁吁："英俊……你……你快来……帮我！"说完电话是窸窸窣窣的一阵声响，不一会儿就挂断了。

我脑袋"嗡——"的一响，感觉事态严重，一边向妻子说明情况，一边快速穿上外套。我同妻子说，无论如何我得赶快去看望陈教授。妻子有些不悦，不停抱怨，说半夜三更的还扰人，这叫什么事啊！

出了门，我迅速下地库开车，快速行驶在北京的街道上。我家住在朝阳区东南四环以外，而陈教授的家却住在海淀区学院路那边。从我家到陈教授的家，我必须由东向西穿过大半个北京城区，即使现在是夜间，路上不至于堵车，但开车至少也需要半个多小时。这半个多小时，一路上我的心情像刚烧沸的开水不停翻滚，久久不能平静，一种忐忑不安的担忧也不期而至，紧紧地罩上了我的心头……

二

陈教授向我求助，肯定是迫不得已。其实，假如她的儿子张童童现在能在身边，是用不着求助我的。论年龄，张童童也该四十好几了，刚好是年富力强可以在父母身边尽孝的年龄，然而这时候他却远在大洋彼岸的美国。张童童是陈教授的独生子，出生时陈教授已年近四十。陈教授老来得子，自然是爱子更甚。遗憾的是，一直被视为心肝宝贝并从小就被寄予厚望的张童童，自打上小学开始就一直不争气，高中只能上普通高中，张童童本人似乎无动于衷，可做父母的却无法接受，夫妻俩觉得自己都是堂堂的大学教授，儿子却只能上普通高中，实在是太说不过去了！退一步说，即使做父母的勉强能接受，儿子将来能考上大学吗？即便能够考上，又能上什么好大学呢？这简直是恶性循环呀！那些日子，他们夫妻俩坐卧不安，寝食不香，反复协商，千方百计寻找办法。张童童的父亲张开平教授忽然想起远在美国洛杉矶定居的学生刘海洋。刘海洋曾在张教授所在的大学读本科，毕业后考到美国的一所名校读研，硕士毕业后又开了一家公司，主要从事中美商品贸易。由于在校时刘海洋与张教授关系比较密切，出国后一直与张教授保持着联系。夫妇俩商量的结果是让儿子放弃在北京读普通高中，转而将儿子送到大洋彼岸去接受美式教育。与此同时，由张教授事先向刘海洋咨询并求助，看看人家能否帮助联系合适的学校，并提供力所能及的生活照顾。

张教授联系的结果让夫妻俩大喜过望，因为刘海洋满口答应。不到一周时间，刘海洋就主动给张教授回复电话，说已经联系到他居住地的一所私立中学。由于张童童是转学到美国，刘海洋建议让张童童到美国重读一年初三，一是为张童童提供语言转换的缓冲区、让张童童尽快提高英语水平，二是让张童童适应美国的生活环境和教学模式。刘海洋的这个建议当即得到夫妇俩的一致认可，觉得这个建议很周到也很合理。至于住宿和生活，刘海洋说可以帮助张童童在学校附近租房，只是如果单独租房，一是费用可能比较高，二是吃饭也是个问题，毕竟张童童还是个孩子，既要读书，回家又要自己做饭，显然不现实。有鉴于此，刘海洋建议说："比较现实的办法是让张童童在我们家寄宿，刚好我们也有一个儿子，虽然比张童童小五六岁，但毕竟都是男孩，应该能玩到一块，这样两个孩子相互间也有了玩伴。只是……"刘海洋说到这里却吞吞吐吐。张教授有些急，从电话那头大声说："海洋你这个主意很好啊，我们求之不得，你还有啥顾虑呀？"张教授这么一问，刘海洋在电话那头也爽快起来："张教授啊，不瞒您说，这个主意虽然好，可我还得征得我夫人同意。我夫人是美国人，让张童童来我家寄宿她可能会同意，因为她也喜欢孩子，可住宿费和生活费，我夫人肯定要明算账。"因为张教授的手机开的是免提，对方的声音一清二楚。陈教授听后有些迫不及待，这时候她抢过丈夫的手机说道："海洋啊，这个完全没有问题，也合情合理。俗话说'亲兄弟明算账'，我家儿子如果能够到你们家寄宿，我们已经是千恩万谢了，该多少钱你们算，反正是不能让你们既帮忙又吃亏。"张教授也紧接着附和："就是就是，海洋啊，你就同你夫人商量一下，尽可能地为我们提供便利吧，拜托了啊！"夫妇俩的话，让刘海洋吃下了定心丸，也让他与妻子很快达成了一致，他们同意张童童到他们家寄宿，每月支付1500美元。那个时候，人民币与美元的汇率，大约是八比一，也就是说，假若张童童到美国留学，仅仅食宿一项，每月就需要支出人民币12000元的开销。这还不算张童童在美国的学费和每月的零花钱，以及每学期或每学年放假往返于美国的路费。而那个时候，张教授和陈教授的月薪，差不多都是五六千元。相比于儿子留学所需要的开销，夫妇俩显然是入不敷出。可这样的开销并没有吓退他们夫妇，经协商他们达成了高度的一致，也几乎是在第一时间给刘海洋回复了信息：没问题，为了儿子的前途，我们将倾尽全力，在所不惜。张童童留学的事，就这样确定了下来。

做父母的紧锣密鼓忙着筹划，操心许久，并且愿意倾囊而出。儿子张童童开始却并不买账，因为他不愿意离开父母。那个时候，他也就十五六岁，年龄尚小，并不理解"在家日日好，出门时时难"的古训，只是凭直觉，他觉得在家好，有父母无时不在的疼爱，到了一个陌生环境，谁知道会遇到什么意外，会碰到什么困难。所有这些，年龄尚小的张童童竟然前前后后都权衡了一遍，权衡的结果是："爸，妈，我不愿意出国！"可张童童的决定遭到了父母的否定与批驳。父亲说："谁让你考不上重点中学的，如果就在国内读普通高中，你觉得你有前途吗？"母亲说："儿子，为了你的前程，我和你爸爸已经商量好多天了，这是你未来发展的最佳途径。虽然你离开家我们也舍不得，但这也是迫不得已的事。好在美国那边有你爸爸的学生刘海洋叔叔，你爸都同他联系好了，到了美国你就住在他们家，他们家也有个比你小几岁的男孩，放了学你们可以一起玩。他们也会照顾好你的。"做父母的一唱一和，让年少的张童童无以应对，事情就这么定了。

将儿子送出国，夫妻俩总算了却了一桩心愿。但他们经济上的付出也是巨大的，儿子赴美留学的所有费用，折合成人民币，加起来每年少说也得三四十万元，这对于家庭年收入满打满算也到不了三十万元的陈教授夫妇来说，不啻于压在他们头上的一座大山。但开弓没有回头箭，夫妻俩决心像愚公那样，一点一点地搬掉面前的这座大山。刚开始的时候，他们是动用家里多年的积蓄。积蓄花完后，他们分头找儿子的爷爷奶奶、外公外婆借，而后又找各自的亲戚、同学、朋友借，反正凡是能借、可以借的，几乎都被他们地毯式扫了一遍。这些人当中有愿意借的，也有不愿意借的，夫妇自然也免不了遭遇碰壁的尴尬。好不容易总算支撑到儿子在美国读完高中、并且也顺利考上了美国的大学。尽管儿子考上的并非名校，那所大学在美国排名也只是百名之后，但做父母的还是很知足，他们觉得再怎么说儿子上的也是美国的大学，将来学成回国也算是"海归"，总比在国内上个普通大学要强吧？

可自从张童童上了大学，留学的费用也水涨船高，增加的部分主要是张童童的学费和零花钱。毕竟儿子过了十八岁，是成人了。成人的社会活动面和人际圈自然而然也扩大了，课余或节假日，张童童时不时就与同学扎堆聊天，或三五成群一起看电影、运动、蹦迪、出游、参加派对，后来又增加了恋爱和约会（当然，张童童没敢透露自己谈恋爱，是陈教授后来才知道的），诸如此类的一切开销最终都汇聚成一股压力，不断压到陈教授夫妇身上，这让原本经济上就难以为继的他们更加步履维艰。可为了儿子的美好前程，夫妇俩决心再大的压力也要扛下来。面对儿子源源不断的需求，本来就已经入不敷出的陈教授夫妇显然无法再借到钱了，再说原来许多的借款还都没有还清呢。与此同时，自打儿子出国，夫妇俩一直节衣缩食，原本家里餐桌上每天都会出现的肉或鱼，变成了两三天甚至每周才出现一次，原本每逢新片上映都要光顾一次的电影院从此彻底告别，原本逢年过节必上街逛店添置新衣的习惯，夫妇俩不知不觉也改掉了。与此同时，夫妇俩除了努力工作，还想方设法拼命挣些外快以补贴家用。比方，陈教授总是勤奋地写外稿，向其他报刊投些人物通讯、人物专访或生活随感之类的文章挣稿费；张教授则不断争取机会参加学术交流，以挣取学术交流费，甚至利用课余时间悄悄在校外当起了家庭英语教师，因为担心大学教授当家庭教师太过掉价，所以他从不向雇主透露自己的真实身份。即使如此，相比于儿子所需要的花销，陈教授夫妇所挣的外快还是杯水车薪。以致到了儿子上大三的时候，夫妇俩经济上快要撑不住了，迫不得已决定卖掉一套房子。早年的时候，陈教授和丈夫张教授分别在自己所任职的大学分到了一套福利房。张教授分的是一套三居室，地点就在海淀区学院路张教授任职的大学旁边。陈教授分的是一套两居室，地点在朝阳区三里屯使馆区附近，位置绝佳，加上房价连年飞涨，那套两居室房子若出手，那时候已经可以卖到600多万元，相比于当初只给单位交十万余元的象征性房款，简直是天上掉馅饼。面对这样的馅饼，夫妇俩又喜又愁，内心异常纠结。从内心上讲，这房子他们其实是舍不得卖的，早就盘算着将来留给儿子当婚房。虽然这套房子他们一直出租，每月收四五千元的租金，但相比于儿子留学的巨大开销，同样是杯水车薪。可如果不卖房子，他们就将成为随时都被催债的债主，他们已别无选择。

卖掉了房子，陈教授夫妇收到了600万元。看着自家帐户上增加的600万元，他们忽然感觉轻松了许多。不过，这600万元，还了之前向众多亲朋好友借的欠账，很快就只剩下400余万元了。但陈教授夫妇估摸着，这400余万元，应该足够支撑儿子留学到硕士毕业了。

四年过去了，张童童本科顺利毕业，还考上了另一所大学攻读硕士学位。读本科的时候，他的成绩依然不上不下，不好不坏。尽管勉勉强强考上硕士研究生，学的依然是商科，但将要去攻读硕士的那所大学，在美国排名依然是百名之后的学校。做父母的虽然也不满意，可也毫无办法，急不得恼不得。夜深人静，夫妇俩在入睡前商量的结果是双双降低期望值，互相安慰，只要儿子两年后能顺利毕业拿到学位证书，不管怎样也还算是个留美硕士吧。这种安慰，总算让夫妇俩闹腾了好几天的内心渐渐归于平静。

可是怕什么来什么。两年的时间里，做父母的克勤克俭又为儿子的留学支付了150余万元的费用，但张童童偏偏未能毕业，没能如期拿到父母一直盼望的硕士学位。这个消息当然不是张童童自己向父母说的，而是张教授在美国的学生刘海洋特意打电话告知的。这消息如当头泼到陈教授夫妇头上的一盆冷水，一时间让他们感觉五脏六腑都凉透了，也让夫妇的情绪忽然降到了冰点，抬眼望去眼前是灰蒙蒙一片。接电话的张教授脑子里瞬间一片空白，一时无话，这让电话那头的刘海洋在大洋彼岸焦急起来，他大声问："张教授您怎么了，您没事吧？"大约过了数秒钟，张教授才眨了眨眼，定了定神，冲话筒那头说："没事没事，我只是有些想不明白，童童怎么就拿不到硕士学位呢？海洋你实话实说，平时他是不是光顾贪玩，学习不努力？或者，你觉得海洋原本就不是留学的料？"那边的刘海洋沉默了一会儿，说："张教授，童童挺聪明的，平时我看他学习也挺努力的。至于说玩吧，我觉得不能说贪玩，课余时间或假期，年轻人时不时聚在一起玩也很正常，我儿子也一样，他俩有时间也爱在一起疯玩。说起来童童和我儿子还算好的，平时我们都看管得比较严。不瞒您说，我们周围一些国内来的孩子，因为家长不在身边，玩得就比较放肆，远在国内的父母只知道一味给钱，甚至给孩子在这边买房买车，可他们的孩子却无心向学，时常聚在一起疯玩，喝酒、赌博、打斗、飚车，看着都让人担心。但童童绝无此种情况，因为他没有这种条件，再说他住在我们家，基本情况我们还是掌握的呀。再说了，任何学校都有能毕业的学生，也有不能毕业和拿不到学位的学生，这很正常啊，说明学校对学生要求严格，何况又不是只有张童童一个人拿不到学位。所以，我看你们不用过分紧张，也不用太过担心。依我说，不妨让张童童再读一年，争取拿到硕士学位。当然了，如果张童童不愿意再读书，也可以先工作，到我的公司先干几年，以后他还想读书的时候再说。张教授您看如何？"

刘海洋的一番话，听得夫妇俩内心一时间五味杂陈。他们万万没有料到原本美好的愿望和满心的期待，会瞬间破灭。一想到儿子多读一年书又将花费至少六七十万元，夫妇俩内心就堵得慌。再一想到刚才刘海洋说的那些父母只知道给钱却无人监管的孩子的所作所为，夫妇俩又倒吸了一口凉气，庆幸儿子一直住在刘海洋家里。但面对刘海洋对儿子未来的建议和询问，夫妇俩一时无法给出明确的回答，因为他们还得同儿子协商，征求儿子的意见。所以张教授在电话中对刘海洋说："海洋，谢谢你刚才的一番情况介绍和建议。但童童接下来该怎么安排，我们还得征求他的意见，商量之后再回复你。"

当天晚上，夫妇俩给儿子打了越洋电话。他俩事先也商量好了，不要直截了当地质问儿子为何没拿到硕士学位，更不要批评责怪他，否则怕他反感或受不了。电话打通了，张教授先说话："儿子啊，你的情况海洋叔叔同我说了，硕士学位没拿到虽然令人遗憾，可也并非什么大不了的事，人生那么漫长，谁能不遭遇挫折？再说了，挫折并不可怕，可怕的是遭遇挫折之后一蹶不振，我和你妈都希望你不要气馁，希望你总结经验，吸取教训，振作精神再攻读一年，争取明年将硕士学位拿到手。你看如何？"谁知张童童在电话那头说："爸，我不想再读书了。读书实在是太苦，我希望在这边工作，海洋叔叔的公司正在招人呢，他说我如果不想读书了，可以到他公司工作。"每逢与儿子跨洋通电话，父母这边按惯例是都在场的，并且电话都按下了扬声键，以便做父母的都能同步与儿子通话交流。陈教授一听儿子不想读书了，有些急，她抢过话筒对电话那头的儿子嚷道："儿子啊，你年纪轻轻的，可别急着考虑工作的事。我们送你到美国就是要让你专心读书的，我和你爸希望你至少是拿到硕士学位之后，再考虑工作上的事，知道吗？不然我和你爸干吗花那么多钱供你在美国读书，如果你在美国连硕士学位都不能拿到手，那之前的钱我们算是白花了。所以，我跟你说，你一定要下决心再读一年书，听清楚没有？"电话那头沉默了一下，说："妈，读书太苦了，感觉很无聊，我实在是不想再读一年书。再说了，我现在要是参加工作，我也不用再花家里的钱了，不仅不花钱，我还开始挣钱，这不是两全其美的事吗？"这回轮到张教授急了，张教授抢过话筒说:"儿子啊,你这么说真是让我们着急,你妈刚才说了,当初我们送你出国目的就是想让你专心读书、拿学位,如果是为了工作,我们干吗花那么多钱送你出国,留在国内不就得了?所以我同你妈的意见是一致的,希望你再读一年,争取明年将硕士学位拿到,之后再工作。不过我们有话在先,即便明年毕业要工作了,我们也希望你回到国内而不是留在美国,听清楚没有?"张童童却有些倔,他反驳说:"你们花了钱送我到美国,我也读书了呀,还拿到了美国的学士学位。虽然硕士学位没拿下来,可毕竟也多读了两年的硕士课程,我这两年里也学到了不少新的知识,读书的目的主要还是要学知识而非只盯着学位吧?再说了,读书的最终目的不也是为了工作吗,人总不能只为了读书而读书吧?退一步说,即便听从你们的安排再读一年书,我也保证不了明年就一定能拿到硕士学位,如果再拿不到学位你们岂不是又为我花了一年的冤枉钱啊?"儿子的这番理论,让做父母的又气又恼,一时竟无言以对。俗话说,强扭的瓜不甜,所有这些道理是明摆着的。如果真的强迫儿子再读一年书,儿子勉勉强强听从安排读了,到头来万一真如儿子所言又拿不到硕士学位,那可怎么办?左思右想,做父母的有种恨铁不成钢的懊恼,甚至开始后悔,当初就不该送儿子去美国。可事到如今,到底该何去何从?陈教授夫妇反复权衡,决定忍痛将选择权交还给儿子,他们担心如果强行逼迫儿子继续读书,到头来可能是赔了夫人又折兵,那就太让人绝望了。

张童童果真如自己所愿,放弃继续攻读硕士学位,到刘海洋的贸易公司工作了,他的岗位是销售助理。刘海洋的贸易公司是家小公司,员工总共也就十来个,主要从事中美商品贸易。公司规模不大,效益不好不坏,张童童的日子过得还算滋润。而且刘海洋毕竟是张童童父亲的学生,对张童童还是比较关照的,基本工资加奖励提成,刘海洋刚开始给张童童的月薪是2000美元，半年后又提高到了3000美元。但当月薪提高到了3000美元之后，刘海洋建议张童童自行到外面租房，不再住在刘海洋的家，理由是张童童已经长大了，应当学会独立生活，独立生活方便交友、谈恋爱什么的。张童童也早有此意，于是双方一拍即合。尽管在外面与别人合租每月需要花费1000美元左右的租金，可张童童乐在其中，与他合租的是与他一样未拿到硕士学位而改为在美国就业的中国同学，那个同学在另一家华人公司任职，待遇与张童童也不相上下。俗话说，物以类聚，人以群分，两个惺惺相惜、志趣相投的同学，住在一起当然是其乐融融。业余时间或节假日，他俩一起做饭、郊游、看电视、看电影、玩游戏、下馆子、上咖啡厅、参加聚会，日子过得轻轻松松、开开心心。

儿子虽然工作了，也为陈教授夫妇节省了六七十万元人民币的开支，可夫妇俩却怎么也高兴不起来，因为儿子未能朝着父母原本设定的目标发展，就像一艘行驶在大海上的航船半途未听总部指挥擅自改变了航道，这怎能让人心安？可做父母的对此已是无能为力，只能任儿子在人生的旅途中独自漂流，只是不知道将来会漂向何方。他们几乎每天给儿子和刘海洋打越洋视频电话，实时了解儿子的工作和生活动态，以及刘海洋公司的经营状况和发展前景。电话的频率高得连儿子都烦了，有时候刚说了两句儿子就说手头正忙着呢，编个理由就将电话挂了。随着时间的推移，陈教授夫妇越来越担心，也越来越灰心。如果照目前的情况发展下去，儿子未来到底会是怎样？他们感觉像清水里观鱼，一清二楚。因为根据刘海洋公司的经营状况和薪酬管理方式，从事商科和贸易教学的张教授判断，儿子张童童在刘海洋的公司再发展下去，只能逐年提高薪资水平，每年至多也就提高500至1000美元左右的月薪，照这个速度，夫妇俩一致认为没有必要让儿子在美国继续发展下去。他们开始谋划着怎么动员儿子回国发展。

张教授将夫妇俩商定的结果告诉了儿子："儿子你回来吧，中国这些年发展很快，就业机会很多，我有很多学生都在商界，其中也有不少在从事国际贸易工作，你回来我帮你找一份工作毫无问题。再说了，我和你妈只有你这么一个儿子，你回到北京工作我们也比较放心，对你来说生活等各方面也都更有保障，再说万一遇到什么困难也方便互相照应。"张童童听了父母的这个决定，好半天不吱声，引得父亲对着话筒"喂喂喂"地一个劲催问："儿子啊，你到底听见没有？"只听那边支支吾吾，末了才蹦出一句："听见了，可我不想回国！"这话仿佛骤然闪过并猛然炸裂的一道雷电，将陈教授夫妇吓得不轻，你看看我、我看看你。末了还是陈教授率先反应过来，冲话筒那边的儿子嚷："儿子啊，刚才你说什么，你说你不想回国，为什么？就为在美国挣每月的几千美元吗？这点钱你回来到外企找份工作，照样能够挣到。再说了，在家日日好，出门时时难，古人的这句话你难道不知道吗？你要是回来，一来不用花钱租房子，二来一日三餐可以在家里吃现成的，再者遇到什么愁事难事爸妈还可以帮助你担着，这有什么不好？"儿子在电话那头还是支支吾吾，好半天才说："妈，你说的这些好是好，可我……我就是不想回去，至少是目前暂时不想回去，我想在这边先干几年再说。"听罢这话，做母亲的生气了，声音也随之提高了八度："你别再自作主张了！我问你，你留在美国有什么好，你在美国再待几年能有啥出息，当老板、科学家还是总统？你倒是说呀，这几种角色你要是真能当上其中的一种，那倒也罢了。可你连一个硕士学位都拿不下来，我们还能指望你鲤鱼翻身跳进龙门？你现在虽然勉勉强强找了一份工作，可凭你每月挣的那几千美金，再过几年又能怎样，你能保证过几年你就能发达吗？"母亲说出的这番话像打出的一梭子弹，哒哒哒冒着火气，正等待着儿子反应呢，可电话那头却默不作声，仿佛那一梭子弹是打在一座庞大的棉花山上。这次通话，父母与儿子之间，不欢而散。

儿子不想回国，做父母的自有办法。夫妇俩协商一致之后，张教授给刘海洋打了电话："海洋啊，童童在你公司到底干得怎么样？当初我们送他去美国是想让他专心学习拿学位，至少是希望他拿到硕士学位后回国工作。毕竟我们只有这么一个孩子，回到我们身边工作，我们放心些，遇到困难可以互相照应，再说将来我们年纪大了更离不开儿子的照顾。所以我想同你商量，童童留在美国如果不会有更大的发展，我们想让他现在就回到国内工作，不知你的意见如何？"刘海洋说："张教授，童童在我公司干得挺好的。至于说发展嘛，不瞒您说，我们是小公司，日子过得还可以，虽不会大富大贵，但也不愁吃喝，在同类小公司中算是还可以吧。至于童童，若留在公司继续干，薪水逐年增加是没问题的，但也只能是逐年提升，想小步快跑或一夜暴富也不现实。至于您想让他回国，这很好理解，童童毕竟是你们的独子，我肯定尊重你们的意见。只是童童自己愿意吗？据我所知，童童正在恋爱，他谈了个女朋友，而且是美国人，童童愿意离开她回国吗？"这话像平地里的一声惊雷，让电话这头的夫妇俩瞬间目瞪口呆，好半天才缓过神来，难怪童童不愿意回国呢——原来如此！夫妇俩最担心的事出现了，当初送儿子去美国，他们最担心的就是儿子到美国后找个美国人结婚生子，数典忘祖不愿回国，没想到怕什么来什么！陈教授一听急得满脸的五官都挤在了一起，急急火火地对话筒那边的刘海洋嚷："海洋啊，这可不行，无论如何，请你帮助我们制止童童的这场恋爱，童童绝不能找美国人结婚，我就这么一个儿子，他要是与美国人结婚那他岂不成了放飞的鸽子，再也回不来了，这简直是要我们的命啊！所以求求你，无论如何帮助我们劝说童童，千万不能找美国人当女朋友，更不能当老婆，让他尽快回到我们身边工作！"刘海洋听罢，嘿嘿笑了："陈教授啊，你们的心情我很理解，帮助你们劝说也没问题，我一定照办。只是童童毕竟是大人了，何况他眼下正处于青春期，精力充沛，让他不恋爱可没那么容易。其实依我说，童童找个美国女孩也没有什么不好，我本人不也娶了个美国女人当老婆？"张教授听罢口气异常严肃："海洋啊，你可别开玩笑了，这事我们现在很焦急，甚至可以说是十万火急，如果不能制止童童与那个美国女孩恋爱，我们这养了几十年的儿子恐怕是要远走高飞，很难再回到我们身边了。所以无论如何请你想方设法帮助我们制止这场恋爱，我们现在迫切希望童童回国，如果童童确实不听话，我们希望你立即辞退他！"张教授说出的这番话不啻于重磅炸弹，让刘海洋沉默了。印象中张教授从未对他说过这样的话，这番话真可谓字字千钧，让刘海洋也不得不认真起来。刘海洋说："张教授，既然您和陈教授都迫切希望童童回到自己身边，那我就抽时间同童童认真谈一次，也尽可能动员他回国。"刘海洋的话，总算让张教授夫妇悬着的心多少放松了些。

事不宜迟，趁热打铁。当天，陈教授夫妇又给儿子打电话。电话打通了，可儿子就是不接。过些时间再打，还是不接。以前电话一打即通，也一打即接，此种情况可从未遇到过。儿子正在忙吗？这个时间是美国的夜晚，儿子不应该在工作或加班呀？做父母的迫不得已，张教授又拨通了刘海洋的电话，电话一下就拨通了。张教授开门见山，焦急地说："海洋啊，实在抱歉，不得已又打扰你了。我们给童童打电话，打了好多次可他一直不接，真是急死人了，不知道到底是什么原因。你能不能帮助我们联系下他，务必让童童尽快给我们回个电话。"刘海洋说："好的，张教授。不瞒您说，今天上班的时候我特地将童童叫到办公室来了，你们的意思我也原原本本转告童童了。我明确告诉他：一是不要与美国人谈恋爱，要尽早断绝与那个美国女孩的关系；二是让他尽快安排回国，不然公司也会马上辞退他。不过这两点童童一时还都难以接受，可能需要一个过程。建议你们也不要太急，先让他消化消化，过两天再给他打电话，或者过两天我再问问他，让他给你们回电话，您看如何？"刘海洋的话说得入情入理，张教授同意了。

度日如年。漫长的一天，又一天。两天总算过去了。陈教授夫妇迫不及待地又给儿子打电话，时间还是选择在美国时间的晚上，可打了几次，儿子还是不接，张教授有些恼怒，内心直骂儿子真是反了，翅膀都还没长硬就敢这样冷落父母，如果在美国待的时间再长岂不是翻脸不认爹娘了？这么一想，张教授越发愤怒，又火急火燎地拨通了刘海洋的电话，憋不住的怒气让刘海洋感觉到事态的严重性："海洋啊，对不起又打扰你了，张童童这臭小子真是反了啊，我们怎么打电话他就是不接，真急死我们啦！麻烦你现在无论如何给他打个电话，让他务必立即回复我们电话，否则我们就不认这个儿子了！"刘海洋这回回答得很爽快："好的张教授，您先别急，我这就找他，让他立即给你们回电话！"

不到五分钟，家里的电话响了，号码显示来自美国，一看就知道是儿子打来的。这铃声仿佛喜鹊报春，让陈教授夫妇积攒多日的怨气眼看就将飘散。张教授兴奋地抢先一步接起电话，满心期待着儿子能冰释前嫌、回心转意。不料儿子的电话却不管不顾地喷出怨气，甚至连爸妈的称呼都省略了，一出口便劈头盖脸："你们烦不烦啊，三天两头给我打电话骚扰我，这还不够，你们竟然还找我的老板告我黑状，有你们这样的父母吗？你们到底是要我好，还是要将我往死里整？我都告诉过你们了，我不想回国，至少我目前不想回去。我现在是大人了，不再是小孩，大人有选择个人生活的权利，你们懂不懂啊？你们连这点权利都不给我，那还算什么合格的父母？"晴天霹雳——这是什么话，这还是自己辛辛苦苦养育了二三十年的儿子说出的话吗？两位教授不约而同，惊得瞠目结舌，心惊肉跳，夫妇俩你看看我，我看看你，好半天说不出话，好像被什么噎住了。张教授更甚，他感觉自己的脑袋像刚刚挨了一棒，嗡嗡作响，疼痛难忍，浑身的血像忽然间沸腾了，腾腾地直往上涌。他感到脑袋有些眩晕，眼前天旋地转，最终扑通一声一头栽倒在地，原本握在手里的话筒也"哐当"一声摔了下来。陈教授一声惊叫，叫声惊天动地。她扑上前一遍遍呼叫着丈夫的名字，可丈夫软塌塌地瘫在地上，不省人事。此刻陈教授家里，除了陈教授一遍遍凄厉的呼叫，还有儿子张童童在掉落的电话话筒里传来的声音："爸，妈——你们那边怎么啦，怎么半天不说话啊，到底发生了什么事？"儿子的这个声音反反复复，一遍又一遍，伴随着半吊着的话筒如钟摆般左右摇晃……

三

张教授最终被妻子叫来的救护车送进附近的一家三甲医院急诊室救治，医生诊断的结果是张教授大面积急性脑出血。张教授在医院前前后后治疗了三个月，虽然命保住了，却落下了半身不遂的病根。出院回到家，张教授已经不是原来的张教授了，他不仅无法站立，而且口歪眼斜，说话含含糊糊，口齿不清，室内活动和出门只能用轮椅推着。眼看丈夫忽然间变成这个样子，陈教授百爪挠心，心如刀绞。无奈之下，她到家政公司请来保姆，专门照顾丈夫。除了管保姆吃住，每月得给保姆发4500元的工资。

家里发生了如此大的变故，陈教授的儿子张童童也不得不回到国内。张教授病倒的事，是陈教授在急急火火、手忙脚乱将丈夫送进医院之后，打电话告诉儿子和刘海洋的。从儿子接通电话的那一刻起，做母亲的带着哭腔，断断续续地向儿子描述那天丈夫被一气而倒的过程，继而声泪俱下地责骂儿子那天的冷酷与无情。陈教授肯定是以同样的哭腔将情况告诉刘海洋的，刘海洋获悉之后，肯定是痛斥了张童童并给张童童施加了巨大压力。张童童被迫无奈，收拾行李打道回国，他是带着愧疚和抑郁的心情回来的。原本，张童童是想回来看望生病的父亲、而后继续返美国工作的，不料父亲却病成这样，显然他难以脱身，短时间内是无法回去了。

在美国，张童童虽然挣的薪水不多，可老板刘海洋对他一直照顾有加，工作压力不大。下了班，他可以像放飞的小鸟，一个人无拘无束、自由自在，约上美国女友到处疯玩。原来到美国没多久，张童童便被同班一个名叫艾米丽的美国女孩迷上了，准确地说，是他俩相互迷恋，就像两块磁铁不期相遇，很快就吸引到一起了。艾米丽美丽大方，青春勃发，课余时间她时常主动约张童童外出郊游、玩耍。每次外出消费，他俩都是采取AA制，既不占张童童一分便宜，也从不让张童童占她一分便宜，这让张童童觉得与艾米丽交往新奇，不可思议，却也无比轻松。令张童童感动的是，读研阶段的张童童虽然未能如愿拿到硕士学位，而拿到硕士学位的艾米丽虽然也明知男友的失意与失落，却一副若无其事的样子，仍然一如既往与张童童保持着热恋关系。艾米丽这种特立独行、超凡脱俗的气质，让张童童佩服得五体投地，同时也更像着迷一样爱恋着她。因为艾米丽，张童童乐不思蜀，他确实不想回国。他觉得，如果自己回国，肯定找不到像艾米丽这样令他着迷的女友。

回到父母身边，面对卧病不起的父亲和整天愁眉不展的母亲，张童童虽然也心存愧疚，后悔那天与父母通电话时的冒失和生硬无礼，可内心深处他依然觉得自己原本的人生选择没错，是父母不尊重他的选择并且逼迫得太紧了，父母压根就没有将他当成人看待，压根就是将儿子当做私有财产，可以任由他们摆布。虽然出于血缘和责任，张童童尽可能地协助母亲照顾父亲、分担家务，可张童童丝毫感受不到家庭应有的亲切、温馨与快乐。一方面，他日日夜夜思念着大洋彼岸的美国女友，每天无论多忙都要与女友视频互诉衷肠，相思之苦不断折磨着他。另一方面，印象中北京的家已经不是原来那个温馨快乐的家了，口歪眼斜的父亲已经无法进行完整的语言表达，以致原本健谈的他变得沉默寡言，每天只是用歪斜的眼睛冷冷地注视着张童童，似乎时时都在表达对儿子的愤懑与怨恨。母亲则已经失却了昔日常见的开朗与笑容，仿佛遭遇寒霜突袭之后的花朵黯然伤神、花容失色，取而代之的是一副终日无法消除的愁容与苦脸，母亲似乎一夜之间老了十岁。虽然张童童回国之后，母亲对他并无半点的责怪与抱怨，似乎儿子最终能够回来已经可以抵消掉先前所有的不快，甚至与儿子说话时缺少了往昔的随意与松弛，不知不觉变得小心翼翼，生怕万一言语不当又会将儿子吓跑了似的。可即便如此，张童童也无法快乐起来。加上家里请来了保姆照顾父亲，有了外人，无形中增添了生疏感与陌生感，往昔的轻松、温馨与快乐已经难觅踪影。尽管如此，张童童一时也无法改变现状，毕竟这个家留给他许多成长的记忆，毕竟父母曾经为他付出了很多很多，毕竟父亲眼下病成这个样子，他无法彻底推卸责任，撒手而去。

这期间，在母亲的督促和帮助下，张童童也找了一份工作，同样是在一家贸易公司做销售，倒是张童童在美国从事的熟悉行业。只不过同事变了，客户变了，接触的人变了，销售方式和销售渠道也变了。在美国的时候，因为有老板刘海洋的关照，渠道大多是现成的，客户大多是固定的，而且人与人之间的关系相对简单。大多数时候，张童童像极了工厂里流水线上的工人，每天只要按部就班地完成任务就可以了，没有丝毫的压力。而现在在国内找到的这家公司、这份工作，虽然也是母亲通过父亲的关系找到的，招聘入职的时候人家对张童童多少也有些关照，但相比于刘海洋在美国的那家公司，这家公司有好几十号人，公司里分了好几个部门和好几个大组，没有人为张童童提供现成的客户和渠道，他必须靠自己去拓展新的渠道并发展新的客户，这让张童童很不适应。更让他感到不适应的是与客户打交道的方式，总是要请客送礼、吃吃喝喝。张童童并非不喜欢吃吃喝喝，他不喜欢的是这种交际方式，让一方出钱买单，另一方坐享其成，目的无非是为了促成生意获得利润，要命的是吃喝的成本最终还要在个人业绩中扣除。张童童觉得这种方式很滑稽、很势利，说难听点有些像黄鼠狼给鸡拜年，心术不正啊。何况每次饭局，主客之间还要互相劝酒，而且非得让对方喝得满脸通红甚至酩酊大醉。这种方式在张童童看来，表面热情，实则无比虚伪。因而，他内心每每抵触，却因为是入乡随俗，他又无法摆脱，这让他时常感到厌烦，感到疲惫不堪。何况在饮食习惯上，出国这么多年，他更习惯吃西餐。现在的中餐，虽然看起来五颜六色、丰盛无比，偶尔吃还可以，但经常吃在张童童看来就有些味同嚼蜡了。要说薪资酬劳，如果每月能完成公司考核，基本工资加提成奖励，收入倒是很可观的。据张童童观察，同组的同事干得如鱼得水、热火朝天，每天都快快乐乐、喜笑颜开，张童童由此判断，那些同事对自己的收入应当是满意的。相比之下，张童童却有些自惭形秽，因为他每月都无法完成公司规定的考核任务，收入自然也打了折扣，每月到手的收入满打满算虽然也有一万元人民币左右，但如果折算成美元，他每月的收入足足减少了一多半。不过话说回来，如果按实际购买力计算，这一万元的月收入不会比在美国的收入差，甚至可能更好。更何况张童童是与父母一起生活，再者回到国内也没有女友，张童童每月的开销大大减少，甚至是没有什么开销。他不抽烟，自己也不一个人喝酒，一日三餐也是吃现成的。父母都有退休金，家里吃饭、水电费以及请保姆等的一切开销，都由母亲一手操持。周末的时候，张童童也很少一个人外出逛街，因为他在这里不仅没有女友，连朋友也很少。少年时期的同学有许多早已经失去联系，少数过去比较要好的都已经长大各奔东西，或出国或在外地，个别留在北京的因为后来少有联系，也变得很陌生了。所以周末的时候，他时常是宅在家里，看书、上网、看电视、玩游戏，每天与美国女友艾米丽通视频，偶尔也陪陪母亲说说话，或推着父亲到阳台或楼下小区晒太阳。当然，轮到父亲到医院复查和配药的时候，只要能够请到假，他也尽可能与母亲、保姆一起将父亲送到医院。他与父母在一起的时候，时常是母亲无话找话，说说过去的童年往事，或问问他的工作。只是他时常是一问一答，心事重重，这让原本就因为父亲生病而愁眉苦脸的母亲，心情越发沉重，似乎将儿子从美国叫回来是亏欠了他似的。张童童与父亲在一起的时候，更是无话，一场大病似乎让父亲失去了说话的欲望与能力，这倒也成全了张童童，因为看着残疾的父亲，张童童心情沉重，多少也还带着愧疚，不知该与父亲谈些什么。因而，张童童推着父亲晒太阳的时候，总感到自己只是默默地承担着某种责任，他也无法知道自己在父亲心目中到底是一种什么样的存在。

为了留住儿子的心，陈教授在艰难的家庭生活之余，开始托朋友给张童童物色对象。开始的时候，张童童一概不理，任你怎么劝说，甚至将物色好的女孩的照片和个人情况介绍都发到他微信上了，他一概不予回应，仿佛根本就没有看见。因为人家等着回复，陈教授不得不利用晚上张童童下班回到家里的时间，将他硬生生堵在房间里，询问他到底看到人家发的女孩照片及情况介绍没有，感觉到底怎样。张童童每每都是面无表情，生硬地说："看了，没感觉。"陈教授不大服气，因为那些女孩的照片和情况之前她都是看过的，无论是长相还是身高、学历、职业及家庭背景，配张童童可谓绰绰有余，心想人家见面是否能看上你还难说呢，你反倒是挑剔起人家来了？于是陈教授问儿子："我觉得女孩的长相和其他方面的条件都挺好的呀！"儿子抬了抬眼皮，一脸的不屑："嗯，又不是你要找女朋友，反正我没感觉！"当妈的一脸不解："你们连面都没见呢，怎么就说没感觉了？要知道照片与人的实际模样是有差距的。依我说，先安排你与对方见个面如何？"儿子头摇得像拨浪鼓。当妈的急了："哎呀我的好儿子啊，那你倒是说说，你到底想找什么样的人啊？你都回来了，莫非你还惦记着那个美国女孩，那多不现实啊！妈劝你还是现实点，尽快找个北京女孩吧！"张童童有些烦了，说："哎呀妈，我的事你就别管了，我又不是小孩，我找个什么样的女朋友还用得着你操心吗？"这话硬生生的，像一把刀，将陈教授的心扎痛了。陈教授转身躲到一边，伤心难抑地抹起泪来。不料这情景让坐在轮椅上的丈夫看到了，他刚才肯定也听到了妻子与儿子之间的对话，此刻他看到妻子的伤心和无助，竟然也伤心地哭泣起来。要命的是他的哭声尖刻凄厉，毫无节制，很突然地在屋里回响，将妻子、保姆和儿子全惊着了。几个人像家里失了火一样争先恐后地向哭声发出的地方迅速聚拢。当他们发现哭声的源头和真相时，一个个都目瞪口呆。他们肯定谁都未能料到，一个因愤怒和伤心憋屈得太久的灵魂，情绪发泄时是如此惊天动地，仿佛天塌地陷、火山爆发……

四

某天。迫于父母的压力，张童童终于同意去见母亲通过别人介绍来的一个女孩。那天是周六，张童童出门时，陈教授提醒儿子不能不修边幅，要适当换装，甚至都提前为儿子熨好了他平时上班常穿的一套咖啡色西装，可张童童就是不穿，改为穿运动服，理由是西装太正经、出行不方便，平时上班天天穿已经很烦了。张童童坚持穿运动装也不是不行，可要命的是那套运动服号码有些大，张童童穿在身上多少还是有些松松垮垮，走起路来看上去有些吊儿郎当，做母亲的看着别扭，可儿子乐意，不听劝。陈教授只好皱了皱眉，哭笑不得地看着儿子一副满不在乎的神情走出家门。

张童童与那女孩约好见面的地点，是海淀区远大路那边的金源时代购物中心，该中心五层的餐饮一条街东头有一家日本风味自助火锅，这个地点是那女孩选定的。女孩在一家保险公司工作，看照片女孩长得白白净净，看上去挺顺眼的，至少这一次张童童没有驳母亲的面子，表示同意见面。

周六中午，张童童到达时，女孩已经在火锅店里一个相对僻静的卡座上等候他了。他们约好见面的时间是十一点半，可女孩说她十一点就先到这里占座位了。她说这家火锅店太火，周末尤为火爆，来晚了是没有座位的，只能在店门口排队等候，而且至少也得排队半小时以上才能等到位。很显然，女孩对这家火锅店熟门熟路。原本，张童童是希望选一家西餐厅的，他已经好久没吃到西餐了，他很怀念西餐，尤其是怀念与艾米丽一起吃西餐的日子。可女孩电话中说她不喜欢吃西餐，说西餐太腻，奶油、烤肉之类的东西太多，吃了不利于减肥，女孩说她正在减肥呢。女孩说她喜欢这家日本火锅，是因为这家店口味相对清淡，有各类鱼片和各色时蔬，当然也有肉片，那些鲜嫩的肉片在火锅里一涮，蘸上该店自制的各色佐料，清爽可口，满嘴生香。张童童一听，刚开始有些抵触，但犹豫片刻还是依了对方。因为自打他同意与那女孩见面，做母亲的几乎是喜出望外，不断敲打他，提醒他那女孩家庭条件不错，父母都是金融机构的高管。

"人家找对象挑剔着呢，你同她见面说话可要讲究分寸，最好要有点绅士风度，可别一下子就把那女孩给吓跑了。"母亲说的这些话张童童这次也依了，因为有了上次拒绝之后家里的鸡飞狗跳，张童童多少还是有所顾忌了。虽然内心依然不大愉快，也不大乐意，可他还是最大限度地强迫自己顺着母亲。

见到女孩的时候，张童童觉得她的外貌与照片的形象差不多，确实长得白白净净，瓜子脸，披肩发，身材高挑。这让他从内心上有了一点点好感和接纳，于是也愿意坐下来与女孩聊天。女孩除了聊吃，聊玩，更多的时候是问，就像记者采访，她将张童童当成了采访对象，比如：你啥时候到美国留学的，美国到底好不好玩，美国什么东西最好吃，美国哪些地方你去过之后印象最深，你为什么不留在美国……这还不算，女孩还像审判官一样问他：你有过女朋友吧？你以前的女朋友长什么样？还有，你对现在的工作是否满意？你每月的工资待遇大概是多少？刚开始的时候，张童童硬着头皮，尽可能耐心地回答着对方的提问。到了后来，对方的提问越来越雷人，越来越让他感觉如芒在背，便不予回答，转为引而不发、含而不露，不动声色地默默审视着对方，直看得对方脸颊绯红，不好意思地低下头来。而后，双方一时无话，只是自顾自默默吃饭。张童童是头一回吃日本火锅，这家火锅店的菜品确实不错。女孩点的是寿喜锅和黄金高汤，寿喜锅搭配无菌鸡蛋，黄金高汤配店里调制的鹅肝芝麻酱小料，看着都让人觉得新鲜、眼馋。因为是自助，可涮的肉片种类很多，有牛胸肉、牛肩肉、松坂猪肉、羔羊肉，肥瘦相间，肉片薄切，蘸佐料吃起来口感确实清爽独特。让张童童感到意外的还有各色甜品：焦糖布丁、莓汁奶酪、南瓜蛋挞、鲷鱼烧，居然全部都是冰的，这与他喜欢并且心心念念的西餐多少有点儿搭边，很对他的胃口。张童童吃得心满意足，禁不住表扬起那女孩："嗯，吃得还不错，看来你选这家是选对了，谢谢你！"女孩嫣然一笑，心想双方沉默了这么久，也尴尬了这么久，总算得到男方的赞美了。她原本悬着的心总算松弛下来，正估摸着和这男孩兴许还可以试试，再决定是否继续交往下去。可见面结束时，女服务生上前问男方打算怎么结账，不料张童童竟然不假思索地说："AA，每人多少钱？"女服务生乐得像小鸟，朗声一笑："哈哈，好哒，每人两百。"

张童童答："好的。"正要掏钱结账，一抬眼却发现坐在对面的女孩那张脸立刻拉了下来，她极不情愿地掏出手机刷了服务生举到她眼前的收款码，然后一声不吭地拂袖而去。张童童傻傻地看着刚才发生的那一切，有些不明所以，眼睁睁地看着那女孩绝尘而去，很快便消失在茫茫人海之中……

这次见面，结局可想而知。张童童回到家，倒是一副若无其事的样子，他大大咧咧地回到家中，甚至踏进家门时还破天荒地哼着崔健早年演唱的歌曲"不是我不明白，而是这世界变化快……"一看儿子这副架势，陈教授不由得心中暗喜，估摸着儿子这回可能有戏，遂将脸转向轮椅上的丈夫，似乎想将心中的暗喜传递给他。眼看着儿子走进自己的卧室，陈教授一串碎步追了进去，忐忑不安地问儿子："儿子哎，跟那女孩见面了吧，感觉怎么样？"儿子"嗯"的一声，耸着肩现出一副无奈的表情，说："妈，没戏，人家不会看上我的。"陈教授蹙着眉，一副意外和不解的表情，追问道："为什么呀？"儿子答："哼，我哪里知道，你得去问那女孩。""我看十有八九是你穿着这套松松垮垮的运动服让人家不满意了！""妈你想多了，那女孩一看我穿着这套运动服，连声说好，因为她说自己也喜欢运动呢。"儿子胡诌道。"那又是为什么呀？"陈教授嘀咕着，一脸不解地走出儿子的房间。

翌日一早，陈教授便急火火地托介绍人给那个女孩打电话，询问她到底对张童童印象如何。没多久，介绍人很快回复："陈教授啊，很遗憾，人家没看上你儿子。"陈教授听罢，像被泼了一盆冷水，闷闷不乐，情绪低落，半天没缓过劲来。她没想到儿子果然有自知之明，见完面就猜对了，确实是人家没有看上他。只是人家到底是怎么没看上他的，介绍人回复她："那女孩没说，反正是没看上。"

五

经历了那次挫折，张童童死活也不愿意再见任何女孩了，任凭母亲再怎么焦急，任凭母亲的亲朋好友再怎么热心，甚至人家一厢情愿地将女孩的资料悄悄发到张童童手机里，通通都得不到哪怕是一点点的回应。真可谓皇上不急太监急！做母亲的为此坐卧不安，也时常着急上火，眼瞅着儿子闲下来，她会憋不住悄悄问儿子："儿子，你到底是咋回事嘛，那么多的女孩子你谁都不见，你到底要找什么样的女孩啊？"儿子瞅一眼满脸焦急的母亲，竟然现出少有的嬉皮笑脸，调侃道："妈，我脸皮薄，怕人家又看不上我。我的自尊心已经遭受过伤害，我可不愿意再次被伤害。就这，您老人家明白了吧？"儿子说完这话，撇了撇嘴，耸了耸肩，摆出一副看破红尘、玩世不恭的神情，让做母亲的一脸无奈，徒增叹息。之后的好长一段时间，陈教授也未再张罗为儿子找对象的事。她似乎也想明白了，感情的事最难捉摸，何况这感情并非自己的而是儿子的，谁知道他到底是怎么想呢，不管它，随他去吧！

日子像水流缓缓地向前流着。轮椅上的张教授，依然离不开妻子和保姆的照顾，有时儿子张童童会搭把手。最麻烦的事，还是张教授每两周一次的复查。每每这个时候，陈教授都要坐公交车提前一天到医院给张教授挂号。第二天一早，张童童需要向公司请假，开车带他们上医院，与母亲和保姆一起将父亲送进医院。到了医院还需要排队就诊、开单、缴费、取药，楼上楼下反反复复来回跑好几趟，每个窗口还都要重新排队，这么一折腾往往需要半天。每每遇上这一天，张童童就有些发怵，内心很烦，这种烦往往含而不露，被他强行压抑在心里，他不想在父母面前流露，可它像酵母一样在他的身体里不安分，而且日渐发酵，这使他整个人看上去，时常郁郁寡欢。与此同时，张童童在公司的工作依旧没有太多起色，待遇依旧原地踏步。要命的是，艾米丽似乎也不怎么主动与他联系了。即使每次张童童主动联系上她，艾米丽的话也不像先前多了，有问才答，明显心不在焉，也少了原有的甜言蜜语，这让张童童忧心忡忡、苦恼不已。他恨不得马上回到美国，与自己日思夜想的女友相聚。可冷静起来，又觉得不现实，他觉得父亲现在这个样子，他无法狠下心来舍父母而去。他觉得自己眼下就像一只被系上绳子的小鸟，想飞却飞不起来。

　　这期间，张教授的病情又加重了。开始的时候是出现癫痫，发作的时候很突然，正坐在轮椅上的他整个人像失控的机器浑身突然激烈震颤，然后重重地摔倒，幸好身边的保姆眼疾手快，赶忙扶住了轮椅，才避免了张教授脑袋撞地，否则后果将不堪设想。即便如此，在场的陈教授和保姆都已吓得不轻，两个女人平生都从未见过这种阵势。惊魂未定的陈教授赶紧给那家三甲医院的主治医生打电话求助，将情况说给医生听，询问医生到底是怎么回事，遇到此种情况该怎么办。医生的口气却很淡定，说这是癫痫，癫痫是脑梗患者比较常见的后遗症，有一定的周期性，但发作的时间不固定。医生交代，发作的时候不用慌张，千万注意别让他摔倒或撞到硬物，别让他咬到舌头，发作时最好用一块小毛巾或海绵垫到他嘴里。医生还让陈教授第二天务必送丈夫到医院检查，陈教授忐忑不安地答应了。谁知到了傍晚，丈夫的癫痫又发作了，陈教授按照医生说的办法赶紧扶住他的轮椅，并迅速找来一小块毛巾塞进丈夫嘴里，可这一次丈夫癫痫发作持续的时间很长，之后又有些神智不清，这一切刚下班进家门的童童也撞见了。母子俩发现事情不妙，遂呼叫来一辆救护车，将张教授送到一直就诊的那家三甲医院的急诊室，经过医生一阵紧张的检查和诊断，结论是张教授大脑再次大面积出血，生命垂危，被紧急送进重症监护室。张教授在重症监护室住了3天，虽经医生全力抢救，最终却还是不幸离世，享年75岁。

丈夫的不幸离世让妻子陈教授悲痛欲绝，儿子张童童虽也伤心，内心深处却或多或少感觉到了一种解脱。他觉得如果不是因为父亲生病瘫痪，自己是不会中断在美国的工作回到北京的。眼下，父亲走了，虽然不幸，但无论对父亲还是母亲或他自己，都不啻于一种解脱，毕竟父亲那时已成了半身不遂的残疾人，而母亲和自己，也因为父亲的病彻底丧失了生活的快乐和自由。正因如此，张童童也安慰起母亲："妈，你想开点，毕竟人死不能复生，我们再怎么伤心我爸也无法复活。何况，这几年因为我爸，你都劳累过度了，感觉都老了不少。节哀吧，生活还得继续，咱们还得好好活着，你照顾好自己吧。"

六

张教授去世之后，原来请来照顾他的保姆自然也辞掉了。剩下陈教授和她的儿子张童童，家里突然清静下来，也轻松下来。退休多年的陈教授确实解脱了，恢复了正常的退休生活。她感觉自己突然间成了时间的富婆。每天一早，儿子上班去了，陈教授一个人吃完早饭，下楼到小区里溜达，在林荫道和花园里呼吸新鲜空气，然后与其他退休老人聊天，或观看人家打牌、下棋、唱歌、跳舞，她的心情也轻松愉悦起来，慢慢地忘却了丈夫去世的忧伤与悲痛，久违的笑容也像冬去春来的花朵，渐渐绽开在她原本抑郁愁苦的脸上，整个人看上去明显恢复了生机。临近中午，她会到小区超市或附近的自由市场采购，买回当天新鲜的肉鱼、蔬菜和水果，回到家一个人下点面条，或蒸几个包子，或煮些速冻饺子或者速冻馄饨，午饭就轻轻松松地解决了。有时候她也到与她家所在小区仅一墙之隔的大学教工食堂吃，或打些饭菜端回家吃。午饭后，她大概会在下午一点的时候开始休息，下午两点准时起床。然后上网浏览当天新闻，看看书，听听音乐，一个下午也就过去了，她就开始准备晚饭了。她与儿子的晚饭，时常是两菜一汤，菜是一荤一素，每天变着花样吃。傍晚七点左右，儿子下班回家，陈教授的饭菜也就做好了。母子俩开始吃晚饭，每每这个时候，做母亲的便会主动问儿子，饭菜可不可口等小事。俗话说，爱子莫如母，何况家里现在就剩下母子俩了，可以说是相依为命，她总是想着趁自己现在身体尚好，手脚还麻利，尽可能地将儿子照顾好，让儿子在她身边安居乐业。她甚至内心又死灰复燃，盼望着儿子有朝一日能够回心转意找个中意的女孩，娶回来生儿育女，让自家的血脉得以传承。

对于母亲的关心，张童童虽不喜形于色，却也算是有问必答。语言很简单，比如母亲问饭菜如何，他的回答常常是"好"或是"不好"，如果母亲问明天想吃什么，就回答"随便"，这让本来兴致勃勃的母亲时常觉得很无趣。可张童童对此似乎也不大理会，一般是只顾埋头吃饭，或者是边吃饭边埋头刷手机。母亲猜不透儿子到底是累了一天不大想说话，还是确实对吃什么都无所谓，反正她每天晚上都是看着儿子将饭菜吃完的。

　　直到有一次周末，母亲正张罗着打算做晚饭，儿子却制止了。儿子说晚上要带母亲去吃西餐，母亲这才恍然大悟，心想儿子最想吃、最喜欢吃的原来还是西餐。儿子主动请母亲到外面吃西餐，还是头一遭。为了不扫儿子的兴，做母亲的同意了。

　　儿子开着车，将母亲带到了位于崇文门饭店二层的一家西餐厅。餐厅很豪华，优雅的环境，华丽的吊灯，色彩浓烈的油画、地毯等各类装饰令人眩目，也让人感觉洋味十足。儿子接过服务生递过来的菜单，快速地扫了一眼，一边问母亲想吃什么。母亲说自己不懂，让儿子看着点。于是，儿子也不再征求母亲意见，熟门熟路地点了煎鳕鱼、焗蜗牛、波士顿龙虾、菲力牛排，外加奶油蘑菇汤，共四菜一汤。热情的女服务生将张童童刚才点的菜品重复了一遍，问两位顾客有没有忌口的菜品，陈教授一听"蜗牛"二字，像被毒蛇叮咬了一样惊叫起来："咦——等等，等等，你刚才说什么，蜗牛？"女服务生笑容可掬："是的，这位先生点的是焗蜗牛，这可是我们这儿的名菜。"陈教授将信将疑，将求助的目光投向儿子。张童童说："妈，我知道你没吃过焗蜗牛，才特意给你点的，这可好吃了。我觉得，人这一辈子，没吃过的才要尝尝，别给人生留下遗憾。再说了，这道菜确实好吃，又很有营养，干吗不吃？"儿子说得一脸真诚，陈教授心想难得儿子这么盛情、这么有心，一咬牙同意了。

　　不一会儿，菜品端上来了，热腾腾、香喷喷，很是诱人。张童童用长柄铁勺，给母亲舀了一勺焗蜗牛，放到母亲的餐盘里，让母亲尝尝。开始的时候，陈教授屏息蹙眉，将信将疑，用自己的铁勺挑了一小点送到自己嘴里，小心翼翼地嚼了起来。越嚼，她那张紧绷的脸越松弛。越嚼，她那双原本满是疑惑的眼睛由暗转亮，而后慢慢生动起来，紧蹙的双眉也忽然一扬，像小鸟张开的翅膀展翅欲飞。最后她禁不住惊叫起来："哇，香嫩可口，还真是不错！"她这一夸，张童童脸上也露出了难得的笑容。张童童边吃边说："妈，这西餐还不是特别正宗。真要吃正宗的，还得到美国去，那里的各色西餐比这儿的好吃多了。你要是有兴趣，我以后带你到美国吃更正宗也更好吃的西餐。"

陈教授正嚼着一块牛排，腮帮鼓鼓的。听儿子那么一说，她说："不去，我可没那个口福。你以后要是能时不时地带我到这里来吃，我就心满意足了。"

见母亲回答得随意，甚至头都不抬，张童童停下吃，抓起一张餐巾纸抹了抹嘴，擦了擦手，对母亲说："妈，跟你商量件事。"

母亲见儿子一本正经，也微笑着注视儿子："说吧，是不是想找女朋友了？妈支持！"

张童童噗嗤一笑，道："哪儿跟哪儿呀！妈，我……我是想告诉你，我……我还是打算回美国。"这话说得平平淡淡，不动声色，可钻进母亲耳朵里不啻于一声炸雷，她睁大眼睛追问："儿子，你刚才说啥，你可不要乱开玩笑，你是说——你要回美国？"儿子接住母亲的目光，肯定地点了点头。母亲像触了电，目不转睛，嘴不合拢，一动不动，久久地盯着儿子。张童童继续说："妈，我都回来好几年了。当初要不是我爸生病，我是不会在北京待这么多年的。虽然已经回来好几年，也工作了好几年，可实话跟你说，这几年我过得并不开心，工作干得也并不顺利。可能因为我在美国生活的时间长了，相比之下我更适应美国那边的生活习惯和工作方式。再说，那里人与人的关系也相对简单一些，想干什么也很自由，没有谁会干涉你。妈，我自己想过了，如果仍留下来在北京这家贸易公司继续干下去，按照我的性格、思维习惯和工作方式，我很缺乏自信，说不定哪天就会被老板炒鱿鱼。与其被动，不如我先炒了老板。妈，不瞒你说，这事我已经考虑好久了，我绝不是开玩笑，要不是我爸病了那么长时间需要照顾，我早就回美国了。"

儿子的这番话让陈教授猝不及防，她耐着性子静静地听着，内心却早已经翻江倒海、五味杂陈。她万万没有料到，儿子回到自己身边这么多年了，却仍然身在曹营心在汉，心心念念地向往着大洋彼岸的美国。她更万万没有想到，自己与丈夫含辛茹苦将儿子养育了这么多年，几乎倾尽家产供他读书这么多年，原本是希望儿子学成归来，安居乐业，娶妻生子，自己好享天伦之乐的，谁料到头来儿子却像一只桀骜不驯、在外面玩疯了的野鸟，随时都想飞走，飞得远远的，甚至一点都不想归巢。她转而又想，不对，人不是鸟，人应该比鸟更有感情，人是懂得感恩和尽孝道的，古人说"父母在，不远游"，可自己这儿子却偏偏要反其道而行之，这让当母亲的她情以何堪？陈教授这么想着，越想越生气，越想心里越堵得慌，她感觉这时候自己有千言万语想说却无法说出，因为她无法理出头绪。此刻她只觉得憋屈、伤心，多种情绪互相纠缠、交织，在胸腔内挤压成不断上升的气流，一阵阵地撞击着她的泪腺和岌岌可危的情感之堤，眼泪最终从她的眼眶决口而出，两串伤心的泪珠，扑簌簌地往下掉。这一切，餐桌对面的儿子看得清清楚楚，他似乎已早有准备，他一边给母亲递纸巾，一边安慰："妈，我知道你肯定舍不得我离开，我离开你肯定会伤心。可我毕竟是大人了，有自己独立的思想，也应该有独立选择生活的权利。话说回来，我要是为了你留下来，工作干得勉勉强强，日子又过得浑浑噩噩，生活过得很不开心，你愿意看到吗？再说了，我到了美国，过两年在那里稳定下来，我就把你接到美国不也可以吗？"

陈教授反驳道："得了吧，我可不去美国，我没有那个福分！你长大了，翅膀也硬了，想飞就飞吧，飞得远远的，爱怎么着就怎么着吧。我老了，没什么用了，哪儿管得了你?!"说完，她站起身，毫不理会一脸尴尬的儿子，拂袖而去。一次原本难得的母子西餐聚会，就这样不欢而散。

七

当天晚上，我先后接到张童童和陈教授的电话，母子俩都是为他们之间的分歧来找我帮忙的。

那天是周六，晚上我刚打完乒乓球，正大汗淋漓地走出我们小区的运动场所，发现手机里有好几个未接电话，号码显示来电者是张童童。因为数年前张教授生病，陈教授打电话让我前去帮忙，那些天我跟着她在医院为张教授住院治疗的事忙前跑后，也见到了美国赶回来的张童童。好多年不见，张童童早已长成了一个大小伙子，一米八的个子，高出我一截，浓眉大眼，高鼻子宽脸，齐肩的头发有些卷曲，嘴唇的上边冒出一排毛茸茸的胡须，油性皮肤的脸上散落着零星的几粒青春痘，说话时不时冒出几个英文单词，一副老外的腔调，听起来有些别扭。他这个模样，这副派头，与我对他少年时的记忆已经是天壤之别了。

因为张童童回来了，陈教授有了帮手，也知道我工作忙，不好意思继续麻烦我，就让我离开医院。我主动给张童童留了电话，并且彼此加了微信，让他有事需要帮忙时给我发信息或打电话。现在，张童童打我手机，而且前后打了三次，肯定是有什么事情要找我。我当即回拨了张童童的电话，铃声刚响了两下，对方就接了，是张童童的声音："Hello，是李英俊叔叔吗?"我说："是的童童，你有什么事?"张童童说："叔叔你现在有时间吗？我有事想去找你。"童童回来这么多年了，即使他父亲生病去世之前，也从未找过我，何况现在已经是晚上八点，到底是什么事呢？莫非他母亲陈教授生病了？转而一想又觉得不会，若是陈教授生病，他一定在电话里直接说了。那又会是其他什么事呢？张童童见我犹豫，在电话中接着说："叔叔，因为事情不是一两句话可以说清的，所以你如果有时间，我想现在去找你聊聊。"听他这么一说，我心想如果再拒绝可能不大合适了，于是只好答应了他。我将家里的地址告诉了他，让他直接到我家来。

大约过了半个多小时，张童童按响了我家的门铃。我开门，将他径直让进书房，顺手递给他一瓶矿泉水，调侃他："童童，你是无事不登三宝殿呀，直接说吧，到底有什么事找我？"他也不客气，打开矿泉水咕噜咕噜地喝了几口，一只手抹了抹嘴，说："叔叔，我想去美国，可我妈不让我走。我想请你帮帮忙，看看能否做做我妈的工作。"

我有些吃惊，问："你要去美国干什么？是短期还是长期？"

他说："我想，应该是长期吧。"他将自己真实的想法和盘托出，包括为什么非要去美国。

我毫不客气批评他："你母亲辛辛苦苦养育了你这么多年，她年纪又这么大了，你就忍心扔下她老人家一个人远走高飞？俗话说养儿防老，孟子也说不孝有三无后为大，你看你都是三十好几的大龄青年了，可至今哪样都没让你妈省心，你这个样子你母亲要能支持你去美国那才怪呢！"

张童童反驳道："没错，我是我妈生下并养育大的，可生下来她就能一劳永逸将自己的儿子当私有财产吗？我只能像影子一样一辈子一直跟在她的身边？我还有没有独立人格、独立思想和选择自己人生的权利？如果中国的父母生下孩子都只是考虑为着自己防老、尽孝道，那是不是太自私了？"他这一连串的发问，句句振振有词，字字理直气壮，却又似是而非。

我说："童童，你要是这么说，你爸妈算是白养你了！你爸妈当初为了供你在美国留学，多少年来一直节衣缩食，甚至将你家的另一套房子卖了，这你不会不知道吧？可到头来你却要这么绝情地对待你妈，你懂不懂得感恩？你对得起你的良心吗？"

张童童说："OK，就算我为了我妈留下了，可我很不适应国内的环境，工作也一直不如意，日子过得并不开心，你让我怎么办？我要委屈自己一辈子吗？我妈还能活多少年，我又还能活多少年，我仅仅是为了她的晚年生活就必须牺牲一辈子？再说了，我到了美国又不是不再管我妈了，我可以把我妈接到美国去呀！"

我瞪他一眼："你别异想天开！你妈都多大年纪了，你觉得她适合去美国吗？她又愿意去美国吗？"

张童童说："如果她不去，那是她的问题，责任不在我了。反正我是非走不可，我决不愿意为了照顾我妈的晚年生活牺牲自己一辈子。我很不理解中国的父母，平时口口声声说是为了孩子，到头来其实是为了自己啊。美国就没这回事，美国的父母只负责将孩子养育到十八岁，十八岁之后父母可以不管你了，那时候你就成了自由的小鸟，愿意飞到哪儿就飞到哪儿。所以，我很羡慕美国的孩子，也很敬佩美国的父母。"

张童童的这一连串说辞，听起来格格不入，甚至有些奇葩，可细究又不是完全没有道理，这就是中西文化之间的差异吧。说到底，都是留学惹的祸，我不禁为他的父母当初的行为感到惋惜甚至悲哀。可我又自觉无力驳倒张童童的这一套理论，更无法阻止他将要去美国的选择。于是我以退为进，问："好，就算你有选择去美国发展的权利，那么你准备到美国去干什么？你觉得到了美国就一定比在国内发展得更好吗？"

张童童连连摆手："不不不，美国人只在乎自己过得开不开心，快不快乐，只要保证自己有吃有穿、衣食无忧就可以了。相反，中国人为啥活得这么累，就是因为人人自小就受到家庭和大人的教育，什么要出人头地，要大富大贵，要成名成家，要光宗耀祖，等等，这么活着能不累吗？"

我反驳他："中国人这么做，有什么不对？这是中国家庭的文化传统。只要自己愿意，人人都有选择这样做的权利呀！"

张童童说："不错，他们是有这么选择的权利，只要他们愿意这样做，他们就去选择好了。可我不愿意呀，我喜欢美国人选择的那种生活态度和生活方式，轻松随性，自由自在，无拘无束，随遇而安，享受生活，享受人生，开开心心有什么不好？反正，我是绝不希望自己的生活过得这么累，尤其是不希望自己心累。可我回国这几年每天都觉得心累，过得不开心，这就是我想重新回到美国的原因。"

我说："好吧，你确实有自己选择生活的权利。可你这一走，你母亲怎么办？她年逾古稀，目前她身体尚好，生活还能自理，当然没问题。可再过几年，她年迈了，身体出现问题，行动不便了，你又不在身边，她该怎么办，你想过没有？"

张童童沉默了一会儿，说："OK，这个我也考虑过了。我到美国安定下来之后，我可以把我妈接到美国跟我一起生活。如果我妈不愿意去美国，那她就去住养老院。"

我说："你想得太简单了。首先，据我所知，你母亲肯定不会去美国，她都这么大年纪了，语言环境、生活习惯等根本就难以适应。其次，养老院是可以考虑，可条件差的养老院问题很多，吃不好睡得差，甚至虐待老人的事也时有发生，所以许多老年人在那儿过得并不开心，这样的养老院，我都不主张去，你妈肯定更不愿意去。条件好的养老院则是一床难求，很难进去，再说所需费用也高，你妈的那点退休工资根本就不够用，除非你经济上能够支持，你觉得你将来有钱支持你妈吗？"说到这儿，我故意将他的军，心想看他能否回心转意。

可张童童说："我可不一定能挣那么多钱，我自己能过得好就不错了。不过……不过我妈肯定还会有办法，比方把现在的房子抵押贷款，或将房子直接抵押给养老院，不就可以入住条件好的养老院了吗？"说这话时，他的眼神由暗变亮，脸也生动起来，显然是觉得自己找到了一个好主意。

看来，张童童是去意已决，我很难说服他，更难以改变他的主意，因而我不想继续与他争论下去。再说，他一开始就开门见山地说明了来意，他是想让我帮忙安抚并劝说他母亲，好让她同意儿子远走高飞重新回到美国。可这事简直太难了，难于让我去攀登珠穆朗玛峰。我如实将自己的顾虑告诉了张童童，表示这事太难，我恐怕无能为力。

张童童也认同我的观点。沉默之后，他又说："叔叔，我不强求你说服我妈，反正我妈同不同意，我都得回到美国。我是想跟你说，如果我离开了，你有时间可不可以多去看看我妈，如果她有什么事需要帮忙，拜托你关照她可以么？"他这话一出口，我狠狠瞪他，心里恨得牙痒痒，直骂他真是个孽种、逆子！他作为儿子想逃避责任，反倒想将照顾母亲的责任推卸给我？真是岂有此理，简直太自私自利了！此刻我的内心如山呼海啸一般，心想他要是我儿子，我恐怕忍不住要扇他耳光，可理智还是让我忍住了。

张童童见我不悦，多少有些尴尬。可他眼球一转，很快说："叔叔，我向你提这样的要求可能让你为难了，可我是万不得已，请你原谅。不过话说回来，你的孩子如果将来到美国留学，需要时我也会尽力帮忙的。"

"得得得……"我连连摆手，他以为这样说是讨好我，可在我听来却异常反感，我才不愿意让我那正在读大学一年级的儿子走他的老路呢，如果砸锅卖铁花那么多钱培养出像他张童童这样离经叛道的儿子，那我的肠子可不得悔青了？关键是，我自信自己的儿子不可能是第二个张童童，他在学校一直是优等生，大学上的是清华大学无线电专业，即使过几年去美国留学，我相信儿子考上的会是美国名校，即使留在美国工作也应该是优秀专业人才，哪能像眼前这个张童童，要学历没好学历，要真本事没真本事，要好工作又没好工作，只满足于在美国当个"快快乐乐"的普通人。难道当下千千万万的普通北京人乃至十几亿的普通中国人过得都不快乐吗？你张童童是不是太矫情了？可话又说回来，谁让陈教授夫妇当初非要将儿子送到美国留学呢？我竭力平抑着自己的心情，对张童童说："谢谢，我不需要你帮什么忙。如果你死心塌地非要去美国，我也无权拦你。你母亲的事顺其自然，不过有一点你可以放心，她是我的恩师，我会尽可能关心她、照顾她的。"话说到这个份上，张童童已经很满足，他连连道谢。

送走张童童，我正琢磨着是否应该给陈教授打电话，约个时间去看望她，顺便将张童童的状况和想法告诉她，好让她事先有个思想准备。不料说曹操曹操到，陈教授来电话了，我赶忙接通电话，试探性地问陈教授有什么事。不料电话刚一接通，陈教授就声音哽咽，心情沉重地向我讲述了张童童执意要重新回到美国的事，问我是否有时间打电话劝劝张童童，我只好如实禀告："陈教授，刚才童童来找我了，他是来求我帮忙做您的工作，希望您能同意他去美国呢！"陈教授一听，气得声音直哆嗦，大骂儿子不是个东西，痛恨自己这辈子真是养了个白眼狼，末了说："英俊啊，你可千万不能助纣为虐，千万不能支持他。这辈子我就他这么一个独子，要是放走了他，让他去美国，剩下我一个孤家寡人的老太太，你说我还怎么活呀！呜呜……"她又哽咽起来。我有些揪心，担心她想不开，一边安慰她一边说："陈教授，你先别着急，要不我明天上午到您家来看您？"陈教授连声道谢，说："那敢情好，那你明天来吧，我在家等你。"

因为好久没去看陈教授了，第二天一早，我同妻子打了声招呼，在家里拿了一盒云南红茶和一盒新疆和田红枣。妻子嘀咕着："陈教授怎么养了这么个不省心的儿子，真是够糟心的！"我瞥她一眼："昨天晚上我同那小子的谈话你都听到了？"妻子说："能听不到吗？我听了都替陈教授着急，当时恨不得也进书房说他几句。"我冲妻子挤了挤眼，调侃道："幸亏你给我生了个既优秀又听话的儿子！"她冲回我一个鬼脸，嗔怪道："哼，臭美吧你！"话一出口，自己却忍俊不禁。

春日的京城，阳光正好。我驾着车穿行在宽阔的长安街上，心情却缺少了车窗外春光般的明媚，一心琢磨着陈教授和他儿子张童童之间的闹心事。我到陈教授家时张童童不在，刚好给我和陈教授提供了说话的空间。

陈教授为我沏了一杯茶，让我在客厅的沙发坐下。她一直愁眉苦脸，一落座更是唉声叹气，一个劲抱怨儿子叛逆，责怪自己当初没教育好儿子，尤其后悔送儿子去美国留学。她觉得儿子去美国那么多年，学识和本事没学多少，坏毛病却学了不少。我一边安慰她，一边将张童童到我家的谈话情况详细说了一遍。我说："童童已经是大人了，他的确有选择自己生活的权利，而且看样子去意已决。如果强行将他留在您的身边，一是可能无法留住，二是即使他勉强留下，却过得不顺心、不开心，时间长了万一得了抑郁症，不仅不能对您尽孝，弄不好反而可能会拖累您，要真是这样还不如放他走呢。"

听我这么说，陈教授睁大眼睛，既有些意外，又若有所思，半晌才说："这个，我倒是从没有想过。"

我说："您没有想过不等于不会发生，毕竟人不是机器，不可能任由别人摆布，即使您是他的亲生母亲。如果逼得太急，一旦他的心理出了问题，那可就麻烦了。毕竟现在年轻人得抑郁症的人不少。"我这么一说，陈教授沉默了，情绪也渐渐恢复平静。

少顷，她说："英俊，谢谢你的提醒，这个之前我确实没有想到过。可是，如果让儿子走了，剩下我一个人孤家寡人，我以后怎么办？"

我安慰她："陈教授，先别想那么多吧，车到山前必有路，顺其自然吧。您现在身体尚好，生活自理不会有任何问题吧，那就先开开心心过好每一天。如果您觉得一个人孤独，或者不愿意自己干家务了，那就请个保姆，反正天无绝人之路，您说呢？"这一回，陈教授边抹着眼角的泪痕，边点了点头，但之后还是喋喋不休地抱怨起儿子的各种不是。

我说："您也甭抱怨了，抱怨也无济于事，还伤身体，何苦呢？我建议您还是尽早请个保姆吧，这样家里也有个说话的人，要不然家里整天就只有您一个人，也怪憋闷的。再说有了保姆，您也解脱了，再不用做家务，时间完全留给了自己，可以看书、上网、散步、唱歌、跳广场舞、练书法等，这样生活质量也提高了。您看童童留在你身边，您整天忙着要照顾他，给他做饭，还不见得能讨他喜欢，既累身又累心，他要是真走了您反倒也轻松了，何乐不为？所以您尽量想开点吧，没什么大不了的，天塌不下来。再说还有我呢，有事您随时招呼，这不就得了，有啥可愁的？"

我这么一说，陈教授脸上开始放晴，一丝不易察觉的暖色宛若阳光从厚厚的云层中透出，浮现在她的脸上……

八

夜空如墨，京城却灯火通明。

我驾车朝着陈教授家所在的海淀区学院路方向，在北三环路上疾驰。其实说疾驰并不准确，因为三环路限速是每小时八十公里，如果是北京的其他道路，限速更低，仅每小时六七十公里甚至三四十公里，加上红绿灯路口多，时间就更难把握。可即便我现在选择走没有红绿灯路口的三环路，赶到陈教授家至少还得有二十分钟吧？一想到陈教授眼下正经受着病痛的折磨，也不知道还会出现什么不可预测的情况，我有些急，遂回拨了陈教授家保姆的手机，询问她陈教授的病情现在如何。保姆回答说："陈老师很不好，刚才又吐又泻，上了好几次厕所，现在还躺在床上呢！李老师您能否快点来，我……我有点怕！"保姆的口气依然很急。我一听感觉形势不妙，告诉她："别怕，不过你也别等我了，赶快打120叫救护车吧，千万别耽误了，我一会儿就到。"

通完电话，我内心更急，感觉像刚刚着火的导火索正嗞嗞冒烟，我恨不得自己能长出三头六臂，或像孙大圣一样能腾云驾雾瞬间飞到陈教授身边。等待的过程令人煎熬，我一路心急火燎，好不容易总算到达了目的地，忽见陈教授家楼下，一辆救护车的灯光正闪烁着。我停好车，赶忙迎了上去，发现两个身穿白大褂的医务人员刚好抬着一个人走近救护车，后面还跟着一个左右手都拎着东西的中年女子，走近一看，我发现正是陈教授家的保姆董春花，我们都叫她小董，以前看望陈教授时见过。只是电话中我对她的声音无法辨认，听起来觉得很陌生。小董刚好也发现了我，我们互相打了招呼之后，我上前查看担架上的陈教授，大声唤她，却发现她此刻正咬紧牙关，一脸痛苦，根本无法应答。

我扭头问小董："陈教授的身份证和医保卡都带了没有？"小董说带了带了，还给陈教授带了衣服、毛巾、牙刷、脸盆、卫生纸等生活用品，我连连点头，称赞她想得周到。小董在陈教授家至少干了四五个年头了，自从张童童执意离开母亲去了美国，陈教授就听从我的建议到家政公司请了保姆小董。以前尽听人说请个满意的保姆比中彩票还难，我儿子出生后请的保姆确实也换过好几个，最后才换到中意的，可陈教授却运气不错，请了小董就一直用得得心应手。以前我到陈教授家,陈教授就当着我的面对小董赞赏有加。小董四十五岁上下,来自四川乐山农村,儿子在成都上大学,丈夫在家干农活并照顾年迈的父母。小董一个人来北京打工,来陈教授家之前她已经在北京干了好几年,为的是挣钱供儿子上学。据陈教授介绍,小董不仅性格温和,手脚勤快,动作麻利,讲究卫生,还特别善解人意。每天一日三餐,她会提前问陈教授想吃什么,然后安排妥当,荤素搭配,粗细互换,干稀兼顾,蒸煮烹炒炖,烧烙煎焖烤,咸甜香辣麻,都搭配有度,没有哪样能难倒她。经她巧手做出的饭菜,都色香味俱全,每每吃得陈教授心花怒放,啧啧称赞。相比于儿子张童童在家的时候,陈教授感觉自己现在要多享受有多享受。更重要的是,陈教授平日里的起居饮食,比如洗脸刷牙,衣着打扮,吃饭如厕,洗衣擦鞋等,小董都是先行一步,帮助陈教授准备好,家里的卫生更是每天都打扫得一尘不染、窗明几净,也整理得井井有条,令陈教授十分满意,也令陈教授忽然感觉到自己活了一辈子,如今才真真正正成为休闲族,彻底从家务劳动中解脱了。正因如此,陈教授又有时间看书了,也有时间重操旧业,时不时提笔写上几笔个人回忆录或生活随感,偶尔也重新给报刊投稿,一些短小的生活随感还时不时在报刊上发表。这使得陈教授重拾了生活的信心,感觉自己又回到了年富力强的年代,生活忽然间充实了很多。有时候闲下来,陈教授喜欢与小董聊天,或拉着她陪自己唱歌、打牌或下棋,抑或一起到小区或隔壁的大学校园散步。陈教授发现,小董虽然高中没有毕业,但人很聪明,手机微信和电脑什么的都用得挺利索,对人情世故、生活常识等方方面面都懂得不少,而且品行端正,心地善良,对自己家双方的老人都很孝顺。闲下来时,小董隔三岔五会给丈夫打视频电话,询问家里的情况时总忘不了问候公公婆婆,她对自己娘家的父母更是嘘寒问暖,关心有加。当然,小董最关心的还是正在成都读大学的儿子，她每周至少要跟儿子通两次视频电话，每次小董总是询问儿子的学习情况。小董的儿子也很懂事乖巧，每次都不忘记叮嘱母亲别太累了，注意身体。甚至小董每月给儿子转生活费，儿子都从不多要，小董每次要转钱的时候总是问儿子够不够，儿子总是说够了够了。小董还告诉陈教授，有一年春节回家，儿子还用课余时间勤工俭学挣的钱，给父母分别买了一台华为手机，理由是父母的手机已经太老旧了，信号不好还时常卡顿甚至死机，换新手机更方便通视频电话。陈教授每每听罢都不免感慨，赞赏小董教子有方，联想到自己的儿子小时候娇生惯养、任性自私的表现，陈教授不免责怪起自己当初百依百顺的教育方式……

我和小董跟着救护车，很快将陈教授送到了附近一家三甲医院的急诊室，医生和护士忙忙碌碌做了一系列的诊断和检查，确认陈教授患的是严重的急性肠胃炎，病人已经出现脱水、酸中毒、休克等症状，还伴有轻微的消化道出血，如果再晚一点送医院，恐怕会有生命危险。根据陈教授的病情，医生进行了一系列急救措施并安排住院治疗。我与小董好一阵手忙脚乱，两人在医院的急诊室、检查室、挂号处和药房来来回回跑了好几趟，我还帮助陈教授垫付了住院费、医药费，并办好了住院所需的一切手续。忙完这一切，时间已经到了零点三十分，眼看着打了吊针的陈教授渐渐苏醒过来，我紧绷的神经总算松弛下来，安慰了陈教授几句并向她道别，又叮嘱小董陪护和陈教授吃药的相关事宜，然后疲惫不堪地离开了医院。

那些日子，我一边忙工作一边牵挂着住院的陈教授，几乎每天一下班都要去医院看望病榻中的陈教授，以致妻子对我多有怨言："你简直就像陈教授家的儿子，都替人家尽孝了！"我一脸无奈："说的是啊，可我又有什么办法呢?"妻子也知道陈教授对我有恩,我不可能不管,所以也只不过是调侃调侃,冲我发发牢骚而已。好在没几天陈教授的病情就明显好转,小董在医院的陪护工作也已经是熟门熟路,每天配合医生,将陈教授照顾得很好,喂药喂饭,拉撒洗漱,简直像极了照顾自家的母亲。小董还善解人意地对我说:"李老师您工作忙,就甭每天都来医院了,我来照顾陈教授好了,您尽可放心忙您的,有事我会给您打电话的。"小董这番话,让我感觉如沐春风,也仿佛吃了定心丸,我为陈教授能请到小董这么好的保姆而庆幸。因为陈教授病情确实好转,后来我去看望陈教授就变成了数天一次,甚至是每周一次。

大约一个月后,陈教授康复出院了。那一天,我提前准备了鲜花、营养品和各色水果,驾车早早赶到医院帮助办理出院手续,与小董一起将陈教授接上车送回家。经历了一个月的治疗与调养,陈教授的肠胃炎症消除了,但还须继续服药,同时还必须特别注意饮食,因为她的消化功能还比较弱,暂时只能吃流质或柔软的食物,比如蛋羹、面条、米粥尤其是养胃的小米粥等,面条和粥还都得煮烂些,而且陈教授每次还不能多吃,因为吃多了她无法消化。小董很有耐心,每次都为陈教授煮稀稠适中的面条和稀粥,而且变着花样煮。新鲜蔬菜每次换,菠菜、芹菜、小油菜、小白菜、西红柿、西葫芦等,没有一次是重样的,菜梗和菜叶都切得细细碎碎,与同样切成肉末的各种肉类放在一起煮得烂烂的,方便陈教授咀嚼和消化。小董还遵医嘱安排陈教授少食多餐,由过去的一日三餐改为一日六餐,分别在上午十点半、下午三点半和晚上九点增加一餐。诸如此类的安排和照顾,使得陈教授的身体渐渐变好,她的脸色也恢复了红润,久违的笑容又慢慢地回到了她的脸上。

陈教授这次生病,没有人告诉远在美国洛杉矶的张童童。陈教授自己生病不会主动说，小董更不会说。陈教授刚住院那几天，我倒是考虑过是否要告诉张童童，后来觉得告诉他不告诉他都没有意义，毕竟远水救不了近火，即使告诉他也无济于事。自从张童童执意离开他母亲重新回到美国，我对他的情况几乎一无所知，他到底重新找到了工作没有？是不是还在他父亲的学生刘海洋的公司里？他与美国女友艾米丽是继续在一起，还是彼此分手另有所爱？所有这些我都没有问过陈教授，陈教授也从未主动告诉过我。听小董说，陈教授现在很少提到她在美国的儿子，甚至也很少听到母子俩通电话。偶尔通电话，也都是陈教授主动打给儿子，每次与儿子通电话儿子还都是匆匆忙忙，似乎难有闲暇的时候，给人的印象感觉是在干大事业。有一天周末，我又前去陈教授家看望她，闲谈中故意问及张童童的近况，陈教授也是一问三不知，说自己也并不知道儿子到美国后的具体情况，儿子也很少主动打来电话询问母亲的情况。我发现提起她儿子时，陈教授早已经不像先前那么专心致志、情真意切了，仿佛远走高飞的儿子如今在她的生活中已经可有可无，这到底是她在刻意回避儿子以避免伤感、还是哀莫大于心死？不得而知。反正她目前有小董的陪伴和照顾，她目前对自己身体都自顾不暇，不想儿子和不提儿子，对陈教授心态和身体的调整也未曾不是好事。

陈教授出院大约两个月之后，因为感觉自己身体状况基本恢复，也因为吃多了流质和软质食物，她向小董提出了想尝试晚餐恢复吃米饭，肉和菜的烹调也希望恢复常态。开始的时候，陈教授吃得津津有味，夸奖说还是小董的饭菜做得香。有了陈教授的鼓励，排骨、鱼虾，各种肉类，各色蔬菜，在小董的巧手烹调下，变戏法般恢复了往昔应有的丰盛。一天，两天，三天，陈教授享受着小董的厨艺，肠胃都相安无事，然而到了第四天，陈教授肠胃又开始疼痛，又上吐下泻，而且连续好几次。小董这回轻车熟路，当机立断叫了一辆网约车，送陈教授到上次的那家医院，开了药，打了吊针，之后将药带回家，经过几天调理，病情总算稳定下来。不过在这之后，陈教授再不敢随便乱吃了，又遵医嘱老老实实回到吃流食以及每天少食多餐的状态，好在这也难不倒小董，她依然像之前那样照顾陈教授。遗憾的是这之后，陈教授的肠胃炎会时不时发作。每次发作都是上吐下泻，腹部痛得要死要活，倒在床上直打滚。尴尬的是，自打陈教授患上急性肠胃炎，每次上吐下泻时往往是猝不及防，不仅会弄脏自己裤子和衣服，还将家里原本干净整洁的地板弄得一片狼藉，甚至有时候还将小董的衣服也弄脏了。每每这个时候，陈教授总是羞愧难当，一个劲向小董道歉。小董却总是一笑置之，安慰陈教授说："没事没事，您又不是故意的。"边说边清理陈教授吐出或拉出的污物，又将地板、陈教授的和自己的衣服通通换洗干净，屋里很快又回归干净和整洁。每每这个时候，陈教授都感慨万分，感动不已，为自己能请到小董这样心灵手巧、热情能干且性格温和的保姆而暗自庆幸，心想自己此生要是能养育这样的一个女儿，那该有多好！

日子就这样不紧不慢、不疾不徐地向前滑行，转眼间又过去了好几年。

这期间，陈教授的急性肠胃炎依然时不时发作，小董依然不厌其烦，像呵护婴儿一样对陈教授的饮食起居进行无微不至的照顾。陈教授也已经习惯了小董的照顾，潜意识中也逐渐将小董当成自己的亲生女儿，月薪从最初的4500元逐步提高到后来的6000元，她与小董的关系亲密无间，彼此间已经是无话不说。陈教授时常给小董讲自己过去的经历，讲自己一生的见闻和人情世态，还时不时向小董传授文化知识。小董则反过来给陈教授讲家乡趣闻，也讲自己的家庭和孩子。陈教授慢慢发现，小董的家庭虽然经济窘迫，但夫妻之间、上下辈之间同心同德，关系融洽，儿子又懂事乖巧，成绩优秀，小董每每谈起家庭和孩子，总是对未来充满憧憬。每每这个时候，陈教授时常触景生情，自然而然地要联想起自己辛辛苦苦养育了几十年的儿子。远在美国的儿子，依然是很少打来电话问候母亲，偶尔通电话还都是母亲憋不住主动打给儿子的，每次通话儿子都是匆匆忙忙或心不在焉，不是说自己正忙就是说自己现在困了累了，至于儿子在美国到底在干什么、发展得如何，儿子总是遮遮掩掩或语焉不详。有一次倒是儿子主动打电话给母亲了，接电话的那一刻陈教授禁不住感觉到了一丝的意外和惊喜，不料没聊几句，儿子就："妈，我想在美国买房，咱们家还有多少存款，你能不能给我些钱？"兴致正浓的母亲听了这话，那表情像极了正兴致勃勃吃着苹果却忽然发现咬到了半截虫子，忽然间就愣住了，不仅兴致全无，甚至感到恶心。她心想这逆子不是执意要离开我到美国发达吗，怎么还反过来找我要钱？自己攒了这么多年的积蓄，包括卖了一套房子的钱，都早已经被儿子留学、丈夫和自己先后生病住院消耗得所剩无几，哪儿还有钱给儿子在美国买房？即使家里还有钱也不可能给他呀，要是给他不等于支持他在美国扎根么？这么想着，陈教授没好气说："哼，你不是逞能吗，还夸海口说要接我去美国，现在怎么倒来找我要钱了？再说了，家里的钱早就让你留学花光了，你爸和我生病也花了不少，我现在又请了保姆，家里哪里还有钱呀！"这话刚一出口，电话那头的儿子显然很不高兴，只听"哼"的一声，索性将电话掐断了。做母亲的一时愣了，如鲠在喉。此后好长时间，至少是有好几个月吧，陈教授也赌气不给儿子打电话了，眼下她已习惯了与小董两个人相依为命，她似乎再也感觉不到自己的孤独了。

有时候赶上春节，小董不能不回家，陈教授又舍不得小董离开，这可怎么办？两人愁肠百结，思来想去竟然生出了两全其美的主意：陈教授跟随小董回四川老家一起过春节。为了错开春运高峰，她俩早早筹划，早早购买车票，赶在春运之前到了四川乐山农村，前后待了近一个月时间。陈教授由此也填补了人生空白，感受了四川农村独特的春节民俗风情。有了这样的经历，陈教授与小董的关系更加情同手足，越来越亲密，越来越像母女了。小董依然像对待自己母亲一样照顾着陈教授，而小董家里有什么难事，陈教授也时常帮助出谋划策、排难解忧。家里有富余的食物或衣物，陈教授也通通交给小董，让小董安排寄回老家。小董的儿子从成都电子科技大学硕士毕业，陈教授还通过自己过去的关系，帮助小董的儿子到北京中关村的一家电子科技公司就业，甚至还让小董的儿子住到自己家，免去了每月数千元的房租，这让小董和儿子心存感激，感动不已。他们母子对陈教授的照顾和尊敬从此更上一层楼，陈教授的家从此也更加热闹了。只要小董的儿子下班或休息在家，总是奶奶前奶奶后地对陈教授叫个不停，还时不时地陪陈教授说说笑笑，打牌下棋，或晚饭后三个人一起下楼到小区或隔壁的大学校园散步，以至于陈教授有时候不由得浮想联翩，想象着自己家里现在住的三个人就是自家祖孙三代的一家人。

星移斗转，转眼间又过去了好几年。虽然有了小董和她儿子的照顾和陪伴，已近耄耋之年的陈教授生活无忧，但还是无法抵挡自己对儿子的思念。有一天，陈教授又拨通了儿子的电话，儿子没接。隔天，她又拨通儿子的电话，还是没接。一而再、再而三，还是没接，最后的一次竟然是关机，陈教授有些急。儿子执意到美国转眼都七八年了，他竟然从未惦记回来看望母亲，甚至很少主动打电话问候母亲。他重回美国之后到底在干什么，找到了什么样的工作，发展得怎么样了。即使与儿子通电话时一再追问，儿子也总是闪烁其辞，或干脆避而不谈，至多只是说说美国的见闻和美国怎么怎么好玩，做母亲的索性也不再追问。这一回，陈教授实在憋不住了，忽然想到应该给丈夫的学生刘海洋打电话询问情况。自从陈教授的丈夫张教授去世，刘海洋便杳无音讯，细想也正常，毕竟刘海洋是丈夫的学生而非陈教授自己的学生，再说人家也忙，怎么会平白无故主动给陈教授来电话呢？这一回，陈教授决定给刘海洋打电话，电话很顺利就打通了，刘海洋倒还热情，两人彼此寒暄了几句，陈教授就问："海洋啊，我想向你打听下，童童重新回到美国之后在不在你的公司工作，他的情况怎么样？"刘海洋说："陈教授，童童回来后，刚开始是在我的公司干，可干了不到半年他就离开了，说是与朋友合伙做生意。之后他也很少同我联系，他的具体情况嘛，我……我目前也……也不是很清楚。"刘海洋说到最后，有些吞吞吐吐，欲言又止，这在之前可从没有过。在陈教授印象中，刘海洋总是快人快语的，办事也很干脆利落，到底是他对张童童目前的情况确实不了解，还是有其他的难言之隐？陈教授脑海里忽然冒出一个大大的问号。陈教授禁不住追问："海洋啊，实话跟你说，原本我是不希望儿子再去美国的，可他执意要去，我无论如何都拦不住他。心想儿子长大了，翅膀硬了，想飞就飞吧，飞得远远的，我赌气也不管他了。可时间长了，心里还是时不时地惦记。不瞒你说，这几天我一直给他打电话，他都不接，最后一次他干脆关机，我就想请你无论如何实话告诉我，童童他到底怎么样了？如果你真的不清楚，拜托你帮我打听打听好吗？"沉默。电话那头的刘海洋支支吾吾，似乎在犹豫，最后还是说："陈教授，正像您说的那样，童童确实是长大了，翅膀也硬了。他重新回到美国后，刚开始确实又在我公司干了一阵，只是他已经不像从前那么勤奋那么专心了，他我行我素，不仅不服从工作安排，不遵守公司的考核规定，还与公司的好几个同事闹矛盾，被我批评后他一气之下辞职了。后来听说他与别人合伙做生意，与我们一家的联系也少了。至于他与人合伙的生意到底做得如何，我觉得过日子应该是没问题，至于要挣大钱，恐怕不大容易。"陈教授问："嗯，那……童童是否还与以前那个美国女孩在一起，他成家了吗？这些事他也一直不告诉我。"刘海洋说："您是说先前的那个美国女孩吗？据我所知早就吹了，张童童还没有回到美国之前就吹了，但他回到美国之后不久又找了另一个美国女孩。至于成家，他曾经同我说自己是独身主义者，一辈子都不想成家，他觉得婚姻和家庭是对个人自由的桎梏和束缚。"听罢此话，陈教授有种被鞭子抽打心尖的感觉，又疼又麻，内心直骂儿子真是离经叛道。陈教授最后问："海洋，我这几天老是联系不上他，你有什么办法能帮助我联系上他，让他给我回个电话吗？"刘海洋又是一阵犹豫，支支吾吾。他越是这样，陈教授内心越急，甚至有种不祥预感，她冲电话那头大声嚷嚷："海洋你倒是说话呀！"刘海洋没办法，只得说："陈教授，那我就实话实说了吧，您可要有心理准备。童童的最近的情况不是太好，听朋友说，上周童童和朋友一起在一家酒吧聚会时与人家发生冲突，张童童用酒瓶将人家砸伤，被警察拘留了，现在还在看守所呢，听说至少还得十天半个月天才能出来。所以您暂时找不到他，我劝您也别找了……"刘海洋这话还没说完，陈教授就感觉好像脑袋冷不丁地遭受了重重一击，她有些眩晕，胸口像被棉花团堵住了，呼吸困难，意识恍惚，双腿打颤，似乎是踩在细软的沙堆上，眼看就要摔倒。幸好身边的小董见状一把扶住了她，让陈教授坐到沙发上休息。镇静下来时，陈教授胸口更痛，她感觉很绝望，觉得自己的儿子不仅飞得很远很远，而且已经遥不可及，不可救药，她对儿子已经不抱什么希望。潜意识里，陈教授反倒渐渐将晚年为数不多的日子和希望全都寄托在小董和她的儿子上，她觉得只有小董母子俩是自己晚年的依托，是小董母子俩给自己的晚年带来了快乐和幸福。

九

岁月如刀，生命若烛。

转眼间，时间来到了2020年。这一年，一场突如其来的新冠疫情席卷全球，无数生命之烛被这场狂飚般凶恶的疫情无情吹灭。这一年，陈教授刚好满八十周岁，虽然她很幸运地躲过了病毒的侵袭，可毕竟年龄不饶人，她的睡眠时间越来越少，食欲每况愈下，身体日渐消瘦，精力和体力如燃烧的残烛正日趋消亡。到了后来，陈教授已经无法自己站立，更无法下楼，只好安排小董帮助她买来轮椅，让小董或小董的儿子推着她在室内活动。又过了数月，陈教授连坐轮椅的力气都没有了，只好每天卧床，让小董陪在床边说说话，或帮助她打开收音机听听新闻、说书和音乐。小董对她的照顾和护理依然耐心细致，她每天除了给陈教授做饭喂食，还得清理床上的排泄物，端来热水帮陈教授擦洗全身，甚至每隔两个小时就主动帮助陈教授翻身按摩，防止生褥疮。

也许是预感到自己来日无多，有一天陈教授让小董给我打电话，让我无论如何安排时间到她家去一趟。陈教授发话，我再忙也不敢怠慢，遂在傍晚下班之后急匆匆赶到了陈教授的家。其实陈教授不能站立以及后来只能卧床之后，我隔三岔五前去看望过她。这次她主动让我来，我预感到她肯定有什么重要的事情找我。

进入陈教授家，我同小董打了招呼，然后径直来到陈教授的卧室床前，轻轻呼唤她，她微微点头回应。原本小董是跟着我一同进陈教授卧室，来到她的床前的，可陈教授却挥了挥手，说："小董，你……你先出去吧，我……我想单独同英俊说说话。"小董听罢，善解人意地退出了卧室，顺便还带上了房门。我同时预感到事情的严重性。此刻，我发现陈教授脸色苍白，身体虚弱，呼吸急促，说话困难。但她还是强撑着身体，强打起精神，当着我的面，从自己的枕头下摸出一张纸，颤颤微微地递给了我。我赶忙接过来，展开来看上面写着我熟悉的字迹——

遗　嘱

立嘱人：陈梦芸，女，1940年4月15日出生，现住北京海淀区学院路1679号院2单元601室，身份证号：11010519400415372X。

我与丈夫张开平育有独子张童童，早年出资送其到美国留学，其后回国数年。我丈夫去世而我自己已进入晚年时，张童童不顾我的劝阻执意重回美国，工作之后从未履行尽孝赡养母亲的义务。鉴于我的保姆董春花近十年来像我的亲生女儿一样对我无微不至的照顾、护理和呵护，给我的晚年生活带来快乐与幸福。为避免我去世后发生遗产争执和纠纷，特立此遗嘱。

我与丈夫张开平在北京海淀区学院路1679号院2单元601室有房屋一套，拥有100%产权，建筑面积145平方米，房屋所有证号为：京房（产字）第39436号。该房屋是我夫妻共有财产，丈夫张开平去世后，该房产的一半是丈夫张开平的遗产，另一半归我所有。

我去世后，上述房产中归我的所有部分以及我有权从丈夫张开平的遗产中继承的份额，全部由我的保姆董春花（身份证号码51112619700616578X）一人继承，任何人不得干涉。

本遗嘱一式三份，我持一份，董春花持一份，证明人李英俊持一份。

立嘱人：陈梦芸

××年×月×日

这份遗嘱，仿佛一枚炸弹，在我的心灵深处爆炸，我内心瞬间翻江倒海，久久不能平静。我反反复复看了几遍，心脏怦怦直跳，觉得事非小可。我说："陈教授，这可不是小事，您可千万要慎重考虑！"

陈教授似早有准备，她坚定地说："英俊，这……这事，我……早就反复考虑过了。"

"那……小董也知道了？"

"小董……我先前……就同她说过了，可她……她坚决反对。她说……说这房产……应该留着……给我儿子。可我……我心想，我……以前……给儿子的……已经够多……够多了。我老了……儿子都不管我，我……为什么……还……还要……给他留房产？"

"可小董不是坚决反对吗？"

"她反对……也没用，反正……我早就……想好了，这房产……就是要……要给小董母子留着。不然……我良心……过不去，不然……我死不瞑目！"

看来，陈教授真是下决心了。哀莫大于心死，如果不是儿子令她绝望，她怎么可能将房产留给别人？如此看来，心地善良、心灵手巧的小董照顾了陈教授近十年，为陈教授带来了快乐与幸福的晚年生活，为什么就不能得到陈教授房产的馈赠呢？这么看来，陈教授的这份遗嘱似乎也完全在情理之中。我说："陈教授，我能理解您的心情和选择，看来您确实是经过慎重考虑才下定决心要这么做的。既然如此，那我是不是把小董叫来？"

陈教授连连摆手，说："小董……不会同意的。之前我……将想法告诉她，她就……坚决反对。还吓唬我……说我要是这么做，她……她现在就离开北京回老家，不……不管我了。"

我指着遗嘱中的细节问说："您这上面不是明明白白写着一式三份，其中一份要给小董吗？"

陈教授又摆了摆手："不……不……不是现在给她，我是……是想交给你保管，等我以后……不在了，你再替我……交给小董。"我恍然大悟！陈教授显然是经过深思熟虑的，而且还考虑得如此周到，看来她真是铁了心要这么做了。既然如此，我只好默认并支持她。

十

两个月之后，北京已经进入冬天，到处天寒地冻。

一个工作日早上，我刚刚起床准备上班。还来不及洗漱，手机响了，是小董的电话。这个时候来电话，我预感不妙，肯定是陈教授出什么事了。电话一接通，小董就带着哭腔大呼小叫："李老师你快来，呜呜……早上起来我发现陈教授不……不行了，求你快点来啊……呜呜呜……"我一听，心怦怦狂跳，但还是不忘叮嘱小董尽快打120急救，告诉她"我这就来"。

偏偏赶上上班早高峰，道路都拥挤不堪，车流像乌龟排着队慢吞吞爬行。我心急如焚，驾车汇入车流之中，恨不得自己的车此时能变成直升机飞起来，尽快飞到陈教授身边，可惜这只能是幻想。我开了一个小时才到达。进入陈教授家，小董母子正守护在陈教授的卧室里，陈教授却早已经驾鹤西归，母子俩已哭得双目红肿。小董哽咽着告诉我，救护车已经来过，医生对陈教授进行了急救，可惜为时已晚，陈教授已经休克，心脏停止了跳动。医生说送医院已经毫无意义，他们为陈教授开了死亡证明，之后就先行离开了。幸好医生在小董恳求下，还帮助小董母子俩为陈教授穿上了先前准备好的寿衣，此刻母子俩正在为陈教授烧香守灵。此情此景，让我一时心如刀绞，同时一遍遍自责，恨自己没能见上陈教授最后一面。此刻，望着陈教授安详的遗容，我俯身跪在陈教授床边，一时间泪如泉涌。

待自己心情平复，我联系了殡仪馆，殡仪馆很快就派车将陈教授遗体拉走了。接下来的几天，我们一家三口与小董母子一起，同陈教授的众多同事、亲友，为陈教授举办了简单的遗体告别仪式，然后火化。而后，我们又遵照陈教授生前嘱咐，将她的骨灰安放到她的丈夫张开平教授先前安息的夫妻墓地里。那块墓地位于昌平蟒山一处依山傍水的公墓处，坐北朝南，四周绿树成荫，墓前湖水连着田野，一马平川，视野开阔，远处的地平线隐约能眺望到人声鼎沸、生机勃勃的北京城区，那是留给逝者对世间的无限眷恋，也是逝者对生者的永恒祝福。

办完陈教授的后事，我将陈教授生前委托我暂存的一份遗嘱交给了小董。小董看完遗嘱立刻跪了下来，朝陈教授的墓地方向不停磕头。我发现此刻的她已经浑身颤抖，泪流满面。

之后，我又调出微信，打通了张童童的视频电话，告诉他陈教授已经去世的消息。同时告诉他："很抱歉，因为疫情原因未能及时通知你，即使通知你，你肯定也来不及回国处理后事。不过，遵照你母亲的生前嘱咐，我们已经将你母亲的骨灰安放到你父亲所在墓地，请你放心。"

张童童听罢，只是"噢"的一声，既看不出有半点意外和伤心，也没有对我道一声感谢。他沉默了一会，似若有所思，眉头一扬后说："好吧叔叔，我知道了。现在疫情管控，我确实是无法回国。但过段时间我会回来处理父母留下的房产，我早就计划等母亲去世之后将父母的房产卖了，然后在美国买房子。"我有些惊讶，试探着问："你在美国都这么多年了，还没有房子？"张童童说："我哪儿买得起房子呀！——啊不是的不是的，我是说，我每月挣的钱都花光了，我在美国是月光族，每月除了交房租，剩余的工资都吃光喝光了！"

我不动声色，告诉他："很遗憾，你母亲已经立了遗嘱，她并没有将房产留给你，而是将该她拥有的房产全部赠予了近十年来一直照顾她的保姆董春花——"

"什么什么，你说什么？！"我话还没有说完，张童童就像一头狮子一样咆哮起来。我迎着他的目光，又一字一句地将刚才的话重复了一遍。张童童听罢，怒目圆睁，声嘶力竭地嚷："不可能不可能，我妈不可能不将房产留给我！她肯定是让那保姆的花言巧语给骗了，现在社会上这类骗子多了去了。不行，这事没完，我肯定要抽时间回国打官司，是我的东西我无论如何一定要夺回来！"

此刻，看着视频里张童童那张已完全扭曲的脸，我忽然觉得他既可怜又可恶，同时也不知道该如何回答他。一狠心，我只好将视频电话掐断了。

后　记

　　本书是我继《身不由己》《日出日落》《寻找叶丽雅》和《龙头香》之后的第五本小说集。作为曾经的职业编辑，退休之前我只能利用有限的业余时间创作，早年以创作报告文学为主，而近年已更多地转向中短篇小说创作。尽管迄今小说结集出版的数量不多，但选编时我仍然秉持作品不重复的原则：一是对读者负责、不让读者多花钱；二是对自己负责，不滥竽充数追求出书数量，未来的某个时候当自己回望来路、需要盘点并查阅旧作时，不至于在自己已出版的作品集面前眼花缭乱，反倒是可以一清二楚、一目了然。基于此种考虑，除了坚持选编时作品与先前的集子不重复，并采取不同题材、不同艺术风格的搭配，读者能够看到我创作时对不同题材的选择与尝试，同时也从中了解我小说创作所走过的路径与足迹。

　　曾经不只一人问过我：作为报告文学作家，你觉得报告文学的创作对你的小说有何种影响？我曾经这样回答："要说最大的影响，那就是对现实生活和百姓命运持之以恒的热切关注。"

　　2021年5月，《中华读书报》著名记者舒晋瑜采访我时曾经提了这样一个问题："和非虚构作品一致的是，无论是小说《病房》还是《龙头香》，都体现出强烈的忧患意识和真切的社会关怀，在真切地反映社会矛盾的同时，对人性的深入挖掘和透视也令人称道。能谈谈您文学创作上的追求吗？"我也曾经这么回答："你这个提问，让我无意中审视了自己近年的小说创作，发现像《红包》《介入》《身不由己》《天尽头》《病房》《龙头香》

这些中篇小说，都带有很明显的问题意识，这可能是由于我早期创作报告文学的缘故，可以说与报告文学的写作一脉相承吧。但同时，与报告文学相比，小说离不开人物，尤其是有血有肉的人物，所以写作时更应该从小处入手，更多地体悟人物的身份与处境，时刻关注并遵从人物的性格和命运走向，以及生活的基本逻辑，通过场景、故事、情节、细节、氛围和心理活动，推动作品的走向，从中发现、开掘并揭示出生活的意蕴和人生的奥秘，尽最大努力去挖掘人性的多样性和生活的复杂性，尽可能使小说好看、耐看，读后又能让人久久回味，这是我创作上追求的方向。"

著名评论家孟繁华曾这样评论我的创作："杨晓升的报告文学和小说创作两副笔墨上下翻飞，他的敏锐和尖锐在当下的文学格局中，格外引人注目。我惊异于杨晓升对生活细枝末节的熟悉和对人物心理的准确把握。"著名编辑家、原《小说月报》主编马津海也曾这样评价：杨晓升"写出了大家习以为常、见怪不怪、且从未有人说出来的真相，即所谓人人心中有，他人笔下无的效果。"两位师长上述的评价，尽管不乏溢美之辞，却是对我本人难得的鞭策与鼓励，也将是我继续努力的方向。

本书收录的所有篇目均为近年发表在全国多家文学期刊的中篇小说新作。《海棠花开》《阴差阳错》和《教授的儿子》曾分别被《小说选刊》《小说月报》《作家文摘》《长江文艺·好小说》等选刊广泛转载或连载，并入选优秀中篇小说年选。

诚恳期待读者们的批评与建议。

杨晓升

2023 年 10 月 16 日·北京